A incrível história de Henry Sugar

e outros contos

Roald Dahl

A incrível história de Henry Sugar

e outros contos

Ilustrações Alexandre Camanho
Tradução Waldéa Barcellos

Martins Fontes
São Paulo 2002

1ª edição
setembro de 2002

Tradução
WALDÉA BARCELLOS

Revisão gráfica
Helena Guimarães Bittencourt
Rita de Cássia Sorrocha Pereira
Produção gráfica
Geraldo Alves
Paginação/Fotolitos
Studio 3 Desenvolvimento Editorial

Dados Internacionais de Catalogação na Publicação (CIP)
(Câmara Brasileira do Livro, SP, Brasil)

Dahl, Roald, 1916-1990.
A incrível história de Henry Sugar : e outros contos / Roald Dahl ; tradução Waldéa Barcellos. – São Paulo : Martins Fontes, 2002. – (Coleção escola de magia)

Título original: The wonderful story of Henry Sugar and six more.
ISBN 85-336-1577-9

1. Contos – Literatura infanto-juvenil I. Título. II. Série.

02-5032 CDD-028.5

Índices para catálogo sistemático:
1. Contos : Literatura infanto-juvenil 028.5

Rua Conselheiro Ramalho, 330/340 01325-000 São Paulo SP Brasil
Tel. (11) 3241.3677 Fax (11) 3105.6867
e-mail: info@martinsfontes.com.br http://www.martinsfontes.com.br

Roald Dahl nasceu em 1916 no País de Gales, filho de pais noruegueses. Passou a infância na Inglaterra e, aos dezoito anos, foi para a África como empregado da companhia de petróleo Shell. Participou da Segunda Guerra Mundial como piloto da Real Força Aérea da Inglaterra. Começou a escrever quando era adido da embaixada inglesa em Washington. Seus livros para adultos e crianças são hoje traduzidos e apreciados no mundo todo. Roald Dahl morreu em 1990, aos setenta e quatro anos.

Waldéa Pereira Barcellos nasceu em 1951 na cidade do Rio de Janeiro e mora, há quinze anos, em Paty do Alferes, na região serrana do estado. É bacharela em português e inglês pela UFRJ e obteve o "Certificate of Proficiency in English" da University of Cambrige. Entre os autores das mais de quarenta obras que traduziu, estão o Dalai-Lama, Wilhelm Reich e J. R. R. Tolkien.

Alexandre Camanho nasceu em São Paulo, em 1972. Participou de vários salões de humor e arte, sendo o mais recente o Salão Internacional de Desenho para a Imprensa de Porto Alegre de 2001, e também de exposições patrocinadas pelo Banco do Brasil e pelo SESC/São Paulo.

Índice

O menino que falava com os bichos

Não faz muito tempo, decidi passar uns dias de férias nas Antilhas. Uns amigos haviam me falado que o lugar era maravilhoso. Disseram que eu poderia ficar à toa o dia inteiro, tomando banho de sol nas praias cor de prata e nadando no mar verde quentinho.

Escolhi a Jamaica, e tomei um vôo direto de Londres para Kingston. A corrida do aeroporto de Kingston até meu hotel levou duas horas. A ilha era cheia de montanhas, e as montanhas eram cobertas de florestas densas e escuras. O enorme jamaicano que dirigia o táxi me contou que lá em cima, naquelas florestas, viviam comunidades de pessoas diabólicas que ainda praticavam vudu, feitiçaria e outros rituais mágicos.

– Nunca suba até as florestas daquelas montanhas – ele disse, revirando os olhos. – Lá em cima acontecem coisas que deixariam você de cabelo branco num minuto!

– Que coisas? – perguntei.

– É melhor nem perguntar – ele disse. – Não vale a pena falar nisso.

E encerrou o assunto.

Meu hotel ficava na beira de uma praia cor de pérola, e a paisagem era mais bonita ainda do que eu havia imaginado. Mas, na hora em que atravessei as enormes portas de entrada, comecei a me sentir incomodado. Não havia razão para isso. Não estava vendo nada de errado. Porém a sensação persistia, e eu não conseguia livrar-me dela. Havia algo de estranho e sinistro naquele lugar. Apesar de todo o luxo e encanto, um cheiro de perigo se espalhava pelo ar como um gás venenoso.

E eu não tinha muita certeza de que fosse só por causa do hotel. Toda a ilha, as montanhas e florestas, as pedras escuras ao longo da costa, as árvores carregadas de flores escarlates – tudo isso e muitas outras coisas me deixavam pouco à vontade. Havia algo de maligno que espreitava por baixo da superfície dessa ilha. Eu o sentia até nos meus ossos.

Meu quarto no hotel tinha uma varandinha, e dali eu podia sair direto para a praia. Havia coqueiros muito altos por todo lado, e de vez em quando um coco verde enorme, do tamanho de uma bola de futebol, caía na areia com um baque. Era loucura deitar debaixo de um coqueiro daqueles, pois se uma daquelas coisas caísse na cabeça de alguém certamente lhe esmagaria o crânio.

A garota jamaicana que entrou para arrumar meu quarto me contou que um milionário norte-americano chamado Sr. Wasserman tinha morrido assim havia apenas dois meses.

– Está brincando – eu lhe disse.

– Brincadeira não! – ela gritou. – É sério! Vi isso acontecer, com meu olho.

– Mas isso não provocou nenhum bafafá? – perguntei.

– Eles esconde – ela respondeu sombriamente. – Os cara do hotel esconde e os do jornal também, porque essas coisa são muito ruim pros negócio de turismo.

– E você disse que viu isso acontecer de verdade?

– Eu vi isso acontecer de verdade – ela disse. – O Sr. Wasserman, ele estava em pé debaixo daquele coqueiro ali na praia. Ele apontava sua câmera na direção do pôr-do-sol. Tinha um pôr-do-sol vermelho aquela tarde, muito bonito. Daí, de repente, lá vem um coco verde enorme e cai bem em cima da cabeça careca dele. Bum! E aquele – acrescentou ela, com um toque de prazer – foi o último pôr-do-sol que o Sr. Wasserman viu na vida dele.

– Quer dizer que o coco o matou instantaneamente?

– Não sei se foi *instantaneamente* – ela disse. – Eu lembro que a próxima coisa que aconteceu foi que a câmera saiu das mão dele e caiu na areia. Aí os braço dele caíram nos lado do corpo e ficaram balançando. Aí ele todo começa a balançar. Balança pra frente e pra trás um monte de vezes *tão* devagar, e eu ali em pé assistindo, e eu digo, cá comigo, "o pobre homem tá tontinho e talvez desmaie a qualquer momento". Daí bem devagarinho ele vai se ajoelhando até chegar no chão.

– Estava morto?

– Mortinho – ela disse.

– Meu Deus.

– É isso mesmo – ela disse. – Nunca vale a pena ficar embaixo de um coqueiro quando tem vento soprando.

– Obrigado. Vou me lembrar disso.

Na tarde do meu segundo dia, eu estava sentado na minha varandinha com um livro no colo e um copo alto de ponche de rum na mão. Eu não estava lendo o livro. Estava observando uma lagartixa verde aproximar-se sorrateiramente de uma outra lagartixa verde, no chão da varanda, a mais ou menos dois metros de distância. A lagartixa sorrateira ia se aproximando da outra por trás, avançando muito devagar e com muito cuidado, e, quando a alcançou, esticou sua língua comprida e tocou-lhe a cauda. A outra pulou, fazendo meia-volta, e as duas se viram frente a frente, imóveis, coladas no chão, bote armado, encarando-se muito tensas. Então de repente começaram a fazer uma dancinha pulada engraçada. Pularam para cima. Pularam para trás. Pularam para a frente. Pularam para o lado. Uma circulou a outra como dois boxeadores, pulando e empinando-se e dançando todo o tempo. Era uma coisa estrambótica de ver, e eu pensei que se tratava de algum tipo de ritual de acasalamento. Fiquei muito quieto, esperando para ver o que viria depois.

Mas nunca vi o que veio depois, porque naquele momento notei uma grande agitação lá embaixo, na praia. Olhei em volta e vi uma multidão se juntando em torno de alguma coisa na beira do mar. Havia uma canoa estreita de pescador atracada na areia ali perto, e tudo que consegui pensar na hora foi que os pescadores tinham chegado com um montão de peixe e que a multidão estava olhando para isso.

Um arrastão de peixe é uma coisa que sempre me fascinou. Coloquei meu livro de lado e me levantei. Mais pessoas vinham aos bandos da varanda do hotel, correndo pela praia para se juntar à multidão na beira do mar. Os homens vestiam aquelas bermudas horrorosas que vão até os joelhos, e suas camisetas eram enjoativas, cheias de cor-de-rosa e laranja e toda cor berrante que se possa imaginar. As mulheres tinham um gosto melhor, e a maioria estava usando bonitos vestidos de algodão. Quase todo mundo tinha um drinque na mão.

Peguei o meu e desci da varandinha até a praia. Fiz uma volta pequena em torno do coqueiro debaixo do qual o Sr. Wasserman havia supostamente encontrado seu fim, e andei e andei a passos largos pela linda areia prateada para me juntar à multidão.

Mas o que eles estavam olhando não era um arrastão de peixe. Era uma tartaruga, virada de cabeça para baixo, deitada de costas na areia. E que tartaruga! Era um gigante, um mamute. Nunca havia passado pela minha cabeça que uma tartaruga pudesse ser tão gigantesca como aquela.

Como posso descrever seu tamanho? Se estivesse de cabeça para cima, acho que um homem alto poderia se sentar em seu casco sem tocar os pés no chão. Tinha quem sabe um metro e meio de comprimento e um metro de largura, com um belo casco grande abobadado.

Os pescadores que a pegaram, tinham-na virado de costas para que ela não pudesse fugir. Havia também uma corda grossa amarrada em volta de seu casco, e um pescador orgulhoso, magro, negro e nu, exceto por uma tanguinha, ficou em pé a pouca distância, segurando a ponta da corda com as duas mãos.

De cabeça para baixo, estava ela, esta magnífica criatura, com suas quatro grossas nadadeiras se movendo freneticamente no ar, e seu pescoço comprido e enrugado esticado bem para fora do casco. As nadadeiras tinham garras grandes e afiadas.

– Para trás, senhoras e senhores, por favor! – gritou o pescador. – Fiquem bem para trás! As garra dela são perigosa, rapaz! Arranca seu braço fora num instante!

A multidão de hóspedes do hotel vibrava, deliciada com o espetáculo. Uma dúzia de câmeras apareceram do nada e já começaram a clicar. Muitas mulheres davam gritinhos de prazer, agarradas aos braços de seus homens, e os homens demonstravam sua coragem e masculinidade fazendo observações bobas em voz alta.

– Dá para fazer um bom par de óculos de aro de tartaruga para você com aquele casco, hein, Al?

– Aquela maldita coisa deve pesar mais de uma tonelada!

– Quer dizer que flutua de verdade?

– Claro que flutua! É uma nadadora poderosa também. Consegue puxar um barco, fácil.

– É um cágado, é?

– Que cágado! Cágados não crescem que nem esta aí. Mas vou lhe contar uma coisa. Se você chegar muito perto dessa tartaruga, ela arranca sua mão fora num segundo.

– Verdade? – uma das mulheres perguntou ao pescador. – É verdade que arranca fora a mão de uma pessoa?

– Arranca agora mesmo – disse o pescador, sorrindo com dentes brancos e brilhantes. – Nunca machucaria você no mar, mas tire ela de lá, puxe ela para a margem e amarre de ponta-cabeça assim, e então... homens vivos, tomem cuidado! Ela abocanhará qualquer coisa ao seu alcance!

– Acho que eu também ficaria mal-humorada assim – disse a mulher – se estivesse nesta situação!

Um homem idiota havia encontrado uma tábua de madeira na areia e estava carregando-a em direção à tartaruga. Era uma tábua de bom tamanho, com mais ou menos um metro e meio de comprimento e quem sabe meio centímetro de espessura. Ele começou a cutucar a cabeça dela com uma das pontas da tábua.

– Eu não faria isso – disse o pescador. – Você só vai fazer ela ficar mais brava do que nunca.

Quando a ponta da tábua tocou-lhe o pescoço, sua grande cabeça girou de repente, sua boca se abriu bem e – nhac! – lá se foi a tábua para dentro da boca da tartaruga, que ficou mastigando-a como se fosse feita de queijo.

– Uau! – eles gritaram. – Você viu aquilo? Ainda bem que não foi meu braço!

– Deixe ela em paz – disse o pescador. – Não vai ajudar em nada deixar ela assim irritada.

Um homem pançudo de quadris largos e pernas curtinhas veio até o pescador e disse:

– Escute, companheiro. Eu quero aquele casco. Vou comprá-lo de você. – E à sua esposa gorducha: – Sabe o que eu vou fazer, Mildred? Vou levar este casco para casa e pagar um especialista para poli-lo. Depois vou colocá-lo bem no meio da nossa sala! Não vai ser demais?

– Fantástico! – disse a esposa gorducha. – Vá lá e compre-o, benzinho.

– Não se preocupe – ele disse. – Já é meu. – E para o pescador: – Quanto você quer pelo casco?

– Eu já vendi – disse o pescador. – Eu vendi a tartaruga com casco e tudo.

– Não tão depressa, meu rapaz. – E o pançudo disse:

– Eu cubro a oferta. Vamos lá. Quanto foi que lhe ofereceram?

– Não, não posso – disse o pescador. – Eu já vendi.

– Para quem?

– Para o gerente.

– Que gerente?

– O gerente do hotel.

– Vocês ouviram isso? – gritou outro homem. – Ele vendeu a tartaruga para o gerente do hotel! E sabem o que isto quer dizer? Quer dizer sopa de tartaruga, é isso o que quer dizer!

– Certíssimo! E bife de tartaruga também! Você já comeu bife de tartaruga, Bill?

– Nunca, Jack. Mas mal posso esperar!

– Um bife de tartaruga é melhor do que um bife de boi, se for cozido direito. É mais macio e tem um baita de um gosto bom.

– Escute – disse o pançudo ao pescador. – Não estou tentando comprar a carne. O gerente pode ficar com a carne. Ele pode ficar com tudo o que tem dentro, inclusive os dentes e as garras. Tudo o que eu quero é o casco.

– E se eu lhe conheço, benzinho – sua esposa lhe disse, sorrindo radiante –, você vai conseguir aquele casco.

Eu fiquei ali escutando a conversa daqueles seres humanos. Estavam discutindo a destruição, o consumo e o sabor de uma criatura que parecia, mesmo de ponta-cabeça, extremamente digna. Uma coisa era certa: ela superava qualquer um deles em idade. Havia cruzado os mares antilhanos por, provavelmente, uns 150 anos. Estava viva quando George Washington era presidente dos Estados Unidos, e quando Napoleão levou uma surra em Waterloo. Era só uma tartaruguinha, mas certamente já estava por aí.

E agora estava aqui, na praia, de ponta-cabeça, esperando para ser sacrificada e virar sopa e bife. Estava claramente apavorada com todo aquele barulho e gritaria ao seu redor. Seu velho pescoço enrugado estava totalmente esticado para fora do casco, e a enorme cabeça se torcia para um lado e para o outro, como se estivesse procurando alguém que pudesse explicar o motivo daquele péssimo tratamento.

– Como você vai fazer para levá-la até o hotel? – o pançudo perguntou.

– Vou arrastar ela pela praia com a corda – o pescador respondeu. – Os empregados do hotel vão chegar logo para levar ela. Vamos precisar de dez homens, todos puxando ao mesmo tempo.

– Ei, escute! – gritou um jovem musculoso. – Por que nós mesmos não a arrastamos? – O jovem musculoso estava sem camisa e de bermuda magenta e verde-ervilha. Tinha um peito excepcionalmente cabeludo, e a ausência de uma camisa era obviamente um ato calculado. – Que acham de um pouquinho de trabalho pelo nosso jantar? – ele gritou, mostrando os músculos. – Vamos lá, rapaziada! Quem quer fazer um pouco de exercício?

– Ótima idéia! – eles gritaram. – Esquema esplêndido!

Os homens estenderam seus drinques a suas mulheres e apressaram-se para pegar a corda. Colocaram-se ao longo dela como se fossem lutar cabo-de-guerra, e o homem do peito cabeludo se nomeou âncora e capitão do grupo.

– Vamos lá, rapazes! – ele gritou. – Quando eu disser "puxem!", vocês puxam ao mesmo tempo, entenderam?

O pescador não gostou muito da idéia:

– É melhor deixar esse trabalho pro hotel – disse.

– Besteira! – gritou peito-cabeludo. – Puxem, rapazes, puxem!

Todos puxaram. A tartaruga gigantesca balançou sobre seu casco e quase virou.

– Não deixem ela virar! – gritou o pescador. – Vocês vão virar ela se fizerem isso! E, se ela conseguir ficar em pé de novo, vai escapar com certeza!

– Fica fria, mocinha – peito-cabeludo falou, num tom superior. – Como ela vai escapar? Tem uma corda em volta dela, não tem?

– A velha tartaruga vai arrastar todos vocês com ela se derem uma chance a ela! – gritou o pescador. – Vai arrastar vocês todos pro mar, um por um!

– Puxem! – gritou peito-cabeludo, ignorando o pescador. – Puxem, rapazes, puxem!

E então a tartaruga gigante começou a deslizar devagarinho em direção ao hotel, em direção à cozinha, em direção ao lugar onde eram guardados os facões. As mulheres e os homens mais velhos, mais gordos e menos atléticos, seguiam de lado, gritando para encorajá-los.

– Puxem! – gritou o âncora peito-cabeludo. – Ponham tudo nisso aí, companheiros! Vocês podem puxar mais forte do que isso!

De repente, ouvi gritos. Todos ouviram os gritos. Eram gritos tão agudos, tão estridentes e tão urgentes que cortavam tudo pelo meio.

– Nã-ão-ão! – gritava o grito. – Não! Não! Não! Não! Não! Não!

A multidão congelou. Os homens do cabo-de-guerra pararam de puxar e os observadores pararam de gritar, e toda e qualquer pessoa presente se virou na direção do lugar de onde vinham os gritos.

Meio andando, meio correndo do hotel para a praia, vi três pessoas: um homem, uma mulher e um menininho. Eles estavam meio correndo porque o menino puxava o homem consigo. O homem segurava o menino pelo pulso, tentando fazer com que fosse mais devagar, mas o menino continuava a puxar. Ao mesmo tempo, ele pulava e torcia o pulso e se contorcia e tentava escapar do apertão do pai. Era o garoto que estava gritando.

– Não! – ele gritou. – Não façam isso! Soltem a tartaruga! Por favor, soltem a tartaruga!

A mulher, sua mãe, estava tentando agarrar o outro braço do menino para ajudar a contê-lo, mas o menino pulava tanto que ela não conseguia.

– Soltem a tartaruga! – gritou o menino. – O que vocês estão fazendo é horrível! Por favor, soltem!

– Pare com isso, David! – a mãe disse, ainda tentando segurar-lhe o outro braço. – Não seja tão infantil! Você está fazendo um perfeito papel de bobo.

– Papai! – o menino gritou. – Papai! Fale para eles soltarem a tartaruga!

– Não posso fazer isso, David – o pai disse. – Não é de nossa conta.

Os puxadores do cabo-de-guerra permaneceram imóveis, ainda segurando a corda com a gigantesca tartaruga amarrada na ponta. Todos ficaram surpresos e em silêncio, encarando o garoto. Estavam agora um pouco balançados, todos eles. Tinham o ar levemente desprezível de quem havia sido pego fazendo algo que não era nada digno.

– Agora chega, David – o pai disse, puxando o garoto na direção oposta. – Vamos voltar ao hotel e deixar estas pessoas em paz.

– Eu não vou voltar! – o garoto gritou. – Eu não quero voltar! Eu quero que eles deixem a tartaruga ir embora!

– Chega, David – disse a mãe.

– Corta essa, garoto – o homem de peito cabeludo falou ao menino.

– Vocês são horríveis e cruéis! – berrou o menino. – Todos vocês são horríveis e cruéis! – ele atirou as palavras com voz alta e estridente sobre os quarenta ou cinqüenta adultos em pé ali na praia, e ninguém, nem mesmo peito-cabeludo, lhe respondeu dessa vez. – Por que vocês não a colocam de volta no mar? – ele gritou. – Ela não fez nada para vocês! Soltem a tartaruga!

O pai estava constrangido pelo seu filho, mas não se envergonhava dele.

– Ele é louco por bichos – disse, dirigindo-se à multidão. – Lá em casa ele tem todo tipo de bicho da face da Terra. Ele conversa com eles.

– Ele os ama – disse a mãe.

Várias pessoas começaram a mexer os pés na areia, inquietos. Aqui e ali na multidão era possível sentir uma leve mudança de clima, uma sensação de inquietude, um quê mesmo de vergonha. O menino, que não devia ter mais do que oito ou nove anos, havia parado de lutar com seu pai. O pai ainda estava segurando-o pelo pulso, mas não mais o continha.

– Vamos! – o menino berrou. – Soltem a tartaruga! Desamarrem a corda e deixem ela ir embora! – Ficou ali de pé, muito pequeno e muito ereto, encarando a multidão, os olhos brilhando como duas estrelas e o vento soprando em seus cabelos. Estava magnífico.

– Não há nada que possamos fazer, David – disse o pai, gentilmente. – Vamos voltar.

– Não! – o menino gritou, e então torceu o pulso e libertou-se do aperto do pai. Disparou como um raio, correndo pela areia em direção à tartaruga gigante virada de ponta-cabeça.

– David! – o pai gritou, e começou a correr atrás dele. – Pare! Volte aqui!

O menino driblou e se desviou pelo povaréu como um jogador correndo com a bola, e a única pessoa que se colocou em seu caminho foi o pescador.

– Não chegue perto daquela tartaruga, menino! – ele gritou, enquanto abria bem os braços para agarrar a figurinha ligeira. Mas o garoto se esquivou, rodeou o pescador e continuou correndo.

– Ela vai fazer picadinho de você! – gritou o pescador. – Pare, menino! Pare!

Mas era muito tarde para pará-lo agora. A tartaruga o viu enquanto ele corria em direção à sua cabeça imensa, e mesmo de cabeça para baixo ela se virou rapidamente para encará-lo.

O gemido lancinante, agoniado, da voz da mãe do menino subiu pelos céus da tarde que ia embora.

– David! – gritou. – Oh, David!

Um segundo depois, o menino estava se jogando de joelhos na areia e atirando seus braços ao redor do velho pescoço enrugado, abraçando a criatura de encontro ao peito. A bochecha do menino pressionava a cabeça da tartaruga, e os lábios dele se moviam, sussurrando palavras suaves que ninguém mais conseguia ouvir. A tartaruga ficou absolutamente quieta. Até mesmo suas nadadeiras gigantes pararam de balançar no ar.

Um imenso suspiro, um longo e suave suspiro de alívio se ouviu da multidão. Várias pessoas deram um ou dois passos para trás, como se quisessem se afastar um pouco de algo que estava além de sua compreensão. Mas o pai e a mãe avançaram juntos e ficaram a uns três metros de distância de seu filho.

– Papai! – o garoto gritou, ainda acariciando a velha cabeça marrom. – Por favor, faça alguma coisa, papai! Por favor, faça eles soltarem a tartaruga!

– Posso ajudar em alguma coisa por aqui? – disse um homem de terno branco que acabava de vir do hotel. Como todos sabiam, era o Sr. Edwards, o gerente. Era um inglês alto, de nariz curvo e rosto comprido e cor-de-rosa.

– Que coisa *extraordinária*! – ele disse, olhando para o menino e para a tartaruga. – Ele tem sorte de não ter ficado sem a cabeça. – E para o garoto: – É melhor você vir para cá agora, filhinho. Essa coisa é perigosa.

– Eu quero que eles deixem ela ir embora! – gritou o garoto, sem parar de ninar a cabeça da tartaruga. – Diga a eles para deixarem ela ir embora!

– Você compreende, ele pode morrer a qualquer momento – disse o gerente ao pai do garoto.

– Deixe-o em paz – disse o pai.

– Tolice – disse o gerente. – Vá lá e agarre-o. Mas seja rápido. E tome cuidado.

– Não – disse o pai.

– Como assim, não? – disse o gerente. – Essas coisas são mortais! Você não entende isso?

– Entendo – disse o pai.

– Então pelo amor de Deus, homem, tire ele de lá! – gritou o gerente. – Se você não for, vai acontecer um acidente muito nojento.

– Quem é o dono? – perguntou o pai. – Quem é o dono da tartaruga?

– Nós – respondeu o gerente. – O hotel a comprou.

– Então faça-me um favor – disse o pai. – Deixeme comprá-la de vocês.

O gerente olhou para o pai, mas não disse nada.

– Você não conhece o meu filho – disse o pai, calmamente. – Ele vai enlouquecer se a tartaruga for levada ao hotel para ser massacrada. Ele vai ficar histérico.

– Então tire-o de lá – disse o gerente. – E ande rápido com isso.

– Ele ama os animais – disse o pai. – Ele os ama de verdade. Ele se comunica com eles.

A multidão estava silenciosa, tentando escutar o que eles diziam. Ninguém se mexeu. Ficaram como que hipnotizados.

– Se a soltarmos – disse o gerente –, eles a pegarão de novo.

– Talvez – disse o pai. – Mas esses bichos nadam.

– Eu sei que nadam – replicou o gerente. – Mas vão pegá-la mesmo assim. Este é um item valioso, você deve compreender. Só o casco vale muito dinheiro.

– Eu não me importo com o preço – disse o pai. – Não se preocupe. Eu quero comprá-la.

O menino ainda estava ajoelhado na areia ao lado da tartaruga, acariciando sua cabeça.

O gerente tirou um lenço do bolso da camisa e começou a enxugar os dedos. Não lhe agradava a idéia de soltar a tartaruga. Provavelmente já tinha preparado o cardápio do jantar. Por outro lado, não queria que outro acidente medonho acontecesse em sua praia particular naquela temporada. O Sr. Wasserman e o coco, disse a si mesmo, haviam sido problema suficiente para um ano, muito obrigado.

O pai disse:

– Se me deixar comprá-la, consideraria isso um grande favor pessoal, Sr. Edwards. E prometo que não irá se arrepender. Posso lhe garantir com quase toda certeza.

As sobrancelhas do gerente se ergueram um milímetro. Ele tinha entendido a questão. Estavam lhe oferecendo um suborno. Assim era diferente.

Por alguns segundos ele continuou enxugando suas mãos com o lenço. Depois encolheu os ombros e disse:

– Bem, suponho que se vai fazer seu filho se sentir melhor...

– Obrigado – disse o pai.

– Oh, obrigada! – gritou a mãe. – Muito, muito obrigada!

– Willy – disse o gerente, acenando para o pescador.

O pescador se aproximou. Parecia extremamente confuso.

– Nunca vi nada assim em toda a minha vida – disse. – Essa tartaruga velha foi a mais feroz que eu já peguei! Lutou como um diabo quando a gente trouxe ela! Precisei de seis homens só para colocar ela no chão! Aquele menino é maluco!

– Sim, eu sei – disse o gerente. – Mas agora eu quero que vocês a soltem...

– Soltar! – gritou o pescador, pasmado. – Essa você não devia soltar nunca, Sr. Edwards! Ela quebrou o recorde! É a maior tartaruga que já pegaram nesta ilha! É de longe a maior! E o nosso dinheiro?

– Você vai receber seu dinheiro.

– Tenho os outros cinco para pagar também – disse o pescador, apontando para a praia mais embaixo. A uns cem metros, na beira do mar, cinco homens seminus, de pele negra, estavam de pé ao lado de um segundo barco.

– Todos os seis estão nessa, partes iguais – continuou o pescador. – Não posso soltar a tartaruga antes do pagamento.

– Eu garanto que vocês vão receber seu dinheiro – disse o gerente. – Está bem assim?

– Eu assino embaixo dessa garantia – disse o pai do menino, dando um passo à frente. – E mais um bônus extra para todos os seis pescadores se soltarem a tartaruga imediatamente. Eu quero dizer imediatamente, neste instante.

O pescador olhou para o pai. Depois olhou para o gerente.

– Ok – disse ele. – Se é assim que você quer...

– Com uma condição – disse o pai. – Antes de receberem o dinheiro, vocês têm de prometer que não vão correr atrás dela assim que a soltarem. Pelo menos não esta tarde. Entendido?

– Claro – disse o pescador. – Fechado.

Ele se virou e correu para a margem, chamando os outros cinco pescadores. Gritou-lhes alguma coisa que não conseguimos ouvir, e em um ou dois minutos todos os seis voltaram juntos. Cinco deles carregavam varas de madeira grossas e compridas.

O menino ainda estava ajoelhado ao lado da cabeça da tartaruga.

– David – disse o pai, gentilmente. – Está tudo bem agora, David. Eles vão soltá-la.

O menino olhou em volta, mas não tirou os braços do pescoço da tartaruga, e nem se levantou.

– Quando? – perguntou.

– Agora – respondeu o pai. – Agora mesmo. Por isso é melhor você sair daí.

– Promete? – perguntou o menino.

– Sim, David, eu prometo.

O menino soltou seus braços do pescoço da tartaruga. Ficou de pé e recuou alguns passos.

– Para trás, todo mundo! – gritou o pescador chamado Willy. – Todo mundo para trás, por favor!

A multidão se moveu alguns metros para trás. Os homens do cabo-de-guerra soltaram a corda e se moveram com os outros.

Willy ficou de quatro e se arrastou com muito cuidado até um dos lados da tartaruga. Depois começou a desatar o nó da corda. Ficou bem longe do alcance das grandes nadadeiras enquanto fazia isso.

Quando o nó foi desfeito, Willy engatinhou de volta. Então os outros cinco pescadores se adiantaram com as varas. As varas tinham mais ou menos dois metros de comprimento e eram extremamente grossas. Eles introduziram as varas embaixo do casco da tartaruga e começaram a balançar a imensa criatura de um lado para o outro sobre seu casco. O casco tinha uma grande abóbada e era perfeito para ser balançado.

– Para cima e para baixo! – cantavam os pescadores enquanto balançavam a tartaruga. – Para cima e para baixo! Para cima e para baixo! Para cima e para baixo! – A velha tartaruga começou a ficar bastante irritada, e quem poderia culpá-la por isso? As grandes nadadeiras batiam freneticamente no ar, e sua cabeça entrava e saía do casco.

– Rolem a tartaruga! – cantavam os pescadores. – Para cima e de lado! Rolem a tartaruga! Mais uma vez e ela fica de pé!

A tartaruga ficou equilibrada de um lado só do casco e espatifou-se na areia, virada de cabeça para cima.

Mas não andou logo. Sua imensa cabeça marrom saiu do casco e olhou cuidadosamente em volta.

– Vá, tartaruga, vá! – gritou-lhe o menininho. – Volte para o mar!

Os dois olhos negros da tartaruga olharam o garoto com muita atenção. Estavam brilhantes e vivos, cheios da sabedoria da idade avançada. O menino devolveu-lhe o olhar, e, quando falou dessa vez, foi com voz suave e íntima.

– Tchau, velho – ele disse. – Dessa vez vá para bem longe.

Os olhos negros continuaram pousados no garoto por mais alguns segundos. Ninguém se mexeu. Então, com grande dignidade, o animal maciço virou-se e começou a gingar em direção à beira do mar. Não se apressou. Movia-se sossegadamente sobre a praia arenosa, seu grande casco balançando suavemente de um lado para o outro enquanto se afastava.

A multidão observava em silêncio.

A tartaruga entrou na água.

Continuou a se afastar.

Logo estava nadando. Estava em seu elemento agora. Nadou graciosamente, e muito rápido, com a cabeça bem erguida para fora da água. O mar estava calmo, e ela provocou ondinhas que se abriam atrás dela em ambos os lados, como as ondas provocadas por um barco. Passaram-se alguns minutos até que a perdêssemos de vista, e a essa altura ela já estava a meio caminho do horizonte.

Os hóspedes começaram a se dispersar em direção ao hotel. Estavam curiosamente quietos. Agora não havia nem brincadeirinhas, nem zombarias, e nem risadas. Alguma coisa havia acontecido. Algo estranho havia deixado a praia inquieta.

Voltei à minha varandinha e me sentei com um cigarro. Eu tinha o sentimento inquietante de que o caso ainda não estava terminado.

Na manhã seguinte, às oito horas, a garota jamaicana – aquela que tinha me contado sobre o Sr. Wasserman e o coco – trouxe um suco de laranja para o meu quarto.

– Baita, baita confusão no hotel hoje de manhã – ela disse, enquanto colocava o copo em cima da mesa e abria as cortinas. – Todo mundo voando de um lado pro outro feito doido.

– Por quê? O que aconteceu?

– Aquele menininho do quarto 12. Ele evaporou. Desapareceu no meio da noite.

– O menino da tartaruga, você quer dizer?

– Ele mesmo – disse. – Os pai dele tá subindo pelas parede e o gerente tá ficando maluco.

– Faz quanto tempo que ele sumiu?

– Faz umas duas hora que o pai encontrou a cama vazia. Mas ele pode ter sumido a qualquer hora da noite, eu acho.

– É – eu disse. – Pode mesmo.

– Todo mundo no hotel procurando pra cima e pra baixo. – ela disse. – E acabou de chegar um carro da polícia.

– Quem sabe ele acordou cedo e resolveu andar nas pedras – eu disse.

Seus grandes olhos escuros e assombrados pousaram por um momento em meu rosto, e então se desviaram.

– Não é o que eu acho – ela disse, e foi embora.

Coloquei umas roupas e corri para a praia. Na praia estavam dois policiais nativos, de uniforme cáqui, com o Sr. Edwards, o gerente. Só quem falava era o Sr. Edwards. Os policiais só o escutavam, pacientemente. A distância, espalhados pelos dois lados da praia, pude ver pequenos grupos de pessoas, empregados e hóspedes do hotel, dirigindo-se às pedras. A manhã estava linda. O céu estava azulado, com um leve toque de amarelo. O sol já tinha se levantado e fazia o mar brilhar como diamantes. E o Sr. Edwards estava falando bem alto com os dois policiais nativos e balançando os braços.

Eu queria ajudar. O que deveria fazer? Para qual direção deveria ir? Não teria sentido simplesmente seguir os outros. Então simplesmente comecei a andar até o Sr. Edwards.

Foi quando vi o barco de pescador. A canoa de madeira comprida com um único mastro e uma vela marrom agitada pelo vento ainda estava um pouco longe no mar, mas vinha em direção à praia. Os dois pescadores dentro dela, um em cada ponta, remavam rápido.

Remavam muito rápido. Os remos subiam e desciam numa velocidade tão espantosa que pareciam estar numa corrida. Parei e os observei.

Por que tanta pressa para chegar até a praia? Era quase óbvio que tinham alguma coisa para contar. Não tirei os olhos do barco. À minha esquerda, podia ouvir o Sr. Edwards dizendo aos policiais:

– É totalmente ridículo! Não posso deixar que pessoas simplesmente sumam do meu hotel! É melhor vocês encontrarem o menino depressa, estão entendendo? Das duas uma: ou ele se perdeu por aí ou foi raptado. De qualquer jeito, é responsabilidade da polícia...

O barco de pesca deslizou sobre o mar e veio planando pela areia até a margem. Os dois homens jogaram os remos e pularam para fora do barco. Começaram a correr pela praia. Reconheci o da frente como sendo o Willy. Quando ele avistou o gerente e os dois policiais, foi direto até eles.

– Ei, Sr. Edwards! – Willy gritou. – Acabamos de ver uma coisa maluca!

O gerente endureceu o pescoço e virou-o num solavanco para trás. Os dois policiais permaneceram impassíveis. Estavam acostumados com gente alvoroçada. Encontravam gente assim todos os dias.

Willy parou na frente do grupo, com o peito subindo e descendo por causa de sua respiração pesada. O outro pescador estava ali perto, atrás dele. Os dois estavam nus, exceto por uma tanguinha, e suas peles negras brilhavam de suor.

– A gente vem remando a todo vapor há um tempão – disse Willy, desculpando-se pela sua falta de fôlego. – A gente achou que tinha de vir logo e contar o mais rápido possível.

– Contar o quê? – disse o gerente. – O que vocês viram?

– Foi louco, homem! Absolutamente louco!

– Vamos logo com isso, Willy, pelo amor de Deus.

– Você não vai acreditar – disse Willy. – Não tem ninguém que vai acreditar. Né, Tom?

– É – disse o outro pescador, fazendo que sim com a cabeça. – Se o Willy aqui não estivesse lá comigo pra provar, eu mesmo não teria acreditado, não!

– Acreditado no quê? – disse o Sr. Edwards. – Diga logo o que vocês viram.

– A gente tinha saído cedo – disse Willy –, mais ou menos às cinco horas da manhã, e já devia estar a umas boas milhas para dentro no mar antes de ter luz suficiente para enxergar qualquer coisa. De repente, enquanto o sol saía, a gente viu bem na nossa frente, não mais que a uns cinqüenta metros dali, uma coisa que a gente não conseguiu acreditar nem com nossos próprios olhos...

– O quê? – interrompeu o Sr. Edwards. – Pelo amor de Deus, acabe logo com isso!

– Viu aquela tartaruga monstra velha nadando lá longe, aquela de ontem, da praia, e viu o menino sentado em cima do casco dela, cavalgando a tartaruga pelo mar como se fosse um cavalo!

– Você tem de acreditar! – gritou o outro pescador. – Eu vê também, então você tem de acreditar!

O Sr. Edwards olhou para os dois policiais.

Os dois policiais olharam para o pescador.

– Você não brincaria conosco, não é?

– Eu juro! – gritou Willy. – É a mais pura verdade! Tava lá o menininho bem em cima do casco da tartaruga velha, e os pés dele nem tocava na água! Tava seco que nem um osso e sentado ali numa boa! Então a gente foi atrás deles. Primeiro a gente tentou chegar bem quietinho, como a gente sempre faz quando vai pegar uma tartaruga, mas o menino vê a gente. A gente não tava muito longe dessa vez, sabe. Não mais do que daqui até a beira da praia. E, quando o menino vê a gente, ele meio que se inclina pra frente como se tivesse dizendo alguma coisa praquela tartaruga velha, e a cabeça da tartaruga se levanta e ela começa a nadar como as línguas do inferno! Rapaz, como nadava aquela tartaruga! Tom mais eu consegue remar bem rápido quando a gente quer, mas a gente não tinha chance com aquele monstro! Nenhuma chance! Ela estava indo pelo menos duas vezes mais rápido que a gente! Duas vezes fácil, o que você me diz, Tom?

– Eu digo que ela nadava umas *três* vezes mais rápido – disse Tom. – E vou lhe dizer por quê. Em uns dez ou quinze minutos, eles já tavam uma milha na nossa frente.

– Por que diabos vocês não gritaram pelo garoto? – perguntou o gerente. – Por que não falaram com ele antes, quando estavam mais perto?

– A gente *nunca* parou de chamar, homem! – bradou Willy. – Na hora que o menino vê a gente, e a gente pára de tentar chegar bem quieto, a gente começou a gritar. A gente grita tudo o que existe na face da Terra praquele menino, pra fazer ele subir com a gente. "Ei, menino!", eu grito pra ele. "Você volte aqui com a gente! A gente vai lhe dar uma carona até em casa! Não é nada legal o que você tá fazendo aí, menino! Pule daí e nade enquanto você tem chance, que a gente lhe pega! Vamos, garoto, pule! Sua mamãe deve estar esperando você em casa, menino, então por que você não vem com a gente?" E teve uma vez que eu gritei pra ele: "Escute, menino! A gente vai lhe prometer uma coisa! A gente nunca mais vai pegar essa tartaruga velha se você vier com a gente!"

– E ele respondeu alguma coisa? – o gerente perguntou.

– Ele nem olhou pro lado! – Willy disse. – Ele ficou lá sentado em cima do casco e começou a balançar o corpo pra frente e pra trás, como se quisesse que a velha tartaruga fosse mais e mais rápido! Você vai perder aquele garoto, Sr. Edwards, a não ser que alguém vá lá bem depressa e arranque ele de lá!

O rosto do gerente, geralmente rosado, ficou branco que nem papel.

– Para que lado eles estavam indo? – perguntou asperamente.

– Pro norte – Willy respondeu. – Pro norte, quase certo.

– Certo! – disse o gerente. – Vamos pegar a lancha! Quero que você venha conosco, Willy. E você também, Tom.

O gerente, os dois policiais e os dois pescadores correram até onde estava a lancha usada para esqui aquático, atracada na areia. Empurraram o barco, e até mesmo o gerente deu uma mão, entrando na água até os joelhos com suas calças brancas bem passadas.

Depois todos subiram.

Eu os observei zarparem.

Duas horas depois, observei-os voltando. Não haviam visto nada.

Durante todo aquele dia, lanchas e iates de outros hotéis da costa procuraram pelo mar. À tarde, o pai do garoto contratou um helicóptero. Ele mesmo o pilotou, e ficaram lá em cima por três horas. Não encontraram nem sinal da tartaruga ou do garoto.

Por uma semana a busca continuou, sem resultados.

E agora quase um ano se passou desde que isso aconteceu. Em todo esse tempo, só o que se conseguiu foram fragmentos de novidades importantes. Um grupo de norte-americanos, vindos de Nassau para as Bahamas, estava praticando pesca submarina numa ilha chamada Eleuthera. Existem milhares de barreiras de corais e ilhotas nessa área, literalmente milhares, e em uma dessas ilhotas o capitão do iate viu com seu binóculo a figura de uma pessoinha. A ilhota tinha praia de areia, e a pessoinha estava andando pela praia. O binóculo foi passando de mão em mão, e todo mundo que olhou concordou que era uma criança de alguma espécie. Houve, é claro, muita excitação a bordo, e as linhas de pesca logo foram enroladas para dentro do iate. O capitão dirigiu-o para a ilhota. Quando estavam a meia milha de distância, puderam ver claramente, com o binóculo, que a figura na praia era a de um garoto que, apesar de bronzeado, com quase toda certeza era branco, não um nativo. Àquela altura, os observadores no iate também localizaram o que parecia ser uma tartaruga gigantesca na areia, próxima ao garoto. O que aconteceu depois, aconteceu muito rápido. O menino, que provavelmente havia visto o iate se aproximar, pulou nas costas da tartaruga, e a imensa criatura entrou na água e nadou em grande velocidade em volta da ilha, e depois para fora do campo de visão. O iate procurou por duas horas, mas nada mais foi visto do garoto ou da tartaruga.

Não há motivo para não acreditar neste relato. Havia cinco pessoas no iate. Quatro eram norte-americanos e o capitão, das Bahamas, de Nassau. Todos eles, um por vez, viram o garoto e a tartaruga com a ajuda do binóculo.

Para chegar à ilha Eleuthera vindo da Jamaica por mar, primeiro deve-se viajar para o nordeste por 250 milhas e passar pela Windward Passage entre Cuba e o Haiti. Então deve-se seguir a norte do noroeste por pelo menos mais 300 milhas. A distância total é de 550 milhas, que é uma distância muito grande para ser percorrida por um menininho no casco de uma tartaruga gigante.

Quem sabe o que pensar de tudo isso?

Um dia, quem sabe, ele voltará, embora eu pessoalmente duvide disso. Tenho a sensação de que ele está bem feliz onde está.

O carona

Eu estava de carro novo. Era um brinquedinho empolgante, um BMW 3.3, que significa 3.3 litros, chassi alongado, injeção de combustível. A velocidade máxima era de 207 km/h, e a aceleração era incrível. A carroceria era azul-clara. Os bancos eram de um azul mais escuro e eram de couro, um couro macio, autêntico, da melhor qualidade. As janelas eram acionadas eletricamente, da mesma forma que o teto solar. A antena do rádio subia quando eu ligava o rádio, e se recolhia quando eu o desligava. A velocidades baixas, o motor de alta potência rosnava e grunhia impaciente, mas a mais de noventa por hora o rosnado parava, e o motor começava a ronronar de prazer.

Eu estava indo para Londres, sozinho. Era um lindo dia de junho. O feno secava nos campos e havia botões-de-ouro dos dois lados da estrada. Eu seguia tranqüilo, a 110 km/h, recostado confortavelmente no assento, com apenas dois dedos pousados de leve na direção para mantê-la firme. À minha frente, vi um homem pedindo carona. Pisei no freio e fiz o carro parar ao lado dele. Eu sempre parava para dar carona. Bem sabia como era ficar parado à beira de uma estrada no interior, observando a passagem dos carros. Eu odiava os motoristas que fingiam não me ver, especialmente aqueles com carros grandes e três lugares vazios. Os carrões de luxo raramente paravam. Eram sempre os menores que ofereciam carona, os velhos e enferrujados ou aqueles que já vinham lotados de crianças e o motorista dizia: "Acho que, apertando, dá para caber mais um."

– Indo para Londres, patrão? – disse o carona, depois de enfiar a cabeça pela janela aberta.

– Estou – respondi. – Pode entrar.

Ele entrou, e eu segui em frente.

Era um homem miúdo, com cara de rato e dentes cinzentos. Os olhos eram escuros, ágeis e espertos, como olhos de rato; e as orelhas, ligeiramente pontudas no alto. Estava com um boné de pano na cabeça e usava um paletó acinzentado, com bolsos enormes. Com aquele paletó cinza, associado aos olhos ágeis e às orelhas pontudas, ele mais parecia um gigantesco rato humano.

– A que parte de Londres você vai? – perguntei.

– Vou atravessar a cidade direto e sair do outro lado. Vou a Epsom, às corridas. Hoje é o dia do Derby.

– É mesmo – disse eu. – Bem que eu gostaria de ir junto. Adoro apostar em cavalos.

– Eu nunca aposto em cavalos – retrucou ele. – Nem mesmo assisto à corrida. É uma bobagem, não tem graça.

– Então por que vai até lá? – perguntei.

Ele pareceu não gostar da pergunta. A carinha de rato perdeu totalmente a expressão, e ele ficou ali sentado, olhando fixamente para a estrada, sem dizer nada.

– Imagino que você ajude no trabalho com as máquinas de apostas ou algo semelhante – disse eu.

– É uma bobagem maior ainda – respondeu ele. – Não tem a menor graça operar aquelas máquinas nojentas e vender ingressos para patetas. Qualquer idiota poderia fazer isso.

Houve um longo silêncio. Resolvi não fazer mais perguntas. Eu me lembrava de como costumava ficar irritado no meu tempo de carona, quando os motoristas não paravam de *me* fazer perguntas. Aonde você está indo? Por que está indo para lá? Em que você trabalha? Você é casado? Tem namorada? Qual é o nome dela? Quantos anos você tem? E assim por diante. Eu detestava.

– Desculpe – disse eu. – O que você faz na vida não é da minha conta. O caso é que sou escritor, e a maioria dos escritores são uns tremendos enxeridos.

– Escritor de livros? – perguntou ele.

– Isso mesmo.

– Tudo bem com escrever livros – disse ele. – É o que eu chamo de trabalho especializado. Eu também faço um trabalho especializado. O pessoal que eu desprezo são aqueles que passam a vida inteira cumprindo tarefas rotineiras e sem qualidade, sem nenhum talento. Sabe o que estou querendo dizer?

– Sei.

– O segredo da vida é tornar-se muito, muito bom em alguma atividade que seja muito, muito difícil.

– Como a sua – disse eu.

– Exatamente. Como a minha e a sua.

– E o que o leva a pensar que *eu* seja bom no que faço? – perguntei. – Há um monte de escritores péssimos por aí.

– Um escritor não estaria rodando num carro como este se não fosse bom – respondeu ele. – Deve ter custado uma boa nota, esse brinquedinho.

– Não foi barato.

– A que velocidade ele chega?

– A 207 km/h – respondi.

– Aposto que não chega.

– E eu aposto que chega.

– Os fabricantes de automóveis são todos uns mentirosos. Pode-se comprar o carro que se quiser, e ele nunca atinge a velocidade que os fabricantes dizem nos anúncios.

– Esse aqui atinge.

– Pise fundo então e prove – disse ele. – Vamos, patrão, pise fundo, e vamos ver a quanto ele consegue chegar.

Há uma rotatória em Chalfont St Peter, e logo em seguida vem um longo trecho reto de estrada em pista dupla. Saímos da rotatória para a pista dupla, e eu pisei no acelerador. O carrão deu um salto à frente como se tivesse sido picado. Em mais ou menos dez segundos, já estávamos a 140.

– Lindo! – gritou ele. – Beleza. Vamos em frente!

Eu estava com o acelerador grudado direto no chão e o mantive ali

– Cento e sessenta! – gritou ele. – Cento e setenta!... Cento e oitenta!... Cento e oitenta e cinco! Assim! Não solte o pé!

Eu estava na faixa de ultrapassagem, e nós passamos como um raio por alguns carros, como se eles estivessem parados – um Mini verde, um Citroën grande cor-de-creme, um Land-Rover branco, um caminhão enorme carregando um contêiner, uma perua Volkswagen laranja...

– Cento e noventa! – gritou meu passageiro, saltando de empolgação. – Vamos! Vamos! Até dois-zero-sete!

Nesse instante, ouvi o berro de uma sirene de polícia. Era tão alta que parecia estar bem dentro do carro, e então um policial numa motocicleta apareceu ao nosso lado na faixa da esquerda, passou por nós e levantou a mão para nos fazer parar.

– Ai, minha nossa! – disse eu. – Estamos fritos!

O policial devia estar a quase 210 km/h quando nos ultrapassou, e precisou de bastante tempo para desacelerar. Afinal, estacionou no acostamento, e eu estacionei atrás dele.

– Eu não sabia que as motocicletas da polícia alcançavam essa velocidade – disse eu, bastante sem graça.

– Aquela ali alcança – disse meu passageiro. – É da mesma marca do seu carro. Uma BMW R90S. A moto mais veloz na estrada. É o que estão usando hoje em dia.

O policial saltou da motocicleta e a inclinou de lado no cavalete. Depois, tirou as luvas e as colocou com cuidado no selim. Agora ele não estava mais com pressa. Nós estávamos onde ele queria, e ele sabia disso.

– É uma encrenca das boas – disse eu. – Não estou gostando nem um pouco.

– Não fale com ele mais do que o necessário, entendeu? – disse meu companheiro. – É só ficar sentado, sem se mexer e sem abrir a boca.

Como um carrasco que se aproxima da sua vítima, o policial veio a passos lentos na nossa direção. Era um homem grande, robusto e barrigudo, com as calças azuis coladas nas enormes coxas. Os óculos de proteção estavam puxados para cima do capacete, revelando um rosto vermelho esbraseado de bochechas largas.

Nós continuamos sentados ali, como escolares culpados, esperando que ele chegasse.

– Cuidado com esse cara – murmurou meu passageiro. – Ele parece perverso como o demônio.

O policial veio à minha janela aberta e pôs a mão carnuda na porta.

– Qual é a pressa? – perguntou.

– Nenhuma.

– Talvez uma mulher no banco traseiro dando à luz, e o senhor a esteja levando a um hospital? É isso?

– Não, senhor.

– Ou quem sabe sua casa esteja pegando fogo e o senhor esteja voando para salvar sua família do andar de cima? – A voz estava perigosamente baixa e zombeteira.

– Minha casa não está pegando fogo.

– Nesse caso, o senhor acabou de se meter numa bela encrenca, não é mesmo? Sabe qual é o limite de velocidade neste país?

– Cento e doze quilômetros por hora – respondi.

– E o senhor se importa de me dizer exatamente a que velocidade estava agorinha mesmo?

Encolhi os ombros e não disse nada.

Quando ele voltou a falar, levantou tanto a voz que eu dei um pulo.

– *Cento e noventa e três quilômetros por hora!* – berrou ele. – Mais de *oitenta* quilômetros acima da velocidade máxima!

Ele virou a cabeça e soltou uma cusparada. Ela aterrissou no meu pára-lama e começou a escorrer pela minha linda pintura azul. Ele se virou então de novo e olhou fixamente para meu passageiro.

– E você quem é? – perguntou, em tom áspero.

– É um carona – disse eu. – Estou lhe dando carona.

– Não lhe perguntei nada. Perguntei a ele.

– E eu fiz algo de errado? – disse meu passageiro. A voz era suave e untuosa como creme para o cabelo.

– Isso é mais do que provável – retrucou o policial. – Seja como for, você é testemunha. Vou tratar de você num instante. Carteira de habilitação – disse ele, ríspido, estendendo a mão.

Entreguei-lhe minha carteira.

Ele desabotoou o bolso esquerdo superior da sua jaqueta e tirou os temidos blocos de multas. Meticulosamente, copiou o nome e o endereço da minha carteira, devolvendo-a então. Deu a volta pela frente do carro e leu o número da placa, anotando-o também. Preencheu a data, a hora e os detalhes da minha transgressão. Arrancou então a primeira via da multa. Mas, antes de entregá-la a mim, verificou se todas as informações tinham saído com clareza na sua própria cópia em carbono. Finalmente, devolveu o bloco ao bolso da jaqueta e fechou o botão.

– Agora, você – disse ele ao meu passageiro, e deu a volta até o outro lado do carro. Do outro bolso superior, tirou um pequeno bloco preto. – Nome? – perguntou.

– Michael Fish – disse meu passageiro.

– Endereço?

– Windsor Lane, 14, Luton.

– Mostre-me algo que prove que esses são seu nome e endereço verdadeiros – disse o policial.

Meu passageiro remexeu os bolsos e acabou mostrando sua própria carteira de habilitação. O policial verificou o nome e o endereço, e a devolveu também.

– Qual é seu trabalho? – perguntou, com grosseria.

– Carregador de cocho.

– *O quê*?

– Carregador de cocho.

– Soletre!

– C – O – C – H – ...

– Já chega. E o que é que um carregador de cocho faz, posso saber?

– Um carregador de cocho é uma pessoa que leva o cimento escada acima até o pedreiro. E o cocho é aquilo em que ele carrega o cimento. Tem um cabo comprido, e no alto tem dois pedaços de madeira em ângulo...

– Está bem, está bem. Quem é seu empregador?

– Não tenho empregador. Estou desempregado.

O policial escreveu tudo no bloquinho preto. Depois, guardou o bloquinho de volta no bolso e fechou o botão.

– Quando voltar para a delegacia, vou dar uma verificadinha em você – disse ele ao meu passageiro.

– Em mim? O que foi que eu fiz de errado? – perguntou o homem com cara de rato.

– Não gostei da sua cara, só isso – respondeu o policial. – E pode até ser que tenhamos uma foto dela em algum lugar nos nossos arquivos. – Ele deu mais uma volta no carro e veio à minha janela.

– Suponho que o senhor saiba que está em situação dificílima – disse-me ele.

– Sim, senhor.

– O senhor não vai poder dirigir esse seu belo carrão por um bom tempo, não depois que *nós* tivermos terminado nosso assunto. Para ser franco, o senhor não vai poder dirigir *nenhum* carro por alguns anos. E isso é ótimo, também. Espero que além de tudo consigam prendê-lo por um tempinho.

– O senhor está querendo dizer prisão? – perguntei, alarmado.

– Isso mesmo – disse ele, estalando os beiços. – No xilindró. Por trás das grades. Junto com todos os outros criminosos que desrespeitam a lei. *E ainda* com uma bela de uma multa. Ninguém vai ficar mais satisfeito com isso do que eu. Vou vê-los no tribunal, vocês dois. Vão receber intimação para comparecer.

Ele se voltou e foi andando até a motocicleta. Com o pé, devolveu o cavalete ao lugar e passou a perna por cima do selim. Deu um pisão no arranque e saiu roncando pela estrada até desaparecer.

– Puxa! – disse eu, ofegante. – Acabou.

– Fomos apanhados – disse meu passageiro. – Fomos apanhados direitinho.

– Eu fui apanhado, é o que você quer dizer.

– É verdade. E agora, patrão, o que é que o senhor vai fazer?

– Vou direto a Londres conversar com meu advogado – respondi. Dei partida no carro e segui viagem.

– O senhor não deve acreditar no que ele falou, sobre a prisão – disse meu passageiro. – Eles não põem ninguém na cadeia só por excesso de velocidade.

– Você tem certeza disso? – perguntei.

– Absoluta. Podem recolher sua carteira e podem aplicar uma multa descomunal. Mas só isso.

Senti um alívio enorme.

– Por sinal, por que você mentiu para ele?

– Quem? Eu? O que o faz pensar que eu menti?

– Você disse para ele que era um carregador de cochos desempregado. Mas me contou que trabalhava numa atividade altamente especializada.

– E trabalho. Mas não vale a pena contar tudo a um policial.

– E então o que *é* que você faz?

– Ah – disse ele, matreiro. – Aí eu estaria contando, não é mesmo?

– É alguma coisa de que você se envergonhe?

– Eu me envergonhe? – exclamou ele. – Eu, com vergonha do meu ofício? Tenho mais orgulho do que faço que qualquer outra pessoa no mundo inteiro!

– Então por que não quer me contar?

– Vocês escritores são mesmo enxeridos, não é mesmo? E o senhor não vai ficar satisfeito enquanto não descobrir exatamente qual é a resposta.

– Para mim pouco importa de um jeito ou de outro – disse eu, mentindo.

Ele me deu um olharzinho astuto de rato, com o canto dos olhos.

– Acho que o senhor se importa. Dá para ver no seu rosto que o senhor imagina que eu me dedique a uma atividade bastante peculiar e que está morrendo de vontade de descobrir qual é.

Não gostei do seu jeito de ler meu pensamento. Continuei calado, olhando direto para a estrada à frente.

– E o senhor também estaria com a razão – prosseguiu ele. – Eu me dedico a uma atividade muito peculiar mesmo. A atividade mais estranha que pode existir.

Esperei que ele continuasse.

– É por isso que preciso ter um cuidado extremo com as pessoas com quem converso, entende? Como é que eu vou saber, por exemplo, que o senhor não é um policial à paisana?

– Eu pareço ser policial?

– Não, não parece. E não é. Qualquer idiota poderia saber isso.

Ele tirou do bolso uma lata de fumo e um maço de papéis para enrolar cigarros; e começou a enrolar um cigarro. Eu o observava com o canto do olho, e a velocidade com que realizou essa tarefa bastante difícil foi incrível. O cigarro estava enrolado e pronto em cerca de cinco segundos. Ele passou a língua pela borda do papel, prendeu-a e levou o cigarro aos lábios. Então, como se viesse de nenhum lugar, um isqueiro apareceu na sua mão. O isqueiro acendeu-se. O cigarro foi aceso. O isqueiro desapareceu. Foi realmente um espetáculo notável.

– Nunca vi ninguém enrolar um cigarro com tanta velocidade – comentei.

– Ah – disse ele, dando uma longa tragada. – Quer dizer que o senhor percebeu?

– Claro que percebi. Foi perfeitamente fantástico.

Ele se recostou e sorriu. Estava muito satisfeito por eu ter percebido sua rapidez ao enrolar o cigarro. – Quer saber o que é que me torna capaz de fazer isso? – perguntou ele.

– Fale, então.

– É porque eu tenho dedos fantásticos. Esses meus dedos – disse ele, erguendo as duas mãos bem diante dos olhos – são mais rápidos e mais espertos do que os dedos do melhor pianista do mundo!

– E você toca piano?

– Está maluco? Eu pareço ser pianista?

Olhei de relance para seus dedos. Tinham um formato tão lindo, eram tão esguios, longos e elegantes, que realmente não pareciam pertencer ao resto dele. Pareciam mais ser os dedos de um neurocirurgião ou de um relojoeiro.

– Meu ofício é cem vezes mais difícil do que tocar piano. Qualquer idiota pode aprender a tocar piano. Hoje em dia tem uma criancinha aprendendo a tocar piano em quase qualquer casa em que se entre. É verdade ou não é?

– Mais ou menos.

– Claro que é verdade. Mas não tem uma pessoa em dez milhões que consiga aprender o que eu faço. Nem uma em dez milhões! O que me diz disso?

– Espantoso – respondi.

– E você tem mesmo razão. É espantoso.

– Acho que sei o que você faz. Você faz truques de mágica. Você é um ilusionista.

– Eu? – Ele bufou com desdém. – Ilusionista? Você consegue me imaginar no circuito de festas infantis baratas, fazendo coelho sair da cartola?

– Então você joga cartas. Você atrai as pessoas para jogos de baralho e só recebe mãos maravilhosas.

– Eu? Um carteador desprezível! – exclamou ele. – Essa é uma vigarice infeliz, se é que existe algo que se possa chamar assim.

– Tudo bem. Eu desisto.

Estava conduzindo o carro devagar agora, a não mais de setenta por hora, para garantir que não seria parado novamente. Tínhamos chegado à rodovia principal de Oxford a Londres e estávamos descendo a ladeira na direção de Denham.

De repente, meu passageiro estava segurando na mão um cinto preto de couro.

– Já viu isso antes? – perguntou. O cinto tinha uma fivela de latão com um desenho incomum.

– Ei! – disse eu. – Ele é meu, não é? *É* meu! Onde você o apanhou?

Ele deu um sorriso e balançou o cinto delicadamente de um lado para o outro.

– De onde é que você acha que eu o apanhei? Do alto das suas calças, é claro.

Estendi a mão tateando para sentir meu cinto. Ele não estava na cintura.

– Você quer dizer que tirou o cinto de mim enquanto estávamos viajando? – perguntei, atarantado.

Ele fez que sim, observando-me o tempo todo com aqueles olhinhos negros de rato.

– Isso é impossível. Você teria de abrir a fivela e fazer deslizar o cinto inteiro pelas alças em toda a volta da calça. Eu o teria visto fazer isso. E, mesmo que não tivesse visto, teria sentido.

– Ah, mas você não sentiu, certo? – disse ele, em tom triunfal. Deixou o cinto cair no colo, e agora de repente havia um cadarço de sapato marrom pendurado nos seus dedos. – E o que acha disso, então? – exclamou, agitando o cadarço.

– O que isso tem a ver?

– Será que alguém por aqui está sentindo falta de um cadarço no sapato? – perguntou ele, forçando um sorriso.

Olhei de relance para meus sapatos. Um deles estava sem o cadarço.

– Meu Deus! Como você fez isso? Eu nunca o vi abaixado.

– Você nunca viu nada – disse ele, com orgulho. – Nunca me viu sair um centímetro do lugar. E sabe por quê?

– Sei – respondi. – Porque você tem dedos fantásticos.

– Exatamente! Você aprende rápido, não é mesmo? – Ele se recostou e ficou pitando seu cigarro de enrolar, soprando a fumaça numa fina baforada contra o pára-brisa. Sabia que tinha me impressionado com aqueles dois truques, e isso o deixou muito feliz. – Não quero me atrasar. Que horas são?

– Olhe aí um relógio, bem diante de você – disse eu.

– Não confio em relógios de carros. O que diz seu relógio de pulso?

Levantei minha manga para olhar meu relógio. Ele não estava lá. Olhei para o homem. Ele me encarou de volta, sorrindo.

– Você pegou o relógio também – constatei.

Ele estendeu a mão, e lá estava meu relógio na sua palma.

– Bela peça, esse relógio – disse ele. – Excelente qualidade. Ouro de dezoito quilates. Fácil de passar adiante, também. Nunca dá trabalho livrar-se de mercadoria de qualidade.

– Gostaria de tê-lo de volta, se você não se importa – disse eu, bastante irritado.

Ele pôs o relógio com cuidado na bandeja de couro à sua frente.

– Eu não ia querer tirar nada de você, patrão. Você é meu amigão. Está me dando carona.

– Fico feliz de saber isso.

– O que estou fazendo é só responder às suas perguntas – prosseguiu ele. – Você quis saber qual era meu meio de vida, e eu estou lhe mostrando.

– O que mais você tem aí que seja meu?

Ele voltou a sorrir e então começou a tirar do bolso do paletó uma coisa atrás da outra que me pertencia – minha carteira de habilitação, um chaveiro com quatro chaves, algumas notas de libra, algumas moedas, uma carta dos meus editores, minha agenda, o toco de um lápis velho, um isqueiro e por último um lindo anel antigo de safira com pérolas em volta, que pertencia à minha mulher. Eu estava levando o anel até o joalheiro em Londres porque estava faltando uma das pérolas.

– Agora essa, sim, é outra bela peça – disse ele, rolando o anel entre os dedos. – É do século XVIII, se não estou enganado, do reinado de Jorge III.

– Você tem razão – disse eu, impressionado. – Você está absolutamente certo.

Ele pôs o anel na bandeja de couro com os outros itens.

– Quer dizer que você é um batedor de carteiras?

– Não gosto desse termo – disse ele. – É vulgar e grosseiro. Batedor de carteiras é gente vulgar e grosseira que só faz servicinhos fáceis, de amador. Gente que rouba dinheiro de velhinhas cegas.

– E como é que você chama o que faz então?

– Eu? Eu sou um mestre dos dedos. Sou um mestre profissional dos dedos. – Pronunciou as palavras em tom solene e orgulhoso, como se estivesse me dizendo que era o Presidente da Real Academia de Cirurgiões ou o Arcebispo de Cantuária.

– Nunca ouvi isso antes – disse eu. – Foi você quem inventou?

– Claro que não inventei – retrucou ele. – Esse é o título dado àqueles que chegaram ao topo da profissão. O senhor já ouviu falar em mestre ourives e em mestre prateiro, por exemplo. São especialistas em ouro e em prata. Eu sou um especialista com meus dedos. Por isso, sou mestre dos dedos.

– Deve ser uma atividade interessante.

– É maravilhosa. É linda.

– E é por isso que vai às corridas?

– As corridas são caça fácil. É só ficar por ali depois do páreo, observando os sortudos entrarem em fila para retirar o dinheiro. E, quando se vê alguém receber um bom maço de notas, é só ir atrás dele e se servir.

Mas não me entenda mal, patrão. Eu nunca tiro nada de quem perde. Nem de gente pobre. Só ando atrás dos que têm condições, dos ganhadores e dos ricos.

– Muita consideração da sua parte – disse eu. – Com que freqüência você é apanhado?

– Apanhado? – gritou ele, escandalizado. – Eu? Apanhado? Só batedores de carteira são apanhados. Mestres dos dedos nunca. Escute, se eu quisesse, poderia tirar a dentadura da sua boca e nem assim o senhor me flagraria.

– Eu não uso dentadura.

– Eu sei que não usa – respondeu ele. – Se usasse, eu já a teria tirado há muito tempo.

Acreditei nele. Aqueles seus dedos longos e esguios pareciam capazes de fazer qualquer coisa.

Seguimos mais um pouco sem falar.

– Aquele policial vai dar uma verificada bem rigorosa em você – disse eu. – Isso não o preocupa nem um pouco?

– Ninguém vai verificar nada a meu respeito – disse ele.

– Claro que vão. Ele tem seu nome e seu endereço anotados com a máxima atenção no bloquinho preto.

O homem deu mais um dos seus sorrisinhos matreiros, de rato.

– Ah, anotou mesmo. Mas eu aposto que ele não tem tudo anotadinho na memória também. Nunca ouvi falar num policial que tivesse uma memória decente. Alguns deles não conseguem se lembrar nem dos próprios nomes.

– E o que a memória tem a ver com isso? – perguntei. – Está tudo escrito no bloco, não está?

– Está, patrão, está. Mas o problema é que ele perdeu os blocos. Perdeu os dois blocos, o que tem meu nome *e* o que tem o seu.

Nos dedos longos e delicados da sua mão direita, o homem segurava em triunfo os dois blocos que havia tirado dos bolsos do policial.

– Serviço mais fácil da minha vida – declarou, com orgulho.

Eu quase perdi a direção e bati num caminhão de leite, de tanta emoção.

– Agora aquele guarda não tem mais nada a nosso respeito – disse ele.

– Você é um gênio! – exclamei.

– Ele não tem nome nenhum, endereço nenhum, placa nenhuma, nadica de nada.

– Você é brilhante!

– Acho melhor o senhor sair um pouco da estrada principal o mais rápido possível. Assim, a gente pode fazer uma fogueirinha e queimar esses blocos.

– Você é fantástico!

– Obrigado, patrão – disse ele. – É sempre bom ter nosso valor reconhecido.

Uma nota acerca do próximo conto

Em 1946, há mais de trinta anos, eu ainda era solteiro e morava com minha mãe. Eu escrevia dois contos por ano, o que me proporcionava uma renda justa. Levava quatro meses para completar cada um deles; e, felizmente, havia pessoas tanto no meu país quanto no exterior que se dispunham a comprá-los.

Um dia de manhã, em abril daquele ano, li no jornal uma notícia sobre um extraordinário achado de prata romana. Ela havia sido descoberta quatro anos antes por um lavrador perto de Mildenhall, no condado de Suffolk, mas o achado por algum motivo fora mantido em segredo até aquele momento. O artigo do jornal dizia tratar-se do maior tesouro jamais encontrado nas Ilhas Britânicas, e informava que agora ele havia sido adquirido pelo Museu Britânico. Diziam que o nome do lavrador era Gordon Butcher.

Histórias verdadeiras sobre o achado de um tesouro realmente grande costumam me causar espasmos elétricos que descem pelas pernas até as solas dos pés. No instante em que li a reportagem, saltei da minha cadeira sem terminar o café da manhã, gritei até logo para minha mãe e saí correndo para meu carro. O carro era um Wolseley de nove anos de idade, e eu o chamava de "Sombra Furtiva". Ele andava bem mas sem atingir alta velocidade.

Mildenhall ficava a cerca de duzentos quilômetros da minha casa, uma viagem difícil por estradinhas sinuosas e caminhos secundários. Cheguei lá por volta da hora do almoço e, depois de perguntar na delegacia, encontrei a pequena casa onde Gordon Butcher morava com a família. Ele estava em casa almoçando quando bati à sua porta.

Perguntei-lhe se ele se importava de conversar comigo sobre a descoberta do tesouro.

– Não quero, não, obrigado. Estou por aqui com repórteres. Não quero ver mais repórter nenhum pelo resto da minha vida.

– Não sou repórter – disse eu. – Escrevo contos e vendo meu trabalho para revistas. Elas pagam bem. – Prossegui, então, dizendo que, se ele me contasse exatamente como encontrou o tesouro, eu escreveria um relato verdadeiro do achado. E, se tivesse sorte de vender o conto, eu dividiria o valor com ele em partes iguais.

Finalmente, ele concordou em conversar comigo. Passamos algumas horas sentados na sua cozinha, e ele me contou uma história fascinante. Quando terminou, fui visitar o outro homem envolvido no caso, um camarada mais velho chamado Ford. Ford recusou-se a falar comigo e fechou a porta na minha cara. Mas àquela altura eu já tinha minha história e iniciei minha viagem de volta para casa.

Na manhã do dia seguinte, fui até o Museu Britânico em Londres ver o tesouro que Gordon Butcher havia encontrado. Era fabuloso. Tive calafrios de novo só de olhar para ele.

Escrevi o conto com a maior fidelidade possível e o enviei para os Estados Unidos. Ele foi comprado por uma revista chamada *Saturday Evening Post*, e a remuneração foi boa. Quando o dinheiro chegou, enviei a metade exata a Gordon Butcher em Mildenhall.

Uma semana depois, recebi uma carta do Sr. Butcher escrita no que devia ter sido uma página arrancada de um caderno de criança. Dizia: "... não deu para acreditar quando vi seu cheque. Foi muita gentileza. Quero agradecer..."

Eis a história quase exatamente como foi escrita há trinta anos. Fiz poucas alterações. Apenas amenizei algumas passagens mais floreadas e excluí uma série de adjetivos supérfluos e frases desnecessárias.

O Tesouro de Mildenhall

Por volta das sete da manhã, Gordon Butcher levantou-se da cama e acendeu a luz. Foi descalço até a janela, afastou as cortinas e olhou lá para fora.

Era janeiro, e ainda estava escuro, mas dava para ver que não tinha nevado durante a noite.

– Esse vento – disse ele em voz alta para a mulher. – Escute só esse vento.

A mulher tinha se levantado também e estava parada ao seu lado perto da janela. Os dois estavam em silêncio, ouvindo o assovio do vento gelado que vinha varrendo tudo pelos charcos afora.

– É um nordeste – comentou Gordon.

– Sem dúvida vai vir neve antes do anoitecer – disse ela. – E muita.

Ela já estava vestida antes dele, foi até o quarto ao lado, debruçou sobre o berço da filha de seis anos e lhe deu um beijo. Gritou um bom-dia para os outros dois filhos, mais velhos, no terceiro cômodo e desceu para preparar o café da manhã.

Às quinze para as oito, Gordon Butcher vestiu o casaco, pôs o boné, calçou as luvas de couro e saiu pela porta dos fundos para o tempo inclemente do início de manhã de inverno. Enquanto atravessava o quintal na penumbra até o barracão onde ficava sua bicicleta, o vento era como uma faca no seu rosto. Veio rodando a bicicleta para fora, montou e começou a descer pelo meio da estrada estreita, encarando de frente a ventania.

Gordon Butcher estava com trinta e oito anos. Não era um lavrador comum. Não recebia ordens de ninguém caso não desejasse. Possuía seu próprio trator. Com ele, arava os campos de terceiros e fazia a colheita para terceiros por contrato. Só pensava na mulher, no filho e nas duas filhas. Seus bens eram a pequena casa de alvenaria, as duas vacas, o trator, a destreza na condução do arado.

A cabeça de Gordon Butcher tinha um formato bastante interessante, com a parte posterior protuberante como a ponta afilada de um ovo enorme, suas orelhas eram salientes, e lhe faltava um dente incisivo no lado esquerdo. Mas nada disso parecia fazer muita diferença quando você deparava com ele ao ar livre. Ele encarava as pessoas com olhos azuis e firmes, desprovidos de qualquer malícia, esperteza ou ganância. E a boca não tinha aquelas finas rugas de rancor em volta dos cantos que se vêem com tanta freqüência em homens que trabalham a terra e passam os dias lutando contra as intempéries.

Sua única excentricidade, que ele admitiria de bom grado se lhe perguntassem, consistia em conversar consigo mesmo em voz alta quando estava só. Esse hábito, dizia ele, provinha do fato de que o tipo de trabalho que fazia era tal que o deixava totalmente só, dez horas por dia, seis dias na semana.

– Ouvir minha própria voz de vez em quando – dizia ele – ajuda a me fazer companhia.

Ele ia descendo pela estrada, pedalando com força contra o vento brutal.

– Está bem, está bem – disse ele. – Por que você não sopra um pouquinho hoje? Isso é o melhor que consegue? Minha nossa, mal dá para perceber que você está aí! – O vento uivava ao redor dele, tentava arrancar seu casaco e se infiltrava pelos poros da lã pesada, através do paletó que estava por baixo, através da camisa e da camiseta e tocava sua pele nua com um dedo gelado.

– Ora – disse Gordon – até que você está morninho hoje. Você vai ter de se esforçar muito mais se quiser que *eu* trema de frio.

E agora a escuridão estava se diluindo, transformando-se na luz cinzenta e pálida da manhã. E Gordon Butcher via o teto nublado do céu muito baixo acima da sua cabeça, voando com o vento. De um azul cinzento eram as nuvens, salpicadas de negro aqui e ali, uma massa sólida de horizonte a horizonte, tudo aquilo voando com o vento, deslizando acima da sua cabeça como uma grande lâmina de metal cinza a se desenrolar. Em toda a sua volta, os charcos lúgubres e solitários de Suffolk, quilômetro após quilômetro, que não acabavam nunca.

Ele continuava a pedalar. Passou pela periferia da cidadezinha de Mildenhall e se dirigiu para o povoado de West Row, onde morava o homem chamado Ford.

Tinha deixado seu trator na casa de Ford no dia anterior porque seu próximo serviço era arar quase dois hectares de terra em Thistley Green para Ford. A área não pertencia a Ford. É importante lembrar esse detalhe, mas era Ford quem o havia contratado para fazer o trabalho.

Na realidade, o proprietário da terra era um fazendeiro chamado Rolfe.

Rolfe tinha pedido a Ford que fizesse a aração porque Ford, como Gordon Butcher, prestava esse serviço para terceiros. A diferença entre Ford e Gordon Butcher era que Ford era um pouco mais abastado. Era um engenheiro agrônomo sem muita importância, mas bastante próspero, que tinha uma boa casa e um grande pátio cheio de galpões repletos de máquinas e implementos agrícolas. Gordon Butcher só tinha aquele seu trator.

Nessa ocasião, porém, quando Rolfe pediu a Ford que arasse seu campo em Thistley Green, Ford estava muito ocupado para fazer o serviço e contratou Gordon Butcher para fazê-lo em seu lugar.

Não havia ninguém no pátio de Ford quando Butcher chegou. Ele estacionou a bicicleta, abasteceu o trator com querosene e gasolina, aqueceu o motor, subiu para o banco lá no alto e saiu para Thistley Green.

O campo não ficava a um quilômetro dali, e por volta das 8h30min Butcher estava entrando pela porteira. Thistley Green talvez tivesse um total de uns 40 hectares, com uma sebe baixa em toda a volta. E, embora fosse na realidade um vasto campo, partes diferentes dele tinham proprietários diferentes. Essas partes separadas eram fáceis de definir porque cada uma era cultivada de um modo. O lote de Rolfe de quase dois hectares ficava para um lado, próximo à cerca que limitava o terreno ao sul. Butcher sabia onde era o lote e seguiu com o trator pela beira do campo, para depois entrar no lote.

O terreno era agora só restolho de centeio, coberto pelos caules curtos e amarelos, em apodrecimento, do centeio colhido no outono anterior; e só recentemente havia sido roçado, de modo que estava pronto para o arado.

– Aração profunda – dissera Ford a Butcher no dia anterior. – É para beterraba-açucareira. Rolfe vai plantar beterraba lá.

Para o centeio, só se ara a uns 10 cm de profundidade, mas para a beterraba ara-se fundo, a uns 25 ou 30 cm. Um arado puxado por cavalo não consegue atingir essa profundidade. Foi só depois do advento dos tratores motorizados que os lavradores puderam arar à profundidade adequada. Alguns anos antes, a terra de Rolfe tinha sido arada em profundidade para o plantio da beterraba, mas quem tinha feito o serviço não tinha sido Butcher; e sem dúvida o trabalho tinha sido um pouco falho, sem que o operador do arado fosse tão fundo quanto devia. Se ele tivesse arado em profundidade, o que estava prestes a acontecer agora teria acontecido naquela ocasião, e a história teria sido diferente.

Gordon Butcher começou a arar. Subia e descia o campo, abaixando o arado cada vez mais fundo a cada passagem até que afinal ele estava penetrando 30 cm no chão, deixando atrás de si uma onda lisa e homogênea de terra negra.

O vento chegava agora mais veloz, vindo impetuoso do mar implacável, a varrer a baixada de Norfolk, passando por Saxthorpe, Reepham, Honingham, Swaffham, Larling, cruzando a fronteira de Suffolk, até chegar a Mildenhall e a Thistley Green, onde Gordon Butcher estava sentado empertigado no alto do trator, seguindo de um lado para o outro no lote de restolho amarelo de centeio que pertencia a Rolfe. Gordon Butcher sentia o cheiro fresco e forte da neve não longe dali. Via o teto baixo do céu – não mais salpicado de negro, mas de um cinza pálido e esbranquiçado – deslizando acima da sua cabeça como uma sólida lâmina de metal que se desenrolava.

– Bem – disse ele, levantando a voz acima do barulho do trator –, sem dúvida você está irritado com alguém hoje. Que perturbação dos infernos, essa de soprar, assoviar e congelar. Igual a uma mulher – acrescentou. – Igualzinho ao que uma mulher faz às vezes à noite. – E ele não tirava o olho da linha do sulco, e sorria.

Ao meio-dia, parou o trator, desceu e remexeu no bolso à procura do almoço. Encontrou-o e sentou no chão, protegido por uma das enormes rodas do trator. Comeu grandes fatias de pão com pedaços minúsculos de queijo. Não bebeu nada porque sua garrafa térmica tinha sido destruída pelos solavancos do trator duas semanas antes; e, durante a guerra, já que isso ocorria em janeiro de 1942, não se podia comprar outra em parte alguma. Por uns quinze minutos, ficou sentado no chão, ao abrigo da roda, e almoçou. Levantou-se depois e examinou o pino.

Ao contrário de muitos operadores de arado, Gordon Butcher sempre prendia o arado ao trator com um pino de madeira para que, se o arado ficasse enganchado numa raiz ou pedra grande, o pino simplesmente quebrasse de uma vez, deixando o arado para trás e evitando sérios danos às lâminas. Em toda aquela região de terras negras e encharcadas, pouco abaixo da superfície, encontram-se enormes troncos de carvalhos antigos, e um pino de madeira pode salvar uma lâmina de arado muitas vezes por semana por ali. Embora Thistley Green fosse uma terra bem cultivada, área de lavoura, não terreno encharcado, Butcher não queria arriscar seu arado.

Examinou o pino de madeira, viu que estava firme, subiu de novo no trator e prosseguiu com o trabalho.

O trator avançava de um lado para o outro, deixando uma onda lisa de solo negro em sua esteira. E o vento soprava cada vez mais frio, mas não nevava.

Em torno das três da tarde, aconteceu.

Houve um leve tranco, o pino de madeira quebrou, e o trator deixou o arado para trás. Butcher parou, saltou, voltou até o arado para ver em que ele havia batido. Era surpreendente que isso acontecesse ali, em terra lavrada. Não devia haver nenhum carvalho enterrado por ali.

Gordon Butcher ajoelhou-se junto ao arado e, com as mãos em concha, começou a soltar o solo em volta da ponta da lâmina. A extremidade inferior da lâmina estava enterrada uns 30 cm. Havia muita terra a retirar. Ele enfiou os dedos ainda com as luvas na terra e começou a escavar com as duas mãos. Quinze centímetros... vinte... vinte e cinco... trinta... Ele passou os dedos ao longo da lâmina até atingir sua extremidade. O solo estava solto e friável, e não parava de cair de volta no buraco que ele estava cavando. Por isso Gordon Butcher não conseguia ver a ponta da lâmina enterrada a 30 cm de profundidade. Só conseguia apalpá-la. E agora ele sentia que a ponta estava de fato enganchada em algo sólido. Tirou mais terra. Alargou o buraco. Era necessário ver com clareza que tipo de obstáculo ele havia atingido. Se fosse razoavelmente pequeno, talvez conseguisse desenterrá-lo com as mãos e prosseguir o serviço. Se fosse um tronco de árvore, teria de voltar até a propriedade de Ford para apanhar uma pá.

– Vamos – disse em voz alta. – Vou tirar você daí, seu demônio traiçoeiro, sua porcaria. – E de repente, quando suas luvas rasparam um último punhado de terra negra, ele avistou a borda curva de algum objeto plano, como a beira de um prato enorme e espesso, saliente no solo. Ele esfregou a borda com os dedos e voltou a esfregá-la. E então, subitamente, a borda revelou um brilho esverdeado. E Gordon Butcher baixou a cabeça mais perto e ainda mais perto, espiando no fundo do pequeno buraco cavado com as próprias mãos. Uma última vez ele esfregou a borda com os dedos. Num relance, viu nitidamente o verde-azulado inconfundível da crosta de metais antigos enterrados; e ficou petrificado.

A esta altura, deve-se explicar que os lavradores nessa região de Suffolk, e especialmente na área de Mildenhall, vêm há anos desenterrando objetos antigos. Pontas de flecha de sílex de muito tempo atrás foram encontradas em quantidades consideráveis mas, o que é mais interessante ainda, cerâmica romana e utensílios romanos também foram encontrados. Sabe-se que os romanos preferiram essa parte do país durante sua ocupação da Grã-Bretanha; e todos os lavradores da região têm consciência da possibilidade de encontrar alguma coisa interessante durante a jornada de trabalho. Por isso, havia entre o povo de Mildenhall uma espécie de consciência constante para a presença de tesouros enterrados nas suas terras.

A reação de Gordon Butcher, assim que viu a borda do prato enorme, foi curiosa. Ele recuou imediatamente. Depois levantou-se e deu as costas ao que tinha acabado de ver. Parou só o tempo suficiente para desligar o motor do trator antes de sair apressado na direção da estrada.

Não sabia precisamente que impulso fez com que parasse de cavar e se afastasse do local. Costuma dizer que a única lembrança que consegue ter daqueles primeiros segundos foi a da sensação de perigo que o atingiu vindo daquele pequeno fragmento azul-esverdeado. No momento em que o tocou com os dedos, sentiu um calafrio no corpo inteiro e lhe ocorreu um forte pressentimento de que aquele era um objeto que poderia destruir a paz e a felicidade de muita gente.

De início, o que ele queria era só se afastar dali, deixar aquilo para trás e encerrar o assunto para sempre. Mas, depois de algumas centenas de metros, ele começou a andar mais devagar. Junto à porteira, já saindo de Thistley Green, ele parou.

– Qual é o problema com você, Gordon Butcher? – disse em voz alta para o vento uivante. – Está com medo de alguma coisa? Não, não estou com medo. Mas já vou lhe dizendo, não tenho a menor vontade de lidar com isso sozinho.

Foi quando pensou em Ford.

Pensou em Ford em primeiro lugar porque era para ele que estava trabalhando. Em segundo, porque sabia que Ford era uma espécie de colecionador de velharias, de todas as pedras e pontas de flechas antigas que as pessoas não paravam de encontrar de tempos em tempos na localidade, que levavam para Ford e que Ford dispunha no consolo da lareira na sala de estar. Acreditava-se que Ford vendia esses objetos, mas ninguém sabia de que modo ele o fazia, nem se importava com isso.

Gordon Butcher voltou-se para a propriedade de Ford e saiu rápido pela porteira para a estrada estreita, descendo pela esquina fechada à esquerda e de lá para a casa. Encontrou Ford no galpão maior, debruçado sobre uma grade danificada, a consertá-la. Butcher parou à porta e chamou.

– Sr. Ford!

Ford olhou ao redor sem se levantar.

– E aí, Gordon, o que houve?

Ford era um homem de meia-idade, ou pouco mais, careca, de nariz comprido, com uma cara de raposa esperta. A boca era fina e de expressão azeda. E, quando ele olhava para você, e você via o retesamento daquela boca, com a linha fina e insatisfeita dos lábios, dava para saber que aquela era uma boca que nunca sorria. O queixo era reduzido, o nariz era longo e pontudo, e havia em Ford todo o ar de uma velha raposa matreira e desagradável, saída de algum bosque.

– O que foi? – perguntou ele, erguendo os olhos da grade.

Gordon Butcher continuava parado à porta, com as bochechas azuis de tanto frio, um pouco ofegante, esfregando as mãos devagar uma na outra.

– O trator deixou o arado para trás – disse baixinho. – Tem algum metal lá embaixo. Eu vi.

A cabeça de Ford fez um movimento brusco.

– Que tipo de metal? – perguntou Ford, incisivo.

– Achatado. Bem achatado, como alguma espécie de prato enorme.

– Você não o desenterrou? – Ford agora já estava em pé, e havia um brilho de águia nos seus olhos.

– Não, não mexi em nada e vim direto para cá – respondeu Butcher.

Ford foi rapidamente até o canto e tirou o casaco do gancho. Apanhou um boné e luvas, procurou uma pá e veio até a porta. Percebeu algo de estranho na atitude de Butcher.

– Tem certeza de que é metal?

– Coberto por uma crosta – respondeu Butcher –, mas é metal, sim.

– A que profundidade?

– Uns trinta centímetros. Pelo menos a parte mais alta está a trinta centímetros. O resto está mais fundo.

– Como você sabe que é um prato?

– Não sei – disse Butcher. – Só vi um pedacinho da beira. Mas me pareceu ser um prato. Um prato enorme.

A cara de raposa de Ford ficou totalmente pálida de emoção.

– Vamos – disse ele. – Vamos voltar lá para ver.

Os dois saíram do galpão para a fúria implacável e cada vez mais intensa do vento. Ford estremeceu.

– Que inferno esse tempo desgraçado – disse. – Frio desgraçado dos infernos! – E afundou o rosto pontudo, de raposa, na gola do casaco, começando a avaliar as possibilidades da descoberta de Butcher.

Um fato Ford sabia, que não era do conhecimento de Butcher. Sabia que nos idos de 1932 um homem chamado Lethbridge, professor de Antiguidades Anglo-saxônicas na Universidade de Cambridge, estivera escavando na região e com efeito havia descoberto os alicerces de uma vila romana no próprio terreno de Thistley Green. Ford não tirava isso da cabeça e apressou o passo. Butcher seguia ao seu lado sem falar, e logo os dois estavam lá. Passaram pelo portão e atravessaram o campo até o arado, que estava largado uns dez metros atrás do trator.

Ford ajoelhou-se diante do arado e espiou no pequeno buraco que Gordon Butcher havia cavado com as mãos. Ele tocou a borda de metal verde-azulado com o dedo enluvado. Raspou mais um pouco de terra. Debruçou-se ainda mais, de modo que o nariz pontudo estava quase entrando no buraco. Passou os dedos pela superfície verde e áspera. Levantou-se então.

– Vamos tirar o arado do caminho e cavar um pouco – disse ele. Embora sua cabeça estivesse delirando de empolgação e calafrios percorressem todo o seu corpo, Ford mantinha a voz muito baixa e neutra.

Os dois juntos puxaram o arado uns dois metros para trás.

– Passe-me a pá – disse Ford, e começou a cavar com cuidado, retirando o solo num círculo de pouco menos de um metro de diâmetro em torno do fragmento de metal exposto. Quando o buraco estava com sessenta centímetros de profundidade, ele dispensou a pá e começou a usar as mãos. Ajoelhou-se e foi afastando a terra solta; e aos poucos o pequeno fragmento de metal foi crescendo cada vez mais até que finalmente estava exposto diante deles o grande disco redondo de um prato enorme. O diâmetro era de uns bons sessenta centímetros. A ponta inferior do arado tinha se enganchado no relevo da borda central do prato, pois dava para se ver a mossa.

Com cuidado, Ford tirou-o do buraco. Pôs-se em pé e ficou ali parado, removendo a terra grudada no prato, virando-o de um lado para o outro nas mãos. Não havia muita coisa a ver, pois a superfície estava totalmente incrustada com uma espessa camada de uma substância dura, de um azul-esverdeado. Mas ele sabia que se tratava de um prato enorme, de grande peso e espessura. Devia pesar quase dez quilos!

Ford estava ali parado no campo amarelo de restolho de centeio, contemplando o prato imenso. Suas mãos começaram a tremer. Uma emoção fortíssima e quase insuportável estava em ebulição no seu íntimo, e para ele não era fácil escondê-la. Mas fez o que pôde.

– Algum tipo de prato – disse ele.

Butcher estava ajoelhado no chão ao lado do buraco.

– Deve ser bem velho – comentou.

– Pode ser que seja – disse Ford. – Mas está todo enferrujado e corroído.

– Isso aí não está me parecendo ferrugem – disse Butcher. – Esse troço esverdeado não é ferrugem. É alguma outra coisa...

– É ferrugem verde – afirmou Ford, em tom de autoridade, e isso encerrou a discussão.

Butcher, ainda de joelhos, sem tirar as luvas, estava remexendo à toa no buraco, que agora estava com quase um metro de largura.

– Tem mais um aqui no fundo – disse ele.

No mesmo instante, Ford pôs o prato enorme no chão. Ajoelhou-se ao lado de Butcher, e, em minutos, os dois tinham desenterrado um segundo prato, grande e incrustado de verde. Esse era um pouquinho menor que o primeiro, e mais fundo. Mais uma tigela que um prato.

Ford levantou-se e segurou nas mãos o novo achado. Outra peça de peso. E nesse momento ele soube com certeza que os dois estavam prestes a fazer uma descoberta absolutamente incrível. Estavam a ponto de encontrar um tesouro romano, e era quase inquestionável que se tratava de prata pura. Dois pontos indicavam que se tratava de prata pura. Em primeiro lugar, o peso. Em segundo, o tipo específico de crosta verde provocada pela oxidação.

Com que freqüência se descobre uma peça de prata romana no mundo?

Atualmente, quase nunca. E *no passado* será que alguém já tinha chegado a desenterrar peças daquele tamanho?

Ford não tinha certeza, mas duvidava muito.

Deveriam valer milhões.

Milhões de libras, ao pé da letra.

Sua respiração, acelerada, formava pequenas nuvens brancas na atmosfera enregelante.

– Tem mais coisa aqui, Sr. Ford – disse Butcher. – Dá para sentir pedacinhos por todos os cantos. Vamos precisar usar a pá de novo.

A terceira peça que retiraram foi mais um prato enorme, algo semelhante ao primeiro. Ford colocou-o no restolho de centeio com os outros dois.

Quando Butcher sentiu o primeiro floco de neve no rosto, ergueu os olhos e viu para o lado do nordeste uma imensa cortina branca que encobria o céu de um lado ao outro, uma sólida muralha de neve que avançava voando nas asas do vento.

– Aí vem ela! – disse Butcher. Ford olhou ao redor e viu a neve que vinha se abater sobre eles.

– É uma nevasca. É uma porcaria de uma nevasca!

Os dois ficaram olhando para a nevasca que atravessava correndo os charcos na sua direção. E então ela caiu sobre eles. Tudo em volta era neve e flocos de neve nos olhos, ouvidos, na boca, descendo pelo pescoço e em tudo ao redor. Quando Butcher olhou para o chão alguns segundos depois, ele já estava branco.

– Era só o que nos faltava – disse Ford. – Uma porcaria de uma nevasca para atrapalhar. – E ele estremeceu e afundou o rosto afilado de raposa ainda mais na gola do casaco. – Vamos. Veja aí se tem mais.

Butcher ajoelhou-se de novo e remexeu um pouco mais no solo. Depois, com a atitude lenta e despreocupada de um homem pescando a sorte num barril de serragem, retirou mais um prato e o entregou a Ford. Ford tomou-o e o colocou junto aos outros três. Agora Ford ajoelhou-se ao lado de Butcher e começou a enfiar a mão na terra com o outro.

Por uma hora inteira, os dois homens ficaram ali cavando e raspando aquele pequeno trecho de quase um metro de largura. E durante essa hora eles encontraram e dispuseram no chão ao seu lado *nada menos que trinta e quatro peças separadas*! Havia pratos, tigelas, cálices, colheres, conchas e diversos outros utensílios, todos eles incrustados mas cada um com sua forma perfeitamente reconhecível. E o tempo todo a nevasca rodopiava em torno deles, e a neve se acumulava em pequenos montes nos bonés e nos ombros. E os flocos derretiam no rosto, formando rios de água gelada que escorriam pelo pescoço abaixo. Um grande glóbulo de líquido semicongelado pendia continuamente da extremidade do nariz pontudo de Ford, como uma gota de neve.

Trabalhavam em silêncio. Estava frio demais para falar. E, à medida que um artigo precioso atrás do outro era desenterrado, Ford os dispunha com cuidado no chão em fileiras, parando de vez em quando para limpar a neve de um prato ou colher que estivesse correndo o risco de ser completamente encoberto.

– Parece que acabou, acho – disse Ford, finalmente.

– É.

Ford levantou-se e bateu os pés no chão.

– Você tem um saco no trator? – perguntou e, enquanto Butcher ia buscar o saco, ele se voltou e contemplou as trinta e quatro peças dispostas na neve aos seus pés. Contou-as novamente. Se fossem de prata, e sem dúvida só poderiam ser, e se fossem romanas, o que era inquestionável, esta era uma descoberta que abalaria o mundo.

– É só um saco velho – gritou Butcher para ele de lá do trator.

– Serve.

Butcher trouxe o saco e o segurou aberto enquanto Ford cuidadosamente arrumava as peças nele. Todas couberam, menos uma. O enorme prato de sessenta centímetros era grande demais para a boca do saco.

A essa altura, os dois homens estavam realmente gelados. Havia mais de uma hora que estavam ajoelhados remexendo o chão ali no campo desabrigado com a nevasca rodopiando ao seu redor. Quase quinze centímetros de neve já tinham caído. Butcher estava meio congelado. As bochechas estavam brancas como as de um morto, com manchas azuis; os pés, dormentes como madeira; e, quando ele movimentava as pernas, não conseguia sentir o chão debaixo dos pés. Estava com muito mais frio que Ford. Seu casaco e suas roupas não eram tão grossos, e desde o início da manhã ele estivera sentado lá no alto do trator, exposto ao vento inclemente. Seu rosto branco-azulado estava retesado e imóvel. Só queria voltar para casa para a família e o fogo que sabia que estaria aceso na lareira.

Já Ford não estava pensando no frio. Sua cabeça estava concentrada exclusivamente em um ponto: de que modo poderia se apoderar daquele tesouro fabuloso. Como sabia muito bem, sua posição não era forte.

Na Inglaterra, existe uma lei muito curiosa a respeito da descoberta de qualquer tipo de tesouro de ouro ou prata. Ela remonta a centenas de anos e ainda está em pleno vigor. A lei determina que, se uma pessoa desenterrar, mesmo que seja do seu próprio jardim, uma peça de metal que seja de *ouro* ou de *prata*, a peça automaticamente passa a ser o que se chama de Tesouro de Dono Ignorado, e é propriedade da Coroa. A Coroa, nos nossos tempos, não quer dizer o Rei ou a Rainha de fato. Ela representa o país ou o governo. A lei também determina que é crime ocultar um achado dessa natureza. Simplesmente não é permitido esconder o material e guardá-lo para si. A pessoa deve comunicar o ocorrido imediatamente, de preferência à polícia. E, se realmente relatar o fato imediatamente, você, que encontrou o objeto, terá direito a receber do governo em dinheiro o valor total de mercado daquele artigo. Ninguém é obrigado a reportar a descoberta de outros metais. Pode-se encontrar a quantidade que se quiser de estanho, bronze, cobre ou até mesmo platina, e pode-se ficar com tudo, mas não ouro ou prata.

A outra parte singular dessa lei estranha é a seguinte: é a pessoa que *descobre* o tesouro quem recebe a recompensa do governo. O proprietário da terra não recebe nada – a menos, é claro, que quem encontrar o tesouro esteja invadindo a propriedade alheia ao fazer a descoberta. Porém, se quem encontrar o tesouro tiver sido contratado para fazer algum serviço na sua terra, ele, e somente ele, recebe toda a recompensa.

Nesse caso, quem fez a descoberta foi Gordon Butcher. Além disso, ele não era um invasor. Estava realizando um serviço para o qual fora contratado. Esse tesouro pertencia, portanto, a Butcher e a mais ninguém. Tudo o que ele precisava fazer era apanhá-lo, levá-lo a um especialista que imediatamente reconheceria que era prata e então entregá-lo à polícia. Com o tempo, ele receberia do governo cem por cento do valor do achado – talvez um milhão de libras.

Tudo isso deixaria Ford de fora, e Ford sabia disso. Por lei, ele não tinha absolutamente nenhum direito ao tesouro. Logo, como devia ter dito a si mesmo na ocasião, sua única chance de se apoderar do material estava no fato de Butcher ser uma criatura ignorante, que desconhecia a lei e que, de qualquer modo, não fazia a menor idéia do valor do achado. Era provável que, dentro de alguns dias, Butcher se esquecesse totalmente da questão. Era um camarada simples demais, muito desprovido de malícia, por demais confiante e altruísta para pensar muito no assunto.

Agora, ali no campo desolado e varrido pela neve, Ford curvou-se e segurou o prato enorme com uma das mãos. Conseguiu pô-lo em pé, mas não o levantou do chão. A borda inferior permaneceu pousada na neve. Com a outra mão, ele segurou a boca do saco. Também não o levantou do chão. Só o segurou. E ficou ali encurvado em meio ao turbilhão de flocos de neve, com as duas mãos como que protegendo o tesouro, mas sem na realidade se apoderar dele. Foi um gesto hábil e sutil. Conseguia de algum modo transmitir o significado de propriedade antes que a propriedade chegasse a ser debatida. As crianças fazem esse mesmo tipo de jogo quando estendem a mão e seguram a maior bomba de chocolate na travessa para depois perguntar: "Posso ficar com essa, mamãe?" A bomba já era sua.

– Pois bem, Gordon – disse Ford, debruçando-se, com o saco e o prato enorme nas mãos enluvadas. – Imagino que você não queira nada dessa velharia, certo?

Não se tratava de uma pergunta. Era uma exposição de um fato, sob a forma de uma pergunta.

A nevasca prosseguia furiosa. A neve caía tão densa que os dois homens mal conseguiam ver um ao outro.

– Você devia ir de uma vez para casa para se aquecer – continuou Ford. – Parece estar congelando de frio.

– Estou me sentindo congelado de frio – respondeu Butcher.

– Então suba logo nesse trator e vá direto para casa – disse Ford, cheio de consideração e bondade. – Deixe o arado aqui e a bicicleta no meu pátio. O importante é você voltar para casa e se aquecer antes de pegar uma pneumonia.

– Acho que é isso mesmo o que vou fazer, Sr. Ford – disse Butcher. – O senhor consegue agüentar esse saco? É um peso daqueles.

– Talvez eu nem o leve hoje – disse Ford, despreocupado. – De repente, eu deixo tudo aqui e volto em outra hora para buscar. Uma velharia enferrujada.

– Até logo, então, Sr. Ford.

– Até, Gordon.

Gordon Butcher subiu no trator e seguiu pela nevasca adentro.

Ford içou o saco até o ombro e então, com bastante dificuldade, levantou com a outra mão o prato pesado e o enfiou debaixo do braço.

– Estou carregando – dizia ele, enquanto seguia trôpego através da neve –, estou carregando o que talvez seja o maior tesouro jamais encontrado em toda a história da Inglaterra.

Quando Gordon Butcher entrou, batendo com os pés e bufando, pela porta dos fundos da pequena casa de tijolos, no final daquela tarde, sua mulher estava passando roupa junto à lareira. Ela ergueu os olhos e viu o rosto azulado e as roupas impregnadas de neve.

– Minha nossa, Gordon, você parece morto de frio! – exclamou ela.

– E estou – disse ele. – Querida, venha me ajudar a tirar essa roupa. Quase não consigo mexer com os dedos.

Ela lhe tirou as luvas, o casaco, o paletó, a camisa úmida. Descalçou-lhe as botas e as meias. Apanhou uma toalha e esfregou-lhe o tórax e os ombros com força para restaurar a circulação. Esfregou também seus pés.

– Sente aí perto da lareira – disse ela – que eu vou preparar um chá quente para você.

Mais tarde, quando ele estava confortavelmente acomodado no lugar quentinho, com roupas secas nas costas e a caneca de chá na mão, Gordon contou o que havia acontecido naquela tarde.

– É uma raposa, esse Sr. Ford – disse ela, sem tirar os olhos da roupa que estava passando. – Nunca na minha vida gostei dele.

– Ele ficou muito nervoso com tudo aquilo, isso eu posso garantir – disse Gordon Butcher. – Assustado como um coelhinho era como ele estava.

– Pode ser – disse ela. – Mas você deveria ter tido mais juízo e não ter ficado de quatro no meio de uma nevasca terrível só porque o Sr. Ford queria.

– Estou bem – disse Gordon Butcher. – Agora estou bem aquecido.

E essa, acreditem ou não, foi a última vez que o assunto do tesouro foi abordado na casa de Butcher por alguns anos.

O leitor deverá lembrar-se de que isso ocorreu durante a guerra, em 1942. A Grã-Bretanha estava totalmente absorta na guerra desesperada contra Hitler e Mussolini. A Alemanha bombardeava a Inglaterra, e a Inglaterra bombardeava a Alemanha; e quase todas as noites Gordon Butcher ouvia o ronco de motores do grande aeródromo situado ali perto em Mildenhall, quando os bombardeiros decolavam para Hamburgo, Berlim, Kiel, Wilhelmshaven ou Frankfurt. Às vezes, ele acordava no meio da madrugada e os ouvia voltando para casa; e às vezes os alemães sobrevoavam a região para bombardear o aeródromo. Nessas ocasiões, a casa da família Butcher estremecia com o estrondo e as explosões de bombas não longe dali.

O próprio Butcher tinha sido dispensado do serviço militar. Era um lavrador, especializado em operar arados; e, quando se alistou como voluntário para o exército em 1939, eles lhe disseram que não o queriam. O abastecimento de alimentos da ilha precisava continuar estável, disseram-lhe, e era essencial que homens como ele permanecessem nas suas funções e cultivassem a terra.

Ford, por estar no mesmo ramo de atividade, também foi dispensado. Era solteiro e morava sozinho. Tinha, portanto, condições de levar uma vida secreta e de realizar atividades ocultas no interior da sua casa.

E assim, naquela terrível tarde de nevasca em que eles desenterraram o tesouro, Ford o levou para casa e arrumou tudo numa mesa na sala dos fundos.

Trinta e quatro peças separadas! Elas cobriam a mesa inteira. E, pela aparência, estavam em excelente condição. A prata não enferruja. A crosta verde de oxidação pode até mesmo servir de proteção para a superfície encoberta do metal. E, com cuidado, toda ela poderia ser removida.

Ford decidiu usar um polidor de prata comum de aplicação doméstica, chamado Silvo, e comprou um grande estoque dele na loja de ferragens em Mildenhall. Pegou então, em primeiro lugar, o grande prato de sessenta centímetros, que pesava mais de nove quilos. Trabalhava no prato todas as noites. Impregnou-o todo com Silvo. Esfregava e não parava de esfregar. Trabalhou cheio de paciência naquele único prato todas as noites durante mais de quatro meses.

Afinal, numa noite memorável, no local em que estava esfregando surgiu uma pequena área de prata brilhante, e na prata, num belo trabalho em alto-relevo, parte da cabeça de um homem.

Ele persistiu; e aos poucos o trechinho de metal brilhante foi crescendo e crescendo, empurrando a crosta verde-azulada para as bordas até que afinal toda a frente do prato estava diante dele em pleno esplendor, toda coberta com um desenho maravilhoso de bichos, homens e muitas estranhas imagens lendárias.

Ford ficou perplexo com a beleza do grande prato. Era repleto de vida e movimento. Havia um rosto feroz, com o cabelo desgrenhado; um bode dançante, de cabeça humana; havia homens, mulheres e animais de muitas espécies fazendo piruetas em volta da borda; e sem dúvida todos eles contavam uma história.

Em seguida, tratou de limpar o fundo do prato. Demorou semanas e mais semanas. E, quando o trabalho estava terminado e o prato inteiro cintilava dos dois lados como uma estrela, ele o guardou em segurança no armário inferior do seu grande aparador de carvalho, trancando a porta.

Uma a uma, ele tratou das trinta e três peças que restavam. Estava agora dominado por uma mania, uma compulsão feroz de fazer cada objeto refulgir com todo o brilho da prata. Queria ver todas as trinta e quatro peças dispostas na mesa de jantar, numa deslumbrante exposição de prata. Queria isso mais do que qualquer outra coisa, e trabalhou enlouquecido para realizar esse desejo.

Limpou em seguida os dois pratos menores, depois a grande tigela canelada, as cinco conchas de cabos longos, os cálices, os copos de vinho, as colheres. Cada peça isolada era limpa com igual cuidado e levada a brilhar com igual intensidade. E, quando tudo isso estava terminado, dois anos tinham se passado, e já era 1944.

Mas nenhum estranho jamais teve permissão de ver o tesouro. Ford não tocou no assunto com nenhum homem ou mulher; e Rolfe, o proprietário do lote em Thistley Green, onde o tesouro tinha sido achado, não sabia de nada além de que Ford, ou alguém contratado por Ford, tinha arado sua terra muito bem e em grande profundidade.

Pode-se imaginar por que Ford escondeu o achado, em vez de reportá-lo à polícia como tesouro encontrado de proprietário desconhecido. Se o tivesse reportado, o tesouro teria sido confiscado, e Gordon Butcher teria sido recompensado por tê-lo achado. Uma recompensa, que era uma fortuna. Por isso, só restava a Ford agarrar-se a ele e escondê-lo na suposta esperança de vendê-lo na calada a algum comerciante ou colecionador em data futura.

Naturalmente é possível adotar um ponto de vista mais generoso e supor que Ford tenha guardado o tesouro somente por adorar belos objetos e querer tê-los por perto. Ninguém jamais saberá a verdade.

Passou-se mais um ano.

A guerra contra Hitler foi ganha.

E então, em 1946, pouco depois da Páscoa, alguém bateu à porta da casa de Ford. Ford a atendeu.

– Olá, como vai, Sr. Ford? Como anda depois de todos esses anos?

– Olá, Dr. Fawcett – disse Ford. – Tudo bem com o senhor?

– Vou bem, obrigado – disse o Dr. Fawcett. – Quanto tempo, hein?

– É – respondeu Ford. – A guerra deixou todo o mundo bastante ocupado.

– Posso entrar? – perguntou o Dr. Fawcett.

– Claro, vamos entrando.

O Dr. Hugh Alderson Fawcett era um arqueólogo dedicado e de alto nível, que antes da guerra fazia questão de visitar Ford uma vez por ano em busca de pedras ou pontas de flecha antigas. Ford costumava amealhar uma quantidade desses artigos ao longo de doze meses e estava sempre disposto a vendê-los a Fawcett. Raramente eram de alto valor, mas de vez em quando aparecia algo muito bom.

– Bem – disse Fawcett, tirando o casaco no *hall* minúsculo. – Ora, ora, já se passaram quase sete anos desde a última vez em que estive aqui.

– É, faz muito tempo.

Ford levou-o à sala da frente e lhe mostrou uma caixa de pontas de flecha de pedra que tinham sido recolhidas na região. Algumas eram muito boas; outras, nem tanto. Fawcett fez uma seleção, escolheu o que queria, e os dois fizeram negócio.

– Você não tem mais nada?

– Não, acho que não.

Ford desejava que o Dr. Fawcett nunca tivesse vindo. E agora sentia o desejo, ainda mais forte, de que ele fosse embora.

Foi a essa altura que Ford percebeu algo que o fez transpirar. De repente, viu que tinha deixado na estante acima da lareira as duas colheres mais bonitas do tesouro romano. Essas colheres o deixavam fascinado porque havia em cada uma a inscrição do nome de uma menina romana a quem a colher tinha sido dada, supostamente como presente de batismo, por pais romanos convertidos ao cristianismo. Um nome era Pascentia; o outro era Papittedo. Lindos nomes.

Suando de medo, Ford tentou colocar-se entre o Dr. Fawcett e a prateleira. Pensou que até mesmo conseguiria enfiar as colheres no bolso se tivesse oportunidade.

Mas não teve.

Talvez Ford as tivesse polido tão bem que o reflexo faiscante da luz na prata atingiu os olhos do doutor. Quem sabe? O fato é que Fawcett as viu. No instante em que as viu, atacou como um tigre.

– Meu Deus do céu! – exclamou. – O que é isso?

– Estanho – disse Ford, suando mais do que nunca. – Só um par de colheres velhas de estanho.

– Estanho? – questionou Fawcett, virando uma das colheres entre os dedos. – Estanho! Você chama isso de *estanho*?

– É mesmo – respondeu Ford. – É estanho.

– Você sabe o que é isso? – perguntou Fawcett, com a voz aguda de empolgação. – Quer que eu lhe diga o que isso é *de verdade?*

– O senhor não precisa me dizer – respondeu Ford, truculento. – Eu sei o que é. É estanho antigo. E muito bonito, também.

Fawcett estava lendo a inscrição em letras romanas na concha da colher.

– Pappitedo! – exclamou.

– O que isso quer dizer? – perguntou-lhe Ford.

Fawcett apanhou a outra colher.

– Pascentia – disse ele. – Maravilha! Esses são os nomes de crianças romanas! E essas colheres, meu amigo, são de prata maciça. Prata romana maciça!

– Não é possível – respondeu Ford.

– São magníficas! – Fawcett não se continha, enlevado. – São perfeitas! São incríveis! Onde foi que você as encontrou? É importantíssimo saber o local onde as encontrou. Havia mais alguma coisa? – Fawcett estava saltitando pela sala inteira.

– Bem – disse Ford, lambendo os lábios ressecados.

– Você precisa reportar o achado de uma vez! – gritou Fawcett. – São Tesouro de Proprietário Desconhecido. O Museu Britânico vai querer esses objetos; isso, sem a menor dúvida. Há quanto tempo você está com elas?

– Pouco tempo – respondeu Ford.

– E *quem* foi que as encontrou? – perguntou Fawcett, olhando direto para ele. – Você as encontrou sozinho ou comprou de alguma outra pessoa? Isso é essencial! Quem as encontrou vai poder nos dizer tudo a respeito do achado!

Ford como que sentiu as paredes da sala se fechando sobre ele, e não sabia ao certo o que fazer.

– Vamos, homem! É claro que você sabe onde as conseguiu! Todos os detalhes terão de ser divulgados quando você as entregar. Quero que me prometa que irá à polícia com elas imediatamente.

– Bem... – disse Ford.

– Se você não for, lamento mas vou ser eu mesmo forçado a reportar o achado – disse Fawcett. – É meu dever.

Estava tudo acabado, e Ford sabia. Seriam feitas milhares de perguntas. Como você encontrou as peças? Quando as encontrou? O que estava fazendo? Onde foi o local exato? A terra de quem você estava arando? E mais cedo ou mais tarde era fatal que o nome de Gordon Butcher surgisse. Era inevitável. E então, quando interrogassem Butcher, ele se lembraria do tamanho do tesouro e relataria tudo.

Portanto, estava tudo acabado. E àquela altura só lhe restava destrancar as portas do grande aparador e mostrar o tesouro inteiro ao Dr. Fawcett.

A desculpa de Ford para guardar aquilo tudo e não entregá-lo ao governo teria de ser a de pensar que era estanho. Ford dizia a si mesmo que não poderiam fazer nada contra ele se ele se ativesse a essa desculpa.

Era provável que o Dr. Fawcett tivesse um ataque cardíaco quando visse o que estava no armário.

– Na realidade, é bem mais que isso – disse Ford.

– Onde está? – exclamou Fawcett, rodopiando. – Onde, homem, onde é que está? Leve-me até lá.

– Eu achava mesmo que era estanho – disse Ford, avançando muito devagar e com relutância na direção do aparador de carvalho. – Se não fosse assim, é claro que eu teria relatado o achado imediatamente.

Ele se abaixou, destrancou as portas inferiores do aparador e as abriu.

E então o Dr. Hugh Alderson Fawcett quase teve mesmo um ataque cardíaco. Ele caiu de joelhos. Arfou. Engasgou. Começou a bufar como uma chaleira velha. Estendeu a mão para o enorme prato de prata. Apanhou-o. Segurou-o com as mãos trêmulas, e seu rosto ficou branco como a neve. Não falou nada. Não conseguia. Estava literalmente estarrecido em termos mentais e físicos pela visão do tesouro.

A parte interessante da história termina aqui. O resto é o de praxe. Ford foi à delegacia de Mildenhall e registrou a ocorrência. A polícia veio imediatamente e recolheu todas as trinta e quatro peças, que foram enviadas sob escolta ao Museu Britânico para exame.

Chegou então uma mensagem urgente do Museu para a polícia de Mildenhall. Aquela era de longe a melhor prata romana jamais encontrada nas Ilhas Britânicas. Era de enorme valor. O Museu (que de fato é uma instituição pública do governo) desejava adquiri-la. Na realidade, eles insistiam em adquiri-la.

As engrenagens da lei começaram a funcionar. Um inquérito oficial e a audiência foram marcados na cidadezinha mais próxima, Bury St Edmunds. A prata foi levada para lá sob escolta especial da polícia. Ford foi intimado a apresentar-se diante do juiz e de um júri de quatorze pessoas, enquanto Gordon Butcher, aquele homem bom e calado, também recebeu ordens de apresentar-se para prestar depoimento.

Na segunda-feira, dia 1º de julho de 1946, realizou-se a audiência, e o juiz inquiriu Ford com rigor.

– O senhor pensou que fosse estanho?

– Pensei.

– Mesmo depois de limpar as peças?

– Sim.

– O senhor não tomou nenhuma providência para informar o achado a nenhum especialista?

– Não.

– O que o senhor pretendia fazer com as peças?

– Nada. Só ficar com elas.

E, terminado seu depoimento, Ford pediu permissão para sair ao ar livre por estar sentindo vertigens. Ninguém ficou surpreso.

Butcher foi chamado então. E, em palavras simples, relatou sua participação no caso.

O Dr. Fawcett deu seu depoimento, da mesma forma que alguns outros arqueólogos respeitados, todos os quais confirmaram a extrema raridade do tesouro. Disseram que era do século IV d.C.; que era a baixela de uma próspera família romana; que provavelmente tinha sido enterrada pelo mordomo do dono, com a intenção de salvá-la dos pictos e escoceses que desceram do norte entre 365 e 367 d.C. e arrasaram muitas colônias romanas. Quem a enterrara tinha provavelmente sido liquidado por um picto ou por um escocês, e o tesouro tinha permanecido oculto a trinta centímetros de profundidade desde então. Os especialistas afirmaram que o trabalho era magnífico. Parte podia ter sido executada na Inglaterra, mas o mais provável era que as peças tivessem sido feitas na Itália ou no Egito. O grande prato era sem dúvida a peça mais bela. A cabeça no centro era de Netuno, o deus do mar, com golfinhos no cabelo e algas na barba. Em toda a volta, ninfas e monstros marinhos davam cabriolas. Na larga borda do prato, estavam Baco e seu séquito. Havia vinho e folia. Hércules estava ali, totalmente bêbado, sustentado por dois sátiros, com a pele de leão lhe caindo dos ombros. Pã também estava ali, dançando com suas pernas de bode, as flautas nas mãos. E em toda parte havia bacantes, seguidoras de Baco, mulheres bastante embriagadas.

Também foi dito ao tribunal que algumas das colheres apresentavam o monograma de Cristo (Qui – Rô), e que as duas que tinham inscritos os nomes Pascentia e Papittedo eram indubitavelmente presentes de batismo.

Os especialistas encerraram seu depoimento, e a sessão foi suspensa. Logo, o júri voltou, e seu veredicto foi espantoso. Ninguém foi considerado culpado de nada, embora a pessoa que tinha encontrado o tesouro não tivesse mais direito a receber a plena compensação por parte da Coroa, já que não tinha relatado o achado imediatamente. Não obstante, provavelmente seria feito algum tipo de pagamento; e, para esse fim, declarava-se que o tesouro tinha sido encontrado em conjunto por Ford e Butcher.

Não por Butcher. Por Ford e Butcher.

Não resta mais nada a dizer além de que o tesouro foi adquirido pelo Museu Britânico, onde agora é exibido com proeminência numa grande vitrine de vidro para que todos o vejam. E já houve quem percorresse longas distâncias para vir contemplar aquelas lindas peças que Gordon Butcher encontrou debaixo do arado naquela tarde fria e tempestuosa de inverno. Um dia, serão escritos um par de livros sobre elas, cheios de suposições e conclusões enigmáticas; e nos meios arqueológicos circularão para sempre conversas sobre o Tesouro de Mildenhall.

Como um gesto simbólico, o Museu pagou aos descobridores uma recompensa de mil libras a cada um. Butcher, o verdadeiro descobridor, ficou feliz e surpreso de receber tanto dinheiro. Não se deu conta de que, se lhe tivesse sido permitido levar o tesouro para casa de início, era quase certo que ele teria revelado sua existência e, assim, teria feito jus ao recebimento de cem por cento do seu valor, que poderia ter sido qualquer quantia entre meio milhão e um milhão de libras.

Ninguém sabe o que Ford achou de tudo isso. Deve ter sentido alívio e talvez um pouco de surpresa ao ouvir que o tribunal tinha acreditado na sua história do estanho. Mas, acima de tudo, deve ter ficado arrasado com a perda do seu maravilhoso tesouro. Pelo resto da vida, ele se amaldiçoaria por ter deixado aquelas duas colheres na prateleira acima da lareira, para que o Dr. Fawcett as visse.

O Cisne

Ernie ganhou uma espingarda 22 de aniversário. O pai, que às nove e meia da manhã de sábado já estava jogado no sofá vendo televisão, comentou.

– Vamos ver o que o meu menino consegue pegar. Vê se faz alguma coisa de útil. Traz um coelho para o jantar.

– Tem coelho naquele campo aberto do outro lado do lago – disse Ernie. – Eu já vi.

– Então vai lá e mata um – disse o pai, limpando, com um palito de fósforo partido, o que restava do café da manhã entre os dentes incisivos. – Vai lá e traz um coelho para a gente.

– Vou trazer dois – disse Ernie.

– E no caminho de volta – disse o pai – compra uma garrafa de cerveja preta para mim.

– Então me dá o dinheiro – disse Ernie.

Sem tirar os olhos da tela da televisão, o pai remexeu nos bolsos para tirar uma nota de uma libra.

– E nem pensar em me enganar no troco, como da última vez. Se tentar, vou lhe arrancar as orelhas, com ou sem aniversário.

– Não se preocupe – respondeu Ernie.

– E se você quiser treinar e acertar a mira – disse o pai – o melhor é com passarinhos. Vê quantos pardais consegue derrubar, certo?

– Certo – respondeu Ernie. – Tem pardal no caminho inteiro, nas cercas-vivas. Pardal é fácil.

– Se você acha que pardal é fácil – disse o pai – tente pegar então uma cambaxirra. A cambaxirra tem metade do tamanho de um pardal e nunca fica parada por um segundo que seja. Primeiro me apanhe uma cambaxirra antes de começar a se vangloriar por aí por ser tão esperto.

– Ora, Albert – disse a mulher, tirando os olhos da pia. – Não está certo atirar em passarinhos quando estão fazendo ninhos. Não me importo com coelhos, mas passarinhos com filhotes nos ninhos são outros quinhentos.

– Cale a boca – retrucou o pai. – Ninguém aqui está pedindo sua opinião. E preste atenção, menino – disse então a Ernie. – Não me saia por aí mostrando esse troço no meio da rua, porque você não tem porte. Deixe-a enfiada na perna da calça até estar longe da cidade, está me ouvindo?

– Não se preocupe – disse Ernie. Apanhou a espingarda e a caixa de munição e saiu para ver o que poderia matar. Era um garotão grande, que completava quinze anos naquele dia. Como os do pai, motorista de caminhão, seus olhos eram pequenos e estreitos, dispostos muito juntos perto do alto do nariz. A boca era frouxa; os lábios com freqüência úmidos. Criado num lar em que a violência física era diária, ele mesmo era uma pessoa extremamente violenta. Na maioria das tardes de sábado, ele e um bando de amigos viajavam de trem ou de ônibus para assistir a partidas de futebol; e, se não conseguiam entrar em alguma briga sangrenta antes de voltar para casa, consideravam o dia perdido. Ernie sentia um prazer enorme em agarrar meninos menores na saída da escola e torcer-lhes o braço para trás. Ordenava então que dissessem coisas ofensivas e imundas sobre os próprios pais.

– Ai! Por favor, Ernie, não! Por favor!

– Fala, ou eu torço seu braço até ele sair do lugar!

E os meninos sempre falavam. Depois ele dava mais uma torcida no braço e deixava a vítima ir embora chorando.

O melhor amigo de Ernie chamava-se Raymond. Morava a quatro casas dele e também era grande para a idade. Mas, enquanto Ernie era pesadão e desajeitado, Raymond era alto, esguio e musculoso.

Diante da casa de Raymond, Ernie enfiou dois dedos na boca e deu um assovio longo e agudo. Raymond saiu.

– Olha o que ganhei de aniversário – disse Ernie, mostrando a espingarda.

– Puxa! – disse Raymond. – A gente pode se divertir com isso aí.

– Então, vamos – disse Ernie. – Vamos até aquele campo aberto do outro lado do lago apanhar um coelho.

Os dois saíram. Era uma manhã de sábado em maio, e estavam lindos os campos em torno do pequeno povoado em que os rapazes moravam. As castanheiras estavam em plena floração e o espinheiro-alvar estava branco ao longo das sebes. Para chegar ao vasto campo de coelhos, Ernie e Raymond precisavam antes passar por uma alameda estreita, entre sebes, de quase um quilômetro. Em seguida, tinham de atravessar a linha do trem e circundar o grande lago, habitado por patos selvagens, frangos d'água, mergulhões e tordos torcazes. Na outra margem do lago, depois do morro e descendo do outro lado, ficava o campo de coelhos. Tudo isso era propriedade particular do Sr. Douglas Highton, e o próprio lago era um santuário para aves aquáticas.

Ao longo da alameda, eles se revezavam com a espingarda, mirando pequenas aves nas sebes. Ernie acertou um pisco-chilreiro e um pardal. Raymond, mais um pisco, uma toutinegra e uma verdelha. À medida que matavam cada ave, eles a amarravam pelas pernas num barbante. Raymond nunca ia a parte alguma sem levar uma bola de barbante no bolso e uma faca. Agora eles tinham cinco passarinhos pendurados na fieira de barbante.

– Sabe de uma coisa? – disse Raymond. – Esses aqui a gente podia comer.

– Não seja maluco – respondeu Ernie. – Aí não tem carne nem para alimentar um tatuzinho.

– Tem, sim – disse Raymond. – Os franceses comem e os italianos também. O Sr. Sanders falou nisso na aula. Disse que os franceses e os italianos armam redes para apanhar milhões de passarinhos para depois comer.

– Está bem, então – disse Ernie. – Vamos ver quantos a gente consegue apanhar. Depois é só levar para casa e pôr no ensopado de coelho.

Enquanto seguiam pela alameda, atiraram em todos os passarinhos que viram. E, quando chegaram à ferrovia, os dois já tinham quatorze passarinhos pendurados na fieira.

– Ei! – murmurou Ernie, apontando com o braço estendido. – Olha só!

Havia um grupo de árvores e arbustos ao longo da ferrovia, e um menino pequeno estava parado ao lado de um dos arbustos. Estava olhando com binóculos para a copa de uma árvore velha.

– Sabe quem é aquele? – respondeu Raymond, baixinho. – É aquele babaquinha do Watson.

– É mesmo! – sussurrou Ernie. – É o Watson, aquele lixo!

Peter Watson sempre era o inimigo. Ernie e Raymond o detestavam porque ele era quase tudo o que eles não eram. Era pequeno e frágil de corpo. O rosto era sardento, e ele usava óculos com lentes grossas. Era aluno brilhante, já na série mais adiantada apesar de ter apenas treze anos. Adorava música e tocava piano muito bem. Não era bom em esportes. Era tranqüilo e educado. Suas roupas, apesar de remendadas e cerzidas, estavam sempre limpas. E seu pai não dirigia caminhão nem trabalhava em fábrica. Era funcionário de banco.

– Vamos dar um susto naquele pestinha! – murmurou Ernie.

Os dois garotos maiores aproximaram-se sorrateiros do menino, que não os viu porque ainda estava olhando pelo binóculo.

– *Mãos ao alto!* – gritou Ernie, apontando a espingarda.

Peter Watson deu um pulo. Baixou os binóculos e olhou para os dois intrusos pelos óculos grossos.

– Ande! – gritou Ernie. – Mãos ao alto!

– Se eu fosse você, não ia apontar essa espingarda – disse Peter Watson.

– Quem está dando as ordens aqui somos nós – declarou Ernie.

– Então, mãos ao alto – acrescentou Raymond –, a não ser que você esteja querendo levar uma bala na barriga!

Peter Watson continuou imóvel, segurando o binóculo diante de si com as duas mãos. Olhou para Raymond. Depois olhou para Ernie. Não estava com medo, mas sabia que era melhor não bancar o bobo com aqueles dois. Já tinha sofrido muito com as atenções deles ao longo dos anos.

– O que vocês querem? – perguntou.

– *Eu quero que você ponha as mãos para o alto!* – berrou Ernie. – Será que você não entende inglês?

Peter Watson não se mexeu.

– Vou contar até cinco – disse Ernie. – E, se elas não estiverem no alto quando eu terminar, vai levar bala. Um... Dois... Três...

Peter Watson levantou as mãos devagar, acima da cabeça. Era a única decisão sensata a tomar. Raymond deu um passo à frente e arrancou o binóculo das suas mãos.

– O que é isso? Quem você está espiando?

– Ninguém.

– Não minta para mim, Watson. Esse troço é para espiar! Aposto que você estava nos espiando! É verdade, não é? Pode confessar!

– É claro que eu não estava espiando vocês.

– Dá um murro na orelha dele – disse Ernie. – Vamos ensinar esse cara a não mentir para a gente.

– Já vou fazer isso logo – respondeu Raymond. – Estou só me preparando.

Peter Watson considerou a possibilidade de tentar fugir. Tudo o que poderia fazer era virar-se e correr, mas isso não adiantaria nada. Eles o apanhariam em segundos. E, se gritasse pedindo socorro, não haveria ninguém para ouvi-lo. Logo, só lhe restava manter a calma e tentar escapar da situação com algum tipo de conversa.

– As mãos ficam para o alto! – rosnou Ernie, movimentando o cano da espingarda lentamente de um lado a outro, como tinha visto gângsteres fazer na televisão. – Vamos, menino, braços esticados para o alto!

Peter obedeceu.

– Então, quem é que você estava espiando? – perguntou Raymond. – Desembuche!

– Eu estava observando um pica-pau verde – respondeu Peter.

– Um o quê?

– Um pica-pau verde macho. Ele estava batendo no tronco daquela árvore morta, em busca de larvas.

– E onde é que ele está? – perguntou Ernie, nervoso, levantando a arma. – Vou acertar nele.

– Não vai, não – disse Peter, olhando para a fieira de pequenos passarinhos jogada sobre o ombro de Raymond. – Ele saiu voando no instante em que você gritou. Os pica-paus são muito ariscos.

– E para que você estava espiando o pica-pau? – perguntou Raymond, cheio de suspeita. – De que adianta? Será que não tem nada melhor para fazer?

– É gostoso observar pássaros – respondeu Peter. – É muito melhor do que atirar neles.

– O quê? É muito atrevimento! – exclamou Ernie. – Quer dizer que você não gosta que a gente atire em passarinhos, é isso? É isso o que você está dizendo?

– Só acho que não faz nenhum sentido.

– Você não gosta de nada que nós fazemos, não é mesmo? – perguntou Raymond.

Peter não respondeu.

– Pois vou lhe contar uma coisa – prosseguiu Raymond. – Nós também não gostamos de nada que você faz.

Os braços de Peter começavam a doer. Ele resolveu correr o risco. Bem devagar, foi abaixando os braços até o lado do corpo.

– Para cima! – berrou Ernie. – Mãos ao alto!

– E se eu me recusar?

– Caramba! Você é bem atrevidinho, não é não? – disse Ernie. – Estou lhe dizendo pela última vez, se não puser as mãos para o alto, eu vou puxar o gatilho.

– E isso seria um ato criminoso – disse Peter. – Seria um caso para a polícia.

– E você seria um caso para o hospital! – retrucou Ernie.

– Então, pode atirar – disse Peter. – Depois vão mandar você para o reformatório. Isso quer dizer cadeia.

Peter viu que Ernie hesitava.

– Você está mesmo pedindo que ele atire, não é? – disse Raymond.

– Estou só pedindo que me deixem em paz – disse Peter. – Não prejudiquei vocês em nada.

– Você é um fedelho convencido – disse Ernie. – É isso mesmo o que você é, um fedelho convencido. – Raymond inclinou-se e cochichou alguma coisa no ouvido de Ernie. Ernie prestou muita atenção. Depois deu um tapa na coxa. – Gostei! Que idéia maravilhosa!

Ernie pôs a espingarda no chão e investiu contra o menino. Agarrou-o e o jogou ao chão. Raymond apanhou o rolo de barbante do bolso e cortou um pedaço. Juntos, eles forçaram os braços de Peter para a frente e prenderam seus pulsos bem apertados.

– Agora as pernas – disse Raymond. Peter debateu-se e levou um soco no estômago. Isso lhe tirou o fôlego, e ele ficou imóvel. Em seguida, eles lhe amarraram os tornozelos com mais barbante. Agora Peter estava todo enrolado como um frango e totalmente indefeso.

Ernie apanhou a espingarda e então, com a outra mão, agarrou um dos braços de Peter. Raymond pegou o outro braço, e juntos eles arrastaram o menino pelo capim na direção da linha férrea.

Peter mantinha absoluto silêncio. Não importa o que estivessem tramando, falar com eles não ia ajudar em nada.

Eles arrastaram a vítima pelo barranco abaixo e até os próprios trilhos. Então um pegou os braços, o outro, os pés, e juntos o ergueram e o deitaram de novo, no sentido longitudinal, bem entre os dois trilhos.

– Vocês ficaram malucos! – disse Peter. – Não podem fazer isso!

– Quem disse que não podemos? É só uma pequena lição para você aprender a não ser atrevido.

– Mais barbante – disse Ernie.

Raymond tirou do bolso a bola de barbante, e os dois garotos maiores passaram a amarrar a vítima de tal modo que ela não pudesse se contorcer para escapar do meio da linha férrea. Isso eles fizeram dando uma volta de barbante pelos braços da vítima e então passando o barbante por baixo dos trilhos de cada lado. Fizeram o mesmo na altura da cintura e nos tornozelos. Quando acabaram, Peter Watson estava amarrado, indefeso e praticamente imobilizado entre os trilhos. As únicas partes do corpo que conseguia movimentar pelo menos um pouco eram a cabeça e os pés.

Ernie e Raymond deram um passo para trás para examinar seu trabalho.

– Belo serviço – disse Ernie.

– Passa um trem a cada meia hora nesse ramal – disse Raymond. – A gente não vai precisar esperar muito.

– Isso é assassinato! – gritou o menino, deitado entre os trilhos.

– Não é, não – respondeu Raymond. – Não é nada disso.

– Me soltem! Por favor, me soltem! Vou morrer se vier um trem!

– Se você morrer mesmo, filhinho – disse Ernie –, será por sua própria culpa, e eu vou lhe dizer por quê. Porque, se você levantar a cabeça como está fazendo agora, vai ser o fim, colega! Se ficar com a cabeça bem baixa, até pode ser que saia vivo dessa. Por outro lado, talvez não, porque eu não sei direito a distância que esses trens têm do chão. Você por acaso sabe, Raymond, a distância que os trens têm do chão?

– É muito pouca – respondeu Raymond. – Eles são construídos com a parte de baixo bem perto do chão.

– Pode ser suficiente, e pode não ser – disse Ernie.

– Vamos pensar assim – propôs Raymond. – É provável que a distância seja suficiente para uma pessoa *normal* como eu ou você, Ernie. Mas aqui para o Sr. Watson, não tenho tanta certeza, e já vou explicar.

– Explica – disse Ernie, instigando-o.

– É que nosso Sr. Watson tem uma cabeça maior do que o normal, é por isso. Ele tem uma porcaria de uma cabeça tão grande que eu mesmo acho que o fundo do trem vai raspar nele, de qualquer maneira. Não estou dizendo que vai lhe arrancar a cabeça, entenda bem. Na realidade, quase com certeza isso não vai acontecer. Mas que vai lhe dar uma boa raspada na cara, vai. Pode contar com isso.

– Acho que você tem razão – disse Ernie.

– Não vale a pena ter uma cabeçorra inchada, cheia de miolo, quando se está deitado nos trilhos esperando o trem chegar. Estou com a razão, não estou, Ernie?

– Está.

Os dois garotos maiores voltaram pelo barranco acima e sentaram no capim atrás de uns arbustos. Ernie sacou um maço de cigarros e cada um acendeu um.

Peter Watson, deitado indefeso entre os trilhos, percebia agora que eles não o iriam soltar. Aqueles garotos eram perigosos, malucos. Viviam para o momento e nunca avaliavam as conseqüências. Preciso tentar manter a calma e pensar, disse Peter a si mesmo. Ali deitado, totalmente imóvel, ele ponderou suas chances. A parte mais alta da sua cabeça era o nariz. Calculou que a ponta do nariz estivesse uns dez centímetros acima dos trilhos. Isso era demais? Ele não sabia ao certo qual era a distância do solo dessas locomotivas modernas a diesel. Sem dúvida, não era muito grande. A parte de trás da cabeça estava pousada em cascalho solto entre dois dormentes. Ele precisava tentar aninhá-la um pouco mais fundo no cascalho. Por isso, começou a mover a cabeça de um lado para o outro, afastando o cascalho e aos poucos criando para si uma pequena reentrância, um buraco no cascalho. Quando terminou, calculou ter baixado a cabeça mais uns cinco centímetros. Isso bastava. Mas e os pés? Eles também estavam salientes. Resolveu essa parte balançando para um lado os dois pés amarrados juntos até ficarem quase no mesmo nível dos trilhos.

E esperou que o trem chegasse.

Será que o maquinista o veria? Era muito improvável, pois este era o tronco principal, Londres, Doncaster, York, Newcastle e até a Escócia, e eles usavam locomotivas enormes e compridas, nas quais o maquinista ficava sentado numa cabine bem recuada, mantendo o olho alerta para os sinais. Naquele trecho dos trilhos, os trens passavam a quase cento e trinta quilômetros por hora. Peter sabia disso. Tinha ficado sentado no barranco muitas vezes, observando sua passagem. Quando era menor, costumava anotar os números num caderninho, e às vezes as locomotivas tinham nomes escritos na lateral, em letras douradas.

Fosse como fosse, disse Peter de si para si, ia ser apavorante. O barulho seria ensurdecedor, e o vento criado a cento e trinta quilômetros por hora também não ia ser muito agradável. Por um instante, ele se perguntou se não haveria algum tipo de vácuo gerado por baixo do trem, enquanto passava por cima dele, que poderia sugá-lo para cima. Era possível que houvesse. Logo, não importava o que acontecesse, ele deveria se concentrar totalmente em forçar o corpo inteiro contra o chão. Não relaxar. Manter o corpo rígido e tenso, pressionando-o contra o solo.

– Como é que estão as coisas por aí, cara de rato? – gritou um deles, do meio dos arbustos, mais acima. – Como é ficar esperando a hora da execução?

Resolveu não responder. Ficou olhando para o céu azul lá em cima, onde um único cúmulo flutuava lentamente, indo da esquerda para a direita. E, para afastar do pensamento o que ia acontecer em breve, ele fez uma brincadeira que seu pai lhe havia ensinado muito tempo antes, num dia quente de verão, quando estavam deitados de costas na grama no alto dos penhascos em Beachy Head. A brincadeira consistia em procurar rostos estranhos nas dobras, sombras e espirais de uma nuvem. Bastava fixar o olhar o suficiente, dissera o pai, e sempre se encontraria algum tipo de rosto lá em cima. Peter deixou que seus olhos passassem lentamente pela nuvem. Num lugar, ele encontrou um homem de um olho só, com barba. Em outro, havia uma bruxa de queixo comprido, dando risadas. Um avião atravessou a nuvem, indo do leste para o oeste. Era um pequeno monoplano de asa alta, com a fuselagem vermelha. Achou que era um velho Piper Cub. Ficou olhando para o avião até ele desaparecer.

E então, de repente, ouviu um sonzinho curioso e vibrante, proveniente dos trilhos de cada um dos lados. Era muito baixo, esse som, quase inaudível, um zumbidinho de nada, um zunido de um sussurro que parecia estar vindo de muito longe pelos trilhos.

Isso é um trem, disse a si mesmo.

A vibração ao longo dos trilhos aumentou mais, e ainda mais. Ele levantou a cabeça e olhou pela linha férrea longa e absolutamente reta que se estendia por quase uns dois quilômetros. Foi então que viu o trem. De início, era só um cisquinho, um distante ponto negro; mas naqueles poucos segundos em que manteve a cabeça erguida, o ponto foi crescendo cada vez mais e começou a tomar forma. Logo, não era mais um ponto, mas a dianteira quadrada, enorme e rombuda de uma locomotiva a diesel. Peter deixou cair a cabeça e a apertou com força no pequeno buraco cavado no cascalho. Balançou os pés para um lado. Fechou os olhos com força e tentou afundar o corpo no chão.

O trem passou por cima dele como uma explosão. Era como se uma arma tivesse sido disparada dentro da sua cabeça. E, com a explosão, veio um vento destrutivo, uivante, que parecia um furacão entrando-lhe pelas narinas e até os pulmões. O barulho era devastador. O vento tirou-lhe o fôlego. Ele teve a impressão de estar sendo comido vivo e sugado para as entranhas de um monstro estridente e assassino.

E então acabou. O trem tinha passado. Peter abriu os olhos e viu o céu azul com a grande nuvem branca ainda pairando lá em cima. Estava tudo acabado, e Peter tinha conseguido. Tinha sobrevivido.

– Não pegou nele – disse uma voz.

– Que pena – disse outra voz.

Ele olhou de relance para o lado e viu os dois rapagões parados ali.

– Pode soltar o garoto – disse Ernie.

Raymond cortou os barbantes que atavam Peter aos trilhos dos dois lados.

– Vamos soltar os pés para ele poder andar, mas as mãos ficam amarradas – disse Ernie.

Raymond cortou os barbantes em volta dos tornozelos.

– Em pé – disse Ernie.

Peter ficou em pé.

– Você ainda é nosso prisioneiro, camaradinha – disse Ernie.

– E os coelhos? – perguntou Raymond. – Pensei que a gente fosse tentar apanhar uns coelhos.

– Ainda temos muito tempo para isso – respondeu Ernie. – Só pensei em empurrar esse safado para dentro do lago no caminho.

– Ótimo – disse Raymond. – Vai dar uma refrescada nele.

– Vocês já se divertiram – disse Peter Watson. – Por que não me soltam agora?

– Porque você é nosso prisioneiro – disse Ernie. – E também não é um prisioneiro qualquer não. Você é um espião. E sabe o que acontece com espiões quando são apanhados, não sabe? São encostados no paredão e fuzilados.

Peter não disse mais nada depois disso. Não fazia absolutamente nenhum sentido provocar esses dois. Quanto menos falasse, e quanto menos lhes oferece-se resistência, maior a probabilidade de evitar ser ferido. No seu atual estado de espírito, os dois eram bem capazes de lhe causar graves lesões físicas; disso Peter não tinha a menor dúvida. Sabia que era verdade que Ernie tinha quebrado o braço do pequeno Wally Simpson, depois da aula, e que os pais de Wally tinham ido à polícia. Também tinha ouvido Raymond vangloriar-se do que chamava de "calcar a bota" em partidas de futebol às quais compareciam. Peter sabia que isso significava chutar o rosto ou o corpo de alguém quando essa pessoa estivesse caída no chão. Esses dois eram *hooligans*; e, pelo que Peter lia no jornal do pai quase todos os dias, eles não estavam sozinhos de modo algum. Parecia que o país inteiro estava repleto de *hooligans*. Eles destroçavam o interior de trens; lutavam batalhas campais nas ruas com facas, correntes de bicicletas e cassetetes de metal; atacavam pedestres, especialmente meninos menores que estivessem desacompanhados, e destruíam cafés de beira de estrada. Ernie e Raymond, embora talvez ainda não fossem *hooligans* plenamente qualificados, estavam sem a menor dúvida a caminho.

Portanto, disse Peter a si mesmo, ele precisava continuar passivo. Não insultá-los. Não contrariá-los de modo algum. E, acima de tudo, não tentar enfrentá-los fisicamente. Então, se tudo corresse bem, no final, eles poderiam começar a se entediar com essa brincadeirinha perversa e ir embora para atirar em coelhos.

Os dois rapazes tinham cada um agarrado um dos braços de Peter e o estavam forçando a atravessar o campo seguinte na direção do lago. Os pulsos do prisioneiro ainda estavam atados à sua frente. Ernie carregava a espingarda na outra mão. Raymond levava os binóculos que tinha tirado de Peter. Os três chegaram ao lago.

O lago estava lindo naquela manhã dourada de maio. Era um lago comprido e bastante estreito com altos salgueiros aqui e ali às margens. No centro, a água era clara e límpida, mas mais perto da terra havia um emaranhado de juncos e tabuas.

Ernie e Raymond fizeram o prisioneiro andar até a beira do lago, e ali pararam.

– Pois bem, o que eu sugiro é o seguinte – disse Ernie. – Você pega os braços e eu pego as pernas. A gente balança, um, dois, três, e joga o pestinha o mais longe possível no meio daqueles belos juncos lamacentos. O que você acha?

– Gostei da idéia – disse Raymond. – E vamos deixar as mãos amarradas, certo?

– Certo – respondeu Ernie. – E o que você acha disso, seu meleca?

– Se é isso o que vocês querem fazer, não posso impedir – disse Peter, tentando manter a voz fria e calma.

– É só você tentar nos impedir e vai ver o que acontece – retrucou Ernie, com um largo sorriso.

– Só uma última pergunta – disse Peter. – Vocês alguma vez atacaram alguém do seu próprio tamanho?

No momento em que disse isso, soube que tinha cometido um erro. Viu o sangue subir ao rosto de Ernie e um brilho perigoso começar a dançar nos olhos negros e pequenos.

Felizmente, naquele mesmo instante, Raymond salvou a situação.

– Ei! Olha só aquele pato nadando no meio do junco logo ali! – gritou ele, apontando. – Vamos atirar nele!

Era um pato selvagem macho, com um bico amarelo e curvo, no formato de colher, e a cabeça verde esmeralda com um colar branco em torno do pescoço.

– Agora, esses a gente *pode* comer de verdade – prosseguiu Raymond. – É um pato selvagem.

– Vou acertar nele! – exclamou Ernie. Soltou o braço do prisioneiro e levou a espingarda ao ombro.

– Isso aqui é um santuário para aves – disse Peter.

– Um o quê? – perguntou Ernie, baixando a espingarda.

– Ninguém atira em aves aqui. É expressamente proibido.

– Quem disse que é proibido?

– O proprietário, o Sr. Douglas Highton.

– Você deve estar brincando – disse Ernie, levantando a espingarda novamente. E atirou. O pato encolheu-se todo na água.

– Vai lá buscar o pato – disse Ernie a Peter. – Raymond, corta o barbante das mãos para ele poder ser nosso cão de busca e apanhar as aves depois que a gente acertar nelas.

Raymond sacou a faca e cortou o barbante que prendia os pulsos do menino.

– Anda! – disse Ernie, em tom áspero. – Vai buscar o pato.

O abate da bela ave tinha deixado Peter muito perturbado.

– Eu me recuso – disse ele.

Ernie deu-lhe uma forte bofetada no rosto. Peter não caiu, mas um pouco de sangue começou a escorrer de uma narina.

– Seu porcaria! – disse Ernie. – É só você me recusar alguma coisa mais uma vez e eu lhe faço uma promessa. E a promessa é a seguinte. Você me recusa alguma coisa só mais uma vez, e eu lhe arranco cada um desses seus dentes brilhantes e branquinhos da frente, do alto e de baixo. Entendeu?

Peter não disse nada.

– Quero uma resposta! – rosnou Ernie. – Você entendeu o que eu disse?

– Entendi – disse Peter, baixinho.

– Então, faça o que eu mandei! – gritou Ernie.

Peter desceu pela margem, entrou na água lamacenta, passando pelos juncos, e buscou o pato. Trouxe-o de volta. Raymond apanhou a ave para amarrar o barbante em volta das pernas.

– Agora que nós temos um cão de busca, vamos ver se conseguimos mais uns patos – disse Ernie. Saiu caminhando pela margem, com a espingarda na mão, procurando nos juncos. De repente, estancou. Agachou-se. Levou um dedo à boca, mandando que se calassem.

Raymond foi até onde ele estava. Peter ficou alguns metros atrás, com as calças cobertas de lama até os joelhos.

– Olha só ali! – murmurou Ernie, apontando para um trecho denso de tabuas. – Está vendo o que estou vendo?

– Minha nossa! – exclamou Raymond. – Que beleza!

Peter, espiando de pouco mais longe entre os juncos, viu de imediato o que eles estavam olhando. Era um cisne, um magnífico cisne branco, uma fêmea, sentada serena no ninho. O próprio ninho era uma pilha enorme de juncos e tabuas que se erguia uns sessenta centímetros acima da água, e no alto disso tudo o cisne estava sentado como uma imponente dama branca do lago. A cabeça estava voltada para os garotos à margem, alerta e vigilante.

– E o que me diz disso? – disse Ernie. – É melhor do que um pato, ou não é?

– Você acha que consegue acertar nela? – disse Raymond.

– Claro que consigo. Vou fazer um furo direto na cabeça dela.

Peter sentiu uma fúria incontrolável crescer dentro de si. Andou até onde estavam os rapazes.

– Se eu fosse você, não atiraria naquele cisne – disse, procurando manter a voz calma. – Os cisnes são as aves mais protegidas da Inglaterra.

– E o que isso tem a ver? – perguntou Ernie, em tom de deboche.

– E vou lhes dizer mais uma coisa – prosseguiu, abandonando toda a prudência. – Ninguém atira numa ave que esteja no ninho. Ninguém mesmo! Ela pode até já estar com filhotes embaixo. Vocês simplesmente não podem fazer isso!

– Quem disse que a gente não pode? – perguntou Raymond, zombeteiro. – O ranheta do Sr. Peter Watson, com sangue no nariz? É ele quem está dizendo?

– É o país inteiro que diz – respondeu Peter. – A lei diz, a polícia diz e todo o mundo diz.

– Mas eu não digo! – retrucou Ernie, erguendo a espingarda.

– Não! – berrou Peter. – Por favor, não faça isso!

Buuuum! A espingarda disparou. A bala atingiu o cisne bem no meio da cabeça elegante, e o longo pescoço branco despencou para um lado do ninho.

– Acertei! – exclamou Ernie.

– Belo tiro! – gritou Raymond.

Ernie voltou-se para Peter, que estava ali parado, pequeno, sem sangue no rosto e totalmente rígido.

– Agora você vai lá apanhar o cisne – ordenou.

Mais uma vez, Peter não se mexeu.

Ernie aproximou-se do menino, inclinou-se e grudou o rosto no de Peter.

– Estou lhe dizendo pela última vez. – Sua voz era baixa e perigosa. – Vá lá apanhar o cisne!

As lágrimas escorriam pelo rosto de Peter enquanto ele descia devagar pela margem e entrava na água. Foi vadeando até o cisne morto e o apanhou com ternura com as duas mãos. No ninho, havia dois filhotes, com o corpo coberto de penugem amarela. Estavam aconchegados um no outro no meio do ninho.

– Algum ovo? – gritou Ernie, da margem.

– Não – respondeu Peter. – Nada. – Havia uma chance de que, quando o macho voltasse, ele continuasse a alimentar os filhotes sozinho se eles fossem deixados no ninho. Peter sem dúvida não queria entregá-los aos ternos cuidados de Ernie e Raymond.

Peter levou o cisne morto até a beira do lago. Colocou-o no chão. E então levantou-se e encarou os outros dois. Seus olhos, ainda em lágrimas, ardiam, enfurecidos.

– Foi imundo vocês fazerem isso! Foi um ato de vandalismo estúpido e absurdo! Vocês são dois idiotas ignorantes! Vocês é que deviam estar mortos no lugar do cisne! Vocês não são dignos de viver!

Estava ali, com a altura que conseguia ter, esplêndido na sua ira, enfrentando os dois rapazes mais altos e sem se importar mais com o que fizessem com ele.

Dessa vez, Ernie não bateu nele. De início, pareceu só um pouquinho surpreso com essa explosão, mas recuperou-se rapidamente. E agora seus lábios frouxos e úmidos formaram um sorriso matreiro, e seus olhos pequenos e muito juntos começaram a brilhar de uma forma extremamente malévola.

– Quer dizer que você gosta de cisnes, é isso? – perguntou, baixinho.

– Gosto de cisnes e detesto vocês! – exclamou Peter.

– E estou certo em concluir... – prosseguiu Ernie, ainda com um sorriso perverso –, estou absolutamente certo em concluir que você preferia que esse velho cisne aqui estivesse vivo em vez de morto?

– Que pergunta estúpida! – gritou Peter.

– Ele está precisando de um murro na orelha – disse Raymond.

– Espere aí – disse Ernie. – Eu é que estou no comando. – Voltou-se então para Peter. – Quer dizer que, se eu pudesse devolver a vida a esse cisne e fazer com que ele voasse pelo céu de novo, você ficaria feliz. Certo?

– Mais uma pergunta estúpida! – protestou Peter. – Quem você pensa que é?

– Já vou lhe dizer quem eu sou – respondeu Ernie. – Sou um mágico. É o que sou. E só para deixar você feliz e contente, estou prestes a fazer uma mágica que ressuscitará esse cisne morto e o fará voar pelo céu novamente.

– Bobagem! – disse Peter. – Vou embora! – Ele se voltou e começou a se afastar.

– Agarra ele! – disse Ernie.

Raymond agarrou Peter.

– Me deixem em paz – gritou Peter.

Raymond deu-lhe uma bofetada no rosto, com força.

– Ora, ora, não brigue com o papai aqui, a não ser que você esteja querendo se machucar.

– Me dá a faca – disse Ernie, estendendo a mão. Raymond deu-lhe a faca.

Ernie ajoelhou-se ao lado do cisne morto e estendeu uma das asas enormes.

– Olha só isso – disse ele.

– Qual é a grande idéia? – perguntou Raymond.

– Espere e verá – disse Ernie. E então, usando a faca, passou a cortar a enorme asa branca do corpo do cisne. Há uma articulação no osso onde a asa encontra o lado do corpo da ave. Ernie localizou-a, enfiou a faca na articulação e cortou até o tendão. A faca era bem afiada e cortava bem. Logo, a asa estava solta, inteirinha.

Ernie virou o cisne e cortou fora a outra asa.

– Barbante – disse ele, estendendo a mão para Raymond.

Raymond, que estava segurando Peter pelo braço, olhava, fascinado.

– Onde foi que você aprendeu a cortar uma ave desse jeito? – perguntou.

– Com frangos – disse Ernie. – A gente costumava roubar frango da Granja Stevens, cortar em pedaços e passar adiante para uma loja em Aylesbury. Me dá o barbante.

Raymond deu-lhe a bola de barbante. Ernie cortou seis pedaços, cada um com mais ou menos um metro de comprimento.

Há uma série de ossos fortes ao longo da parte superior da asa de um cisne. Ernie pegou uma das asas e começou a amarrar uma ponta de cada pedaço de barbante ao longo de toda a parte superior da asa enorme. Quando terminou, levantou a asa com os seis pedaços de barbante pendurados.

– Estique o braço – ordenou a Peter.

– Você está totalmente maluco! – gritou o menino menor. – Você enlouqueceu!

– Força ele a esticar o braço – disse Ernie a Raymond.

Raymond exibiu o punho fechado diante do rosto de Peter e o esfregou sem força no seu nariz.

– Está vendo isso aqui? Pois eu vou lhe dar um murro direto na boca se você não fizer exatamente o que a gente mandar, entendeu? Agora, estica o braço. Pronto, menino bonzinho.

Peter sentiu que sua resistência desaparecia. Não conseguia mais se defender desses caras. Por alguns segundos, fixou o olhar em Ernie. Ernie, dos olhos escuros, pequenos e muito próximos, dava a impressão de que seria capaz de fazer absolutamente qualquer coisa se ficasse mesmo furioso. Naquele momento, Peter teve a sensação de que Ernie poderia facilmente matar alguém se fosse dominado pela raiva. Ernie, o menino lento e perigoso, estava brincando agora, e seria muito imprudente estragar sua diversão. Peter estendeu um braço.

Ernie passou então a amarrar os seis pedaços de barbante a um dos braços de Peter. E, quando terminou, a asa branca do cisne estava presa com firmeza ao longo do braço inteiro.

– O que acha disso? – perguntou Ernie, dando um passo atrás para examinar o trabalho.

– Agora a outra – disse Raymond, dando-se conta do que Ernie estava fazendo. – Não se pode esperar que ele voe pelo céu com uma asa só, não é?

– A segunda já está a caminho – disse Ernie. Voltou a ajoelhar-se e amarrou mais seis pedaços de barbante aos ossos do alto da segunda asa. Depois, levantou-se. – O outro braço, agora – disse ele. Peter, sentindo-se revoltado e ridículo, estendeu o outro braço. Ernie prendeu a asa bem firme ao longo dele.

– Pronto! – exclamou Ernie, batendo palmas e saltitando um pouco na grama. – Agora já temos um cisne de verdade e vivo de novo! Eu não lhe disse que eu era mágico? Não disse que ia fazer uma mágica para fazer esse cisne ressuscitar e sair voando pelo céu? Eu não disse?

Peter estava ali parado, ao sol, à margem do lago, naquela bela manhã de maio, com as asas enormes, flácidas e ligeiramente ensangüentadas, penduradas de cada lado, grotescas.

– Vocês terminaram? – perguntou.

– Cisne não fala – disse Ernie. – Veja se cala essa droga de bico! E é melhor guardar as forças, menino, porque você vai precisar de toda a força e energia que tiver quando chegar a hora de voar pelo céu. – Ernie apanhou a espingarda do chão e agarrou Peter pela nuca com a outra mão. – Ande! – ordenou.

Seguiram pela margem do lago até chegarem a um salgueiro alto e elegante. Ali pararam. A árvore era um salgueiro chorão, e os galhos compridos pendiam de uma altura enorme, quase tocando a superfície do lago.

– E agora o cisne mágico vai nos mostrar um pouco de vôo mágico – anunciou Ernie. – Então, Sr. Cisne, o que o senhor vai fazer é subir no alto desta árvore e, quando chegar lá, vai abrir bem suas asas como um cisnezinho muito esperto e vai sair voando!

– Maravilha! – gritou Raymond. – Incrível! Adorei!

– Eu também adorei – disse Ernie. – Porque agora vamos descobrir exatamente até que ponto esse cisne espertinho é esperto. Ele pode ser muito inteligente na escola, isso a gente sabe, e pode ser o primeiro da turma e tudo o mais que é tão bonito, mas vamos ver mesmo como ele é esperto quando estiver no alto da árvore! Certo, Sr. Cisne? – E Ernie deu um empurrão em Peter na direção da árvore.

Até onde mais essa loucura poderia continuar, perguntava-se Peter. Ele próprio estava começando a se sentir um pouco atarantado, como se nada mais fosse real e nada disso estivesse realmente acontecendo. Mas a idéia de estar no alto da árvore e finalmente fora do alcance desses *hooligans* era algo que o atraía demais. Quando estivesse lá em cima, poderia continuar lá em cima. Duvidava muito que eles fossem se dar ao trabalho de subir atrás dele. E, mesmo que subissem, sem dúvida ele poderia fugir deles por um galho mais fino que não agüentasse o peso de duas pessoas.

Era bastante fácil subir nessa árvore, que tinha diversos galhos baixos para ajudar no início. Peter começou a subir. As enormes asas brancas penduradas nos braços não paravam de atrapalhar, mas não importava. O que agora importava para Peter era que cada centímetro acima era mais um centímetro que ele se afastava dos seus algozes lá embaixo. Nunca tinha gostado muito de subir em árvores e não era muito bom nisso, mas nada neste mundo ia impedi-lo de chegar ao alto daquela ali. E, uma vez lá, ele achava improvável que eles sequer conseguissem vê-lo, por causa das folhas.

– Mais alto! – gritou a voz de Ernie. – Continue subindo!

Peter continuou, e acabou chegando a um ponto em que era impossível subir mais. Os pés estavam agora pousados num ramo que tinha a grossura do pulso de uma pessoa; e esse ramo específico se estendia bem longe sobre as águas do lago para então fazer uma curva graciosa para baixo. Todos os galhos acima dele eram muito finos, como chicotes, mas aquele ao qual estava agarrado com as mãos era forte o suficiente para agüentá-lo. Ele ficou ali parado, descansando da subida. Olhou para baixo pela primeira vez. Estava mesmo muito alto, pelo menos a uns quinze metros do chão. Mas não conseguia ver os dois rapazes. Eles não estavam mais ao pé da árvore. Seria possível que afinal tivessem ido embora?

– Muito bem, Sr. Cisne! – chegou-lhe a temida voz de Ernie. – Agora, preste muita atenção!

Os dois tinham se afastado um pouco da árvore até um ponto onde tinham uma perfeita visão do menino lá em cima. Ao olhar agora para eles, Peter percebeu como as folhas do salgueiro são finas e esparsas. Elas praticamente não lhe proporcionavam nenhum abrigo.

– Preste atenção, Sr. Cisne! – gritava a voz. – Comece a andar por esse galho aí! Não pare de andar enquanto não estiver por cima dessa linda água lamacenta! Aí o senhor sai voando!

Peter não se mexeu. Estava uns quinze metros acima deles agora, e eles nunca mais iam alcançá-lo. De lá de baixo, veio um longo silêncio. Deve ter durado talvez meio minuto. Ele não tirava os olhos daquelas duas figuras distantes no campo. Estavam muito imóveis, olhando para ele lá em cima.

– Está bem, Sr. Cisne! – veio novamente a voz de Ernie. – Vou contar até dez, certo? E, se até lá o senhor não tiver aberto essas asas e começado a voar, vou ter de lhe dar um tiro com essa espingardinha! E, com isso, vão ser dois cisnes que eu derrubo hoje, em vez de um só. Então, vamos lá, Sr. Cisne! Um!... Dois!... Três!... Quatro!... Cinco!... Seis!...

Peter não se mexia. Nada ia conseguir fazer com que ele se mexesse dali em diante.

– Sete!... Oito!... Nove!... Dez!

Peter viu a arma subir ao ombro. Estava apontada direto para ele. Ouviu então o estouro da espingarda e o zunido da bala ao passar ao lado da sua cabeça. Era apavorante. Mas, mesmo assim, não se mexeu. Viu que Ernie carregava outra bala na espingarda.

– Última chance! – berrou Ernie. – A próxima vai acertar em você.

Peter permaneceu imóvel. Aguardando. Olhou para o garoto que estava em pé em meio aos botões-de-ouro no prado lá embaixo com o outro garoto ao lado. A espingarda mais uma vez subiu ao ombro.

Dessa vez, ele ouviu o estouro no mesmo instante em que a bala o atingia na coxa. Não houve dor, mas a força foi devastadora. Era como se alguém o tivesse golpeado na perna com uma marreta; e o golpe arrancou seus dois pés do galho em que estava parado. Ele lutou com as mãos para se segurar. O pequeno ramo ao qual estava se agarrando dobrou-se e quebrou.

Algumas pessoas, quando agüentaram demais e foram levadas além da sua capacidade de suportar, simplesmente desmoronam e desistem. Existem outros, embora não sejam muitos, que por algum motivo sempre se mantêm invencíveis. Podem-se encontrá-los em tempos de guerra e também em tempos de paz. Eles têm um espírito insubmisso, e nada, nem a dor, a tortura, nem mesmo a ameaça da morte, fará com que desistam.

O pequeno Peter Watson era um desses. Enquanto lutava e se debatia para não cair do alto daquela árvore, ocorreu-lhe de repente que ia vencer. Olhou para cima e viu uma luz que refulgia acima das águas do lago, uma luz de tal brilho e beleza que ele não conseguia tirar os olhos dela. A luz o estava chamando, atraindo, e Peter mergulhou na direção da luz, de asas abertas.

Três pessoas diferentes relataram ter visto um enorme cisne branco voando em círculos sobre o povoado naquela manhã: uma professora primária chamada Emily Mead, um homem, cujo nome era William Eyles, que estava substituindo telhas no alto da farmácia, e um rapaz chamado John Underwood, que estava praticando aeromodelismo num campo da vizinhança.

E naquela manhã, enquanto lavava louça na pia da cozinha, a Sra. Watson por acaso olhou pela janela no momento exato em que alguma coisa branca e enorme veio caindo, batendo as asas, no gramado dos fundos da casa. Ela correu lá para fora. Ajoelhou-se ao lado da figura pequena e encolhida do seu filho único.

– Ai, meu amorzinho! – exclamou, quase histérica e mal conseguindo acreditar no que estava vendo. – Meu filhinho querido! O que houve com você?

– Minha perna está doendo – disse Peter, abrindo os olhos. E então ele desmaiou.

– Sua perna está sangrando! – gritou a mãe, apanhando-o no colo para carregá-lo para dentro de casa. Chamou depressa o médico e a ambulância. E, enquanto esperava a chegada da ajuda, apanhou uma tesoura e começou a cortar o barbante que prendia as duas enormes asas do cisne aos braços do filho.

A incrível história de Henry Sugar

Henry Sugar estava com quarenta e um anos de idade e era solteiro. Também era rico. Tinha dinheiro porque seu pai, agora falecido, tinha sido um homem rico. Era solteiro por ser egoísta demais para dividir sua fortuna com uma mulher.

Tinha 1,85m de altura, mas na realidade não era tão bonito quanto pensava ser.

Dedicava uma atenção enorme às roupas. Para ternos, ia a um alfaiate caríssimo; camisas comprava de um camiseiro; e seus sapatos eram feitos sob medida.

Usava no rosto uma loção para a barba de alto preço e mantinha as mãos macias com um creme que continha óleo de tartaruga.

O barbeiro aparava seu cabelo de dez em dez dias, e ele sempre fazia a mão ao mesmo tempo.

A um custo inacreditável, tinha mandado colocar jaquetas nos dentes incisivos superiores porque os dentes originais tinham um tom amarelado bastante desagradável. Um pequeno sinal tinha sido removido da sua bochecha esquerda por um cirurgião plástico.

Dirigia uma Ferrari que devia ter lhe custado mais ou menos o mesmo que uma casa de campo.

Morava em Londres no verão mas, assim que tinham início as primeiras temporadas de frio intenso em outubro, ele partia para as Antilhas ou para o sul da França, onde ficava com amigos. Todos os seus amigos eram ricos, por herança.

Henry nunca tinha trabalhado um dia sequer na vida, e seu lema pessoal, que ele mesmo tinha inventado, era o seguinte: *É melhor incorrer numa leve repreensão que realizar uma tarefa trabalhosa.* Seus amigos consideravam a frase hilariante.

Homens como Henry Sugar podem ser encontrados à deriva pelo mundo afora como algas. Podem ser vistos, especialmente, em Londres, em Nova York, Paris, Nassau, Montego Bay, Cannes e Saint-Tropez. Não são pessoas particularmente más. Também não são boas pessoas. Não têm nenhuma importância verdadeira. Simplesmente fazem parte da decoração.

Todos eles, todas as pessoas desse tipo, têm em comum uma peculiaridade: sentem uma necessidade incrível de tornar-se ainda mais ricos do que já são. Nunca basta o milhão. Nem mesmo dois milhões. Sempre sentem um anseio insaciável de ganhar mais dinheiro. E isso porque vivem no constante pavor de acordar um dia de manhã e descobrir que não têm nada no banco.

Todas essas pessoas empregam os mesmos métodos para tentar aumentar a fortuna. Compram ações de várias empresas e ficam observando seu sobe-e-desce. Jogam roleta e vinte-e-um por altas apostas em cassinos. Apostam em cavalos. Apostam em praticamente tudo. Henry Sugar tinha uma vez apostado mil libras no resultado de uma corrida de tartarugas na quadra de tênis de Lorde Liverpool. E tinha arriscado o dobro desse valor com um homem chamado Esmond Hanbury numa aposta ainda mais boba, que consistiu no seguinte: os dois soltaram o cão de Henry no jardim e ficaram olhando pela janela. Mas, antes de deixarem o cachorro sair, cada um tentou adivinhar com antecedência qual seria o primeiro objeto junto ao qual o cão levantaria a perna. Seria um muro, um poste, um arbusto ou uma árvore? Esmond escolheu um muro. Henry, que vinha observando os hábitos do cão havia dias, já tendo em mente a idéia dessa aposta específica, escolheu uma árvore, e ganhou o dinheiro.

Com brincadeiras ridículas como essas, Henry e os amigos tentavam dominar a monotonia mortal de serem ao mesmo tempo ociosos e ricos.

O próprio Henry não era incapaz, como vocês devem ter notado, de enganar um pouco aqueles seus amigos, se tivesse a oportunidade. A aposta a respeito do cachorro decididamente não foi honesta. E, se vocês querem saber, a da corrida de tartarugas também não foi. Nessa também Henry trapaceou ao enfiar escondido um pouco de soporífero em pó na boca da tartaruga do adversário, uma hora antes da corrida.

E agora que vocês têm uma idéia aproximada do tipo de pessoa que Henry Sugar era, posso começar minha história.

Num fim de semana de verão, Henry foi de carro de Londres a Guildford para hospedar-se na residência de Sir William Wyndham. A casa era magnífica, assim como as terras; mas, quando Henry chegou naquela tarde de sábado, já chovia a cântaros. Nada de tênis, nada de croquê. Nem pensar em nadar na piscina ao ar livre de Sir William. O anfitrião e os convidados ficaram sentados macambúzios na sala de estar, olhando para a chuva que batia nas janelas. Os muito ricos sentem um enorme ressentimento pelo mau tempo. É o único inconveniente que seu dinheiro não consegue resolver.

– Vamos jogar canastra com apostas bem altas – sugeriu alguém na sala.

Os outros acharam a idéia fantástica; mas, como eram cinco pessoas ao todo, uma teria de ficar de fora. Cortaram o baralho. Henry tirou a de valor mais baixo, a carta sem sorte.

Os outros quatro sentaram-se e começaram a jogar. Henry estava irritado por não participar do jogo. Saiu perambulando da sala de estar para o grande saguão. Examinou os quadros por alguns instantes e seguiu pela casa, morto de tédio por não ter nada para fazer. Finalmente, enfurnou-se na biblioteca.

O pai de Sir William tinha sido um famoso bibliófilo, e todas as quatro paredes daquela sala enorme estavam forradas de livros, do assoalho até o teto. Henry Sugar não se impressionou. Nem mesmo estava interessado. Os únicos livros que lia eram romances de mistério e de suspense. Percorreu a sala sem destino, procurando ver se encontraria algum dos livros que apreciava. Mas os livros na biblioteca de Sir William eram todos volumes encadernados em couro, com nomes inscritos, como Balzac, Ibsen, Voltaire, Johnson e Pepys. Uma chateação só, tudo aquilo, disse Henry com seus botões. E estava a ponto de sair quando seu olhar foi atraído e cativado por um livro que era totalmente diferente de todos os outros. Era tão fino que Henry não o teria percebido se ele não estivesse ligeiramente saliente em relação aos seus vizinhos de cada lado. E, quando o puxou da prateleira, viu que na realidade não passava de um caderno de capa dura, do tipo que as crianças usam na escola. A capa era de um azul-escuro, mas nela não estava escrito nada. Henry abriu o caderno. Na primeira página, escrito a mão em tinta, lia-se:

RELATÓRIO DE UMA ENTREVISTA
COM IMHRAT KHAN, O HOMEM QUE
ENXERGAVA SEM OS OLHOS
de
Dr. John F. Cartwright
BOMBAIN, ÍNDIA
DEZEMBRO DE 1934

Isso parece levemente interessante, disse Henry de si para si. Virou a página. Tudo o que se seguia estava escrito a mão em tinta preta. A caligrafia era clara e elegante. Henry leu as duas primeiras páginas em pé. De repente, descobriu-se com vontade de continuar a ler. O assunto era bom. Era fascinante. Ele levou o livrinho até uma poltrona de couro junto à janela e se instalou confortavelmente. Então, recomeçou a leitura do início.

Eis o que Henry leu no caderninho azul:

Eu, John Cartwright, sou cirurgião no Hospital Geral de Bombaim. No dia dois de dezembro de 1934, pela manhã, eu estava na Sala dos Médicos tomando uma xícara de chá. Outros três médicos estavam lá comigo, todos fazendo um merecido intervalo para um chá. Eram o Dr. Marshall, o Dr. Phillips e o Dr. Macfarlane. Alguém bateu à porta.

– Entre – disse eu.

A porta abriu-se, e entrou um indiano que sorriu para nós e falou:

– Com licença, por favor. Posso pedir uma gentileza aos senhores?

A Sala dos Médicos era um local de máxima privacidade. Ninguém que não fosse médico tinha permissão para entrar ali, a não ser em caso de emergência.

– Esta sala é particular – disse o Dr. Macfarlane, ríspido.

– Eu sei, eu sei – respondeu o indiano. – Sei disso e lamento muito esse tipo de invasão, mas tenho algo interessantíssimo a lhes mostrar.

Nós quatro estávamos bastante irritados e não respondemos nada.

– Senhores, sou um homem que consegue ver sem usar os olhos.

Ainda não o convidamos a prosseguir. Mas também não o expulsamos da sala.

– Os senhores podem cobrir meus olhos como quiserem. Podem enrolar minha cabeça com cinqüenta ataduras, que eu ainda consigo ler um livro.

Ele parecia totalmente sério. Senti que minha curiosidade começava a se interessar.

– Venha cá – disse eu. Ele veio até onde eu estava. – Dê meia-volta. – Ele deu meia-volta. Tampei seus olhos firmemente com minhas mãos, mantendo as pálpebras fechadas. – Agora, um dos outros médicos aqui na sala vai levantar alguns dedos. Diga quantos são.

O Dr. Marshall levantou sete dedos.

– Sete – respondeu o indiano.

– Mais uma vez – disse eu.

O Dr. Marshall cerrou os punhos, escondendo todos os dedos.

– Nenhum dedo – disse o indiano.

Tirei minhas mãos dos seus olhos.

– Nada mal – disse eu.

– Espere aí – disse o Dr. Marshall. – Vamos experimentar uma coisa. – Havia um jaleco de médico pendurado num gancho na porta. O Dr. Marshall apanhou-o e o dobrou na forma de uma longa echarpe. Então, enrolou-o na cabeça do indiano e prendeu as duas pontas para trás.

– Vamos ver agora – disse o Dr. Marshall.

Tirei uma chave do bolso.

– O que é isso? – perguntei.

– Uma chave – respondeu ele.

Devolvi a chave e estendi a mão vazia.

– Que objeto é esse? – perguntei.

– Não há nenhum objeto – respondeu o indiano. – Sua mão está vazia.

O Dr. Marshall retirou a venda dos olhos do homem.

– Como é que você consegue? – perguntou. – Qual é o truque?

– Não há truque nenhum – disse o indiano. – É uma técnica genuína que consegui dominar depois de anos de treino.

– Que tipo de treino? – perguntei.

– Perdoe-me, senhor, mas essa é uma questão particular.

– Então, por que você veio até aqui?

– Vim solicitar um favor dos senhores – respondeu ele.

O indiano era um homem alto de cerca de trinta anos, com a pele marrom-clara, da cor da casca de coco. Tinha um bigodinho negro. Havia também um curioso tapete de pêlos negros ao redor da parte externa das suas orelhas. Estava usando uma túnica de algodão branco e sandálias nos pés nus.

– Vejam só, senhores – prosseguiu ele. – Atualmente estou me sustentando com o trabalho num teatro mambembe, e acabamos de chegar a Bombaim. Hoje à noite vamos fazer nosso espetáculo inaugural.

– E onde vai ser?

– No Royal Palace Hall. Em Acacia Street. Sou o astro principal. O programa me anuncia como "Imhrat Khan, o homem que enxerga sem os olhos". E cabe a mim anunciar o espetáculo com alarde. Se não vendermos entradas, não comemos.

– E o que isso tem a ver conosco? – perguntei-lhe.

– É muito interessante – disse ele. – Muito divertido. Vou explicar. Sempre que nosso teatro chega a uma cidade diferente, eu mesmo vou direto ao maior hospital e peço aos médicos que vendem meus olhos com ataduras. Peço que façam isso com a máxima perícia. Eles precisam se certificar de que meus olhos estejam muito bem cobertos. É importante que esse serviço seja feito por médicos; se não, as pessoas vão pensar que eu as estou enganando. E então, quando estou totalmente coberto com ataduras, saio para as ruas e faço uma coisa perigosa.

– O que você está querendo dizer com isso? – perguntei.

– O que quero dizer é que eu faço uma coisa extremamente perigosa para alguém que não enxerga.

– E o que é que você faz?

– É muito interessante – garantiu ele. – E os senhores me verão em ação se fizerem a gentileza de me cobrir com ataduras primeiro. Seria para mim um enorme favor se os senhores se dispusessem a fazer uma coisa tão simples.

Olhei para os outros três médicos. O Dr. Phillips disse que precisava voltar para seus pacientes. O Dr. Macfarlane disse o mesmo.

– Bem, por que não? – disse o Dr. Marshall. – Poderia ser divertido. Não vamos levar um minuto.

– Concordo – disse eu. – Mas vamos fazer o serviço direito. Vamos ter uma garantia absoluta de que ele não possa espiar.

– É muita gentileza sua – disse o indiano. – Por favor, façam o que quiserem.

O Dr. Phillips e o Dr. Macfarlane saíram da sala.

– Antes de aplicar as ataduras – disse eu ao Dr. Marshall – vamos primeiro vedar as pálpebras. Depois disso, podemos encher as órbitas com algo macio, sólido e grudento.

– Como o quê? – perguntou o Dr. Marshall.

– O que você acha de massa de pão?

– Massa de pão seria perfeito – disse o Dr. Marshall.

– Certo – respondi. – Se você quiser dar uma corridinha até a padaria do hospital e apanhar um pouco de massa, vou levá-lo ao consultório para vedar as pálpebras.

Levei o indiano da Sala dos Médicos e segui pelo longo corredor do hospital até o consultório.

– Deite-se ali – disse eu, indicando o leito. Ele se deitou. Apanhei no armário um pequeno frasco provido de conta-gotas. – Isso aqui se chama colódio – disse eu. – Ele vai endurecer nas suas pálpebras fechadas, de modo que será impossível para você abri-las.

– E como vou remover isso depois?

– Ele dissolve facilmente com álcool. E não faz mal nenhum. Feche os olhos agora.

O indiano fechou os olhos. Apliquei o colódio sobre as duas pálpebras.

– Mantenha os olhos fechados – disse eu. – Espere secar.

Em alguns minutos, o colódio tinha formado uma película rígida sobre os olhos, mantendo-os bem fechados.

– Tente abrir os olhos – disse eu. Ele tentou, mas não conseguiu.

O Dr. Marshall chegou com uma vasilha de massa. Era a massa branca comum usada para fazer pão. Era bem macia. Peguei um pouco da massa e a estiquei sobre um dos olhos do indiano. Enchi toda a órbita e deixei a massa cobrir um pouco da pele em torno. Depois, apertei bem as bordas. Fiz o mesmo com o outro olho.

– Não está desconfortável demais, está? – perguntei.

– Não – disse o indiano. – Está bem.

– Você passa as ataduras – disse eu ao Dr. Marshall. – Meus dedos estão muito grudentos.

– Com todo o prazer – respondeu o Dr. Marshall. – Olhe só. – Ele apanhou um bom chumaço de algodão e o aplicou por cima dos olhos do indiano, cheios de massa de pão. O algodão grudou na massa e ficou preso. – Sente-se, por favor – disse o Dr. Marshall.

O indiano sentou-se no leito.

O Dr. Marshall apanhou um rolo de atadura de dez centímetros e passou a enrolar a cabeça do homem com ela. A atadura prendeu com firmeza no lugar o algodão e a massa. O Dr. Marshall fixou a atadura. Em seguida, ele apanhou uma segunda atadura e começou a enrolá-la não só em volta dos olhos do homem, mas em torno do seu rosto e da cabeça inteira.

– Por favor, deixe meu nariz livre para respirar – disse o indiano.

– É claro – respondeu o Dr. Marshall. Ele terminou o serviço e prendeu a extremidade da atadura. – O que está achando? – perguntou.

– Magnífico – disse eu. – Não há como ele conseguir enxergar através disso aí.

Agora toda a cabeça do indiano estava enfaixada em ataduras brancas e espessas, e tudo o que se via era a ponta saliente do seu nariz. Ele parecia ser alguém que tivesse sido submetido a alguma terrível operação no cérebro.

– E qual é a sua impressão? – perguntou o Dr. Marshall ao homem.

– Não incomoda em nada – disse o indiano. – Devo cumprimentá-los por um serviço tão bem feito.

– Está liberado, então – disse o Dr. Marshall, sorrindo para mim. – Agora você pode nos mostrar como é bom em ver as coisas.

O indiano desceu da cama e seguiu direto para a porta. Abriu-a e saiu.

– Minha nossa! – disse eu. – Você viu aquilo? Ele pôs a mão direto na maçaneta!

O Dr. Marshall já não estava mais sorrindo. De repente, seu rosto tinha empalidecido.

– Vou atrás dele – disse ele, apressando-se na direção da porta. Eu também saí apressado.

O indiano estava andando de modo perfeitamente normal pelo corredor do hospital. O Dr. Marshall e eu seguíamos uns cinco metros atrás dele. E era muito assustador observar esse homem com a cabeça enorme e totalmente enfaixada caminhando despreocupadamente pelo corredor exatamente como qualquer outra pessoa. Era especialmente assustador quando se sabia com certeza total que suas pálpebras estavam vedadas, que suas órbitas estavam cobertas de massa de pão e que, por cima disso, ainda havia um enorme chumaço de algodão e as ataduras.

Vi um servente nativo vindo pelo corredor na direção do indiano. Vinha empurrando um carrinho de refeições. De repente, o servente avistou o homem com a cabeça branca e ficou paralisado. O indiano enfaixado desviou-se para um lado do carrinho e seguiu adiante.

– Ele viu! – exclamei. – Ele deve ter visto aquele carrinho. Ele se desviou perfeitamente dele! Isso é absolutamente incrível!

O Dr. Marshall não me respondeu. Seu rosto estava branco; todas as feições rígidas de incredulidade e espanto.

O indiano chegou à escada e começou a descer.

Desceu sem absolutamente nenhum problema. Nem mesmo pôs a mão no corrimão. Algumas pessoas estavam subindo. Cada uma parou, arfou, olhou fixamente e saiu rapidamente do caminho.

Ao pé da escada, ele virou à direita e se encaminhou para as portas que davam para a rua. O Dr. Marshall e eu continuávamos bem atrás dele.

A entrada do nosso hospital é um pouco afastada da rua e há uma escadaria bastante imponente que desce da entrada para um pequeno pátio cercado de acácias. O Dr. Marshall e eu saímos para o sol abrasador e ficamos parados no alto da escadaria. Lá embaixo, no pátio, vimos uma multidão de talvez umas cem pessoas. Pelo menos a metade delas era de crianças descalças. E, à medida que nosso indiano de cabeça branca descia os degraus, todas davam hurras, gritavam e avançavam na sua direção. Ele as cumprimentava segurando as duas mãos acima da cabeça.

De repente, eu vi a bicicleta. Estava mais para um lado, ao pé da escadaria, e um menino a segurava. A bicicleta em si era perfeitamente comum, mas atrás, fixado de algum modo à estrutura da roda traseira, havia um enorme cartaz quadrado, de um metro e meio de lado. No cartaz, estavam escritas as seguintes palavras:

IMHRAT KHAN, O HOMEM QUE ENXERGA
SEM OS OLHOS!
HOJE MEUS OLHOS FORAM ENFAIXADOS POR
MÉDICOS NO HOSPITAL!
ESPETÁCULO HOJE À NOITE E
TODA ESTA SEMANA NO
ROYAL PALACE HALL,
EM ACACIA STREET, ÀS 19 HORAS.
NÃO PERCAM!
VOCÊS PRESENCIARÃO MILAGRES.

Nosso indiano tinha chegado ao pé da escadaria e agora ia direto até a bicicleta. Disse alguma coisa ao menino, e o menino sorriu. O indiano montou na bicicleta. A multidão abriu espaço para ele. E então, vejam só, esse camarada de olhos vendados e enfaixados agora passava a atravessar o pátio e sair direto para o trânsito movimentado e barulhento da rua mais adiante! A multidão deu hurras ainda mais altos. As crianças descalças corriam atrás dele, aos risos e gritinhos. Por cerca de um minuto, conseguimos mantê-lo à vista. Observamos enquanto ele seguia com maestria pela rua movimentada, com automóveis passando velozes por ele, e um bando de crianças correndo atrás. Depois, ele virou uma esquina e desapareceu.

– Estou atarantado – disse o Dr. Marshall. – Não consigo acreditar.

– Nós temos de acreditar – disse eu. – Era impossível que ele pudesse ter removido a massa de pão que estava debaixo das ataduras. Não deixamos de vigiá-lo um instante sequer. Quanto a descolar suas pálpebras, isso teria lhe custado uns cinco minutos, com álcool e algodão.

– Sabe o que eu acho? – disse o Dr. Marshall. – Acho que presenciamos um milagre.

Demos meia-volta e lentamente entramos de novo no hospital.

Pelo resto do dia, estive ocupado com pacientes no hospital. Às seis da noite, terminei o turno e voltei para meu apartamento para tomar um banho de chuveiro e mudar de roupa. Era a época mais quente do ano em Bombaim; e, mesmo depois do entardecer, o calor parecia uma fornalha aberta. Se você ficasse sentado imóvel numa poltrona, sem fazer nada, o suor brotaria da sua pele. Seu rosto brilharia de umidade o dia inteiro, e a camisa ficaria grudada no peito. Tomei uma longa chuveirada refrescante. Tomei um uísque com soda sentado na varanda, usando apenas uma toalha em volta da cintura. Depois, vesti roupas limpas.

Às dez para as sete, eu estava em frente ao Royal Palace Hall em Acacia Street. Não era de encher os olhos. Era um desses salões pouco espaçosos e de baixo nível que podem ser alugados a preço módico para reuniões ou bailes. Havia uma quantidade razoável de indianos esperando do lado de fora da bilheteria; e um grande cartaz acima da entrada anunciava que A COMPANHIA INTERNACIONAL DE TEATRO estava se apresentando todas as noites naquela semana.

Dizia que haveria malabaristas, mágicos, acrobatas, engolidores de espadas e de fogo, encantadores de serpentes e uma peça de um ato intitulada *O rajá e a mulher-tigre.* No entanto, acima de tudo isso, em letras muito maiores, dizia: IMHRAT KHAN, O HOMEM PRODÍGIO QUE ENXERGA SEM OS OLHOS.

Comprei um ingresso e entrei.

O espetáculo durou duas horas. Para minha surpresa, tudo me agradou muito. Todos os artistas eram excelentes. Gostei do homem que fazia malabarismo com utensílios de cozinha. Ele se apresentou com uma caçarola, uma frigideira, um tabuleiro, uma enorme travessa e uma panela de barro voando no ar, todos ao mesmo tempo. O encantador de serpentes tinha uma grande cobra verde que ficava em pé quase na ponta da cauda e que dançava sinuosa acompanhando a música da flauta. O engolidor de fogo engoliu fogo; e o de espadas enfiou uma espada de dois gumes pelo menos um metro pela garganta e estômago abaixo. E em último lugar, ao som de uma grande fanfarra de clarins, nosso amigo Imhrat Khan apareceu para apresentar seu número. As ataduras que tínhamos posto nele no hospital não tinham sido removidas.

Pessoas da platéia foram chamadas ao palco para vendá-lo com lençóis, echarpes e turbantes. E, no final, havia tanta coisa enrolada na sua cabeça que ele mal conseguia manter o equilíbrio. Deram-lhe então um revólver. Um menino pequeno surgiu e se postou no lado esquerdo do palco. Reconheci que ele era o mesmo que tinha vigiado a bicicleta do lado de fora do hospital pela manhã. O menino pôs uma lata no alto da cabeça e ficou perfeitamente imóvel. Um silêncio mortal dominou a platéia enquanto Imhrat Khan mirava. Ele atirou. O estrondo fez com que todos nós déssemos um pulo. A lata saiu voando da cabeça do menino e foi parar barulhenta no chão. O menino apanhou-a e mostrou à platéia o buraco da bala. Todos aplaudiram e deram vivas. O menino sorriu.

Em seguida, o menino ficou encostado numa tela de madeira, e Imhrat Khan lançou facas em torno do seu corpo inteiro, a maior parte delas chegando mesmo muito perto. Foi um número magnífico. São poucas as pessoas que poderiam ter atirado facas com tanta precisão, mesmo com os olhos descobertos. Mas aqui estava ele, esse camarada extraordinário, com a cabeça tão enrolada em panos que parecia uma grande bola de neve no alto de uma vareta, e ele estava lançando facas afiadas na tela à distância de um fio de cabelo da cabeça do menino. Durante toda a duração desse número, o menino sorria. E, quando o número terminou, a platéia bateu os pés e deu gritos de empolgação.

O último número de Imhrat Khan, embora não tão espetacular, foi ainda mais impressionante. Trouxeram ao palco um barril de metal. A platéia foi convidada a examiná-lo para constatar que não havia furos. Não havia nenhum furo. O barril foi então posto por cima da cabeça já enfaixada de Imhrat Khan. Ele lhe descia pelos ombros e chegava até os cotovelos, prendendo a parte superior dos seus braços ao corpo.

Mas ele ainda conseguia estender os antebraços e as mãos. Alguém pôs uma agulha numa das mãos e um pouco de linha de algodão na outra. Sem nenhum movimento em falso, ele fez passar o algodão direto pelo buraco da agulha. Eu estava embasbacado.

Assim que o espetáculo terminou, encaminhei-me aos bastidores. Encontrei o Sr. Imhrat Khan num camarim pequeno porém limpo, sentado tranqüilo num banco de madeira. O pequeno indiano estava desenrolando a quantidade de echarpes e lençóis da sua cabeça.

– Ah – disse ele. – É meu amigo, o médico do hospital. Entre, senhor. Pode entrar.

– Assisti ao espetáculo – disse eu.

– E o que o senhor achou?

– Gostei muito. Achei que você foi maravilhoso.

– Obrigado. É um grande elogio.

– Quero dar os parabéns também ao seu assistente – disse eu, indicando o menino. – Ele tem muita coragem.

– Ele não sabe falar inglês – disse o indiano. – Mas vou transmitir o que o senhor disse. – Dirigiu-se rapidamente ao menino em hindustani, e o menino assentiu com ar solene, mas não disse nada.

– Olhe, eu lhe fiz um pequeno favor hoje de manhã. Você me faria outro em retribuição? Aceitaria sair para jantar comigo?

Sua cabeça estava agora livre de todos os envoltórios. Ele sorriu para mim.

– Acho que o doutor está ficando curioso? Estou com a razão?

– Muita curiosidade – respondi eu. – Gostaria de conversar com você.

Mais uma vez, fiquei impressionado com a cobertura singularmente densa de pêlos negros, na parte externa das suas orelhas. Nunca tinha visto nada parecido com aquilo em nenhuma outra pessoa.

– Nunca fui inquirido por um médico antes – disse ele. – Mas não faço nenhuma objeção. Seria um prazer jantar com o senhor.

– Quer que eu o espere no carro?

– Sim, por favor. Preciso me lavar e tirar essas roupas sujas.

Disse-lhe como era meu carro e que estaria esperando lá fora.

Quinze minutos depois ele surgiu, usando uma túnica limpa de algodão branco e as sandálias de costume nos pés nus. E logo nós dois estávamos confortavelmente instalados num pequeno restaurante que eu às vezes freqüentava porque ali eles faziam o melhor *curry* da cidade. Tomei cerveja com meu *curry*. Imhrat Khan tomou limonada.

– Não sou escritor – disse-lhe eu. – Sou médico. Mas, se você me contar sua história desde o início, se me explicar de que modo desenvolveu esse poder mágico de ser capaz de enxergar sem usar os olhos, eu a relatarei com a maior fidelidade possível. E então eu talvez possa publicá-la no *British Medical Journal* ou mesmo em alguma revista famosa. E, porque *sou* médico, e não apenas um escritor tentando vender uma história por dinheiro, as pessoas terão uma propensão muito maior a levar a sério o que eu disser. Seria útil para você, não seria, tornar-se mais conhecido?

– Seria muito útil – disse ele. – Mas por que o senhor se disporia a fazer isso?

– Porque estou morrendo de curiosidade – respondi. – Essa é a única razão.

Imhrat Khan pegou um bocado de arroz com *curry* e o mastigou lentamente.

– Muito bem, meu amigo. Vou fazer o que me pede – disse ele, então.

– Ótimo! – exclamei eu. – Vamos até meu apartamento assim que terminarmos de comer, e então poderemos conversar sem que ninguém nos perturbe.

Terminamos a refeição. Eu paguei a conta. E levei Imhrat Khan de carro até meu apartamento.

Na sala de estar, apanhei papel e alguns lápis para poder fazer anotações. Tenho uma espécie de taquigrafia particular que uso para anotar o histórico médico de pacientes, e com ela consigo registrar a maior parte do que uma pessoa diz, se ela não falar rápido demais. Creio que anotei praticamente tudo o que Imhrat Khan me disse naquela noite, palavra por palavra, e aqui está o resultado. Transmito-lhes o relato exatamente como me foi passado.

– Sou indiano e hindu – disse Imhrat Khan – e nasci em Akhnur, no estado da Caxemira, em 1905. Minha família é pobre, e meu pai trabalha como condutor na ferrovia. Quando estou com treze anos, um mágico indiano vem à nossa escola para apresentar um espetáculo. Seu nome, eu me lembro, é Professor Moor (todos os mágicos na Índia se intitulam "professores"), e seus truques são muito bons. Fico tremendamente impressionado. Acho que é mágica de verdade. Sinto (como vou dizer isso?), sinto um desejo enorme de aprender, eu mesmo, mais sobre essa mágica. E assim, dois dias depois, fujo de casa, decidido a encontrar e a seguir meu novo herói, o Professor Moor. Levo todas as minhas economias, quatorze rúpias, e somente a roupa que estou usando. Estou usando um *dhoti* branco e sandálias. Isso, em 1918, e estou com treze anos.

"Descubro que o Professor Moor foi a Lahore, a mais de trezentos quilômetros de distância; e então, totalmente só, compro uma passagem de terceira classe, embarco no trem e vou atrás dele. Em Lahore, descubro o Professor. Ele está trabalhando na sua mágica num espetáculo de baixíssimo nível. Falo da minha admiração por ele e me ofereço para ser seu assistente. Ele me aceita. Meu pagamento? Ah, sim, recebo oito *annas* por dia.

"O Professor me ensina a fazer o truque dos anéis ligados, e minha função é ficar em pé na rua diante do teatro fazendo esse truque e chamando as pessoas para entrar e assistir ao espetáculo.

"Durante um mês e meio, tudo corre bem. É muito melhor do que ir à escola. Mas então sou atingido por uma bomba terrível quando de repente me ocorre que não existe nenhuma mágica de verdade no Professor Moor, que tudo não passa de truques e prestidigitação. De imediato, o Professor deixa de ser meu herói. Perco todo e qualquer interesse no emprego, mas ao mesmo tempo minha cabeça está transbordando de um anseio muito forte. Anseio acima de tudo por aprender algo sobre a verdadeira mágica, e por descobrir algo sobre o estranho poder que se denomina *ioga*.

"Para isso preciso encontrar um iogue que esteja disposto a me deixar ser seu discípulo. Não vai ser fácil. Os iogues de verdade não dão em árvores. São pouquíssimos em toda a Índia. Além disso, eles são fanáticos religiosos. Logo, se eu quiser ter sucesso na procura por um mestre, eu também vou precisar fingir ser uma pessoa muito religiosa.

"Não, no fundo não sou religioso. E, por esse motivo, sou o que se poderia chamar de uma leve fraude. Eu queria adquirir os poderes da ioga por motivos puramente egoístas. Eu queria usar esses poderes para obter fama e fortuna.

"Ora, isso era algo que o verdadeiro iogue desprezaria mais que qualquer outra coisa no mundo. Na realidade, o verdadeiro iogue acredita que qualquer iogue que faça mau uso dos seus poderes terá uma morte precoce e súbita. Um iogue não deve nunca se apresentar diante de platéias. Deve exercer sua arte somente em total privacidade e como uma atividade religiosa, se não será fulminado pela morte. Nisso eu não acreditava, e ainda não acredito.

"E então agora começa minha busca por um instrutor iogue. Abandono o Professor Moor e vou até uma cidadezinha chamada Amritsar no Punjab, onde entro para uma companhia de teatro mambembe. Preciso ganhar meu sustento enquanto procuro o segredo, e já fiz algum sucesso no teatro amador na minha escola. Assim, viajo por três anos com esse grupo de teatro por todo o Punjab, e ao final desse período, quando estou com dezesseis anos e meio, são meus os papéis mais importantes da companhia. O tempo todo, vou guardando dinheiro e agora tenho ao todo uma soma muito alta: duas mil rúpias.

"É então que ouço falar de um homem chamado Banerjee. Diz-se que esse Banerjee é um dos verdadeiros iogues de renome da Índia, e que possui poderes extraordinários. Acima de tudo, as pessoas comentam como ele adquiriu o raro poder da levitação, de modo que, ao fazer suas orações, todo o seu corpo se eleva do chão, ficando suspenso no ar a mais de quarenta centímetros do solo.

"Ah-ah, penso eu. Esse é sem dúvida o homem que busco. Esse Banerjee é quem eu devo procurar. E assim, de imediato, pego minhas economias e deixo a companhia de teatro para me dirigir a Rishikesh, às margens do Ganges, onde dizem que Banerjee está morando.

"Procuro Banerjee por seis meses. Onde ele estará? Onde? Onde está Banerjee? Ah, sim, respondem em Rishikesh, Banerjee esteve recentemente aqui, mas já faz algum tempo, e mesmo nessa ocasião ninguém o viu. E agora? Agora Banerjee foi para outro lugar. Que outro lugar? Ah, bem, dizem, como se pode saber? Como, mesmo? Como se pode saber sobre os movimentos de alguém como Banerjee? Ele não leva uma vida de absoluto isolamento? Não leva? E eu respondo sim. Sim, sim, sim. É claro. É óbvio. Até mesmo para mim.

"Gasto todas as minhas economias tentando encontrar esse Banerjee, tudo a não ser trinta e cinco rúpias. Mas de nada adianta. Mesmo assim, permaneço em Rishikesh e ganho meu sustento fazendo truques comuns de mágica para pequenos grupos e coisas semelhantes. Esses são os truques que aprendi com o Professor Moor, e por talento natural minha prestidigitação é muito boa.

"Um dia, então, estou ali sentado no pequeno hotel em Rishikesh e mais uma vez ouço falar do iogue Banerjee. Um viajante está mencionando ter ouvido dizer que Banerjee está agora morando na selva, não muito longe dali, mas na selva fechada e totalmente só.

"Mas onde?

"O viajante não sabe ao certo. 'Possivelmente', diz ele, 'é para aquele lado, naquela direção, ao norte da cidade', e aponta com o dedo.

"Ora, isso para mim é suficiente. Vou à feira e começo uma negociação para alugar uma *tonga*, que é uma carroça com cavalo, e a transação mal está sendo completada com o carroceiro, quando se aproxima um homem que esteve parado por ali, prestando atenção, e diz que ele também vai naquela direção. Pergunta se pode vir parte do caminho comigo e dividir o custo. É claro que adoro a idéia, e lá partimos nós: o homem e eu sentados na carroça, o carroceiro conduzindo o cavalo. Partimos por um caminho muito pequeno, que atravessa direto a selva.

"E então que sorte fantástica! Estou conversando com meu colega de viagem e descubro que ele é nada mais, nada menos que discípulo do grande Banerjee e que está agora indo visitar seu mestre. E eu lhe digo direto que eu também gostaria de me tornar discípulo do iogue.

"Ele se volta e me lança um olhar longo e demorado; e talvez só fale depois de uns três minutos. Então, diz baixinho: 'Não, isso é impossível'.

"Tudo bem, digo a mim mesmo, veremos. Pergunto-lhe então se é verdade que Banerjee levita quando ora.

"'É', responde ele. 'É verdade, sim. Mas não é permitido que ninguém observe quando isso acontece. Ninguém nunca tem permissão de se aproximar de Banerjee quando ele está orando.'

"E assim prosseguimos um pouco mais na *tonga*, conversando o tempo todo sobre Banerjee. E, por meio de perguntas muito cuidadosas e informais, consigo descobrir uma série de pequenos detalhes a seu respeito, como por exemplo a hora do dia em que começa suas orações. E, então, logo o homem diz: 'Vou deixá-lo aqui. É aqui que desço'.

"Eu o deixo e finjo prosseguir minha viagem, mas logo adiante digo ao carroceiro para parar e aguardar. Salto rápido e volto sorrateiro pelo caminho, à procura do homem, o discípulo de Banerjee. Ele não está no caminho. Já desapareceu no meio da selva. Mas para onde? De que lado da estrada? Fico parado em silêncio, escutando.

"Ouço uma espécie de farfalhar no mato baixo. Deve ser ele, digo a mim mesmo. Se não for ele, é um tigre. Mas é ele. Vejo-o mais adiante. Está avançando em meio à mata densa. Não há nem mesmo uma pequena trilha por onde está passando, e ele tem de abrir caminho entre bambus altos e todo tipo de vegetação pesada. Esgueiro-me atrás dele. Mantenho-me cerca de cem metros atrás dele porque receio que ele possa me ouvir. Eu sem dúvida o estou ouvindo. É impossível avançar em silêncio em meio a essa selva fechada. E, quando o perco de vista, que é a maior parte do tempo, ainda consigo ouvir seus ruídos.

"Prossegue por uma meia hora essa tensa brincadeira de siga-o-mestre. E de repente não consigo mais ouvir o homem à minha frente. Paro e escuto. A selva está em silêncio. Morro de medo de tê-lo perdido. Avanço um pouco mais, sorrateiro, e de repente, através do mato cerrado, vejo diante de mim uma pequena clareira, e no centro da clareira duas cabanas. São cabanas pequenas construídas totalmente de galhos e folhas da mata. Meu coração dá um salto e eu sinto no íntimo uma enorme onda de empolgação, porque sei, sem sombra de dúvida, que esta é a morada de Banerjee, o iogue.

O discípulo já desapareceu. Deve ter entrado numa das cabanas. Tudo está calmo. E agora eu avanço para fazer uma inspeção cuidadosíssima das árvores e arbustos, bem como de outras coisas ao redor. Há uma pequena cacimba ao lado da cabana mais próxima, e eu vejo um tapetinho de oração ali perto. E ali, digo comigo mesmo, é onde Banerjee medita e ora. Nas imediações dessa cacimba, a não mais do que trinta metros dali, há uma árvore enorme, um imenso baobá frondoso com galhos grossos e belos que se espalham de um modo que seria possível pôr uma cama neles, deitar na cama e ainda não ser visto de cá de baixo. Essa será minha árvore, penso. Vou me esconder nela e esperar até que Banerjee saia para orar. Dali vou poder ver tudo.

"Mas o discípulo tinha me dito que a hora da oração é somente às cinco ou seis da tarde. Por isso, tenho algumas horas de espera. Volto então, imediatamente, pela selva até o caminho e falo com o carroceiro. Digo-lhe que ele precisa esperar. Por isso, vou ter de pagar-lhe mais dinheiro, mas não importa porque agora estou tão empolgado que não ligo para mais nada nesse momento, nem mesmo para dinheiro.

"E aguardo junto à *tonga* durante todo o enorme calor do meio-dia na selva e depois durante o calor úmido e pesado da tarde, até que, à medida que vão chegando as cinco horas, volto sorrateiro através da selva até a cabana, com o coração batendo tão forte que consigo sentir como ele faz tremer meu corpo inteiro. Subo na minha árvore e me escondo nas folhas de uma forma tal que eu possa ver, mas sem ser visto. E espero. Espero quarenta e cinco minutos.

"Relógio? Ah, sim, estou usando um relógio de pulso. Lembro com clareza. Era um relógio que eu tinha ganho numa rifa, e eu sentia orgulho de possuí-lo. No mostrador do relógio vinha o nome do fabricante, The Islamia Watch Co., Ludhiana. E assim, com meu relógio, tenho o cuidado de cronometrar tudo que ocorre porque quero me lembrar de cada detalhezinho dessa experiência.

"Fico sentado no alto da árvore, à espera.

"E então, de repente, um homem sai da cabana. É alto e magro. Está usando um *dhoti* cor-de-laranja e traz diante de si uma bandeja com potes de latão e turíbulos. Vai até o tapetinho ao lado da cacimba e senta ali de pernas cruzadas, pondo a bandeja no chão à sua frente. E todos os movimentos que faz parecem de algum modo ser muito calmos e suaves. Ele se debruça, tira com a mão em concha um punhado d'água do poço e o lança por cima dos ombros. Apanha o turíbulo e o passa de um lado para o outro diante do peito, devagar, com um ritmo delicado e harmonioso. Põe as mãos sobre os joelhos, com a palma voltada para baixo. Faz uma pausa. Respira fundo pelas narinas. Eu o estou vendo inspirar profundamente e, de súbito, vejo que seu rosto está se transformando. Há uma espécie de luminosidade que vem cobrir todo o seu rosto, um tipo de... bem, um tipo de brilho na sua pele, e eu vejo que seu rosto está mudando.

"Durante quatorze minutos, ele permanece totalmente imóvel naquela posição e então, enquanto estou olhando para ele, vejo, vejo com perfeita nitidez que seu corpo vai se erguendo lentamente... lentamente... lentamente... do solo. Ele ainda está sentado com as pernas cruzadas, as mãos com a palma para baixo sobre os joelhos, e seu corpo inteiro está se erguendo devagarinho do chão para o ar. Agora, dá para ver a claridade do dia abaixo dele. Ele está sentado a trinta centímetros do chão... a quarenta centímetros... a quarenta e cinco... cinqüenta... e logo está pelo menos sessenta centímetros acima do tapete de orações.

"Permaneço perfeitamente imóvel ali em cima na árvore, observando, e não paro de dizer a mim mesmo para agora olhar com atenção. Ali, diante de mim, a trinta metros de distância, está um homem sentado no ar com total serenidade. Você o está vendo? Sim, estou. Mas você tem certeza de que não há nisso nenhuma ilusão? Tem certeza de que não é uma trapaça? Tem certeza de que você não está imaginando? Você tem certeza? Sim, tenho, digo eu. Tenho certeza. Olho fixamente para ele, maravilhado. Por muito tempo, fico olhando, e então o corpo começa lentamente a voltar a descer à terra. Vejo que está descendo. Acompanho seu delicado movimento de descida, seu lento movimento para baixo, descendo à terra, até que suas nádegas estão de novo pousadas no tapetinho.

"O corpo esteve suspenso quarenta e seis minutos marcados no relógio! Eu cronometrei.

"E então, por muito, muito tempo, por mais de duas horas, o homem permanece sentado absolutamente imóvel, como uma pessoa de pedra, sem fazer o menor movimento. A mim não parece que ele esteja respirando. Os olhos estão fechados, e ainda há aquela luminosidade no seu rosto, bem como um ar de levíssimo sorriso, algo que nunca vi em nenhum outro rosto na minha vida desde então.

"Afinal, ele se move. Mexe as mãos. Levanta-se. Abaixa-se de novo. Apanha a bandeja e volta devagar para a cabana. Estou maravilhado. Enlevado. Esqueço toda a cautela, desço rápido da árvore, corro direto para a cabana e me precipito porta adentro. Banerjee está encurvado, lavando os pés e mãos numa bacia. Está de costas para mim, mas me ouve. Vira-se rapidamente, endireitando o corpo. Sua expressão é de enorme surpresa, e a primeira coisa que diz é 'Há quanto tempo você está aqui?' Diz isso em tom áspero, como se não estivesse satisfeito.

"Eu de imediato conto toda a verdade, toda a história de estar no alto da árvore a observá-lo, e no final afirmo que não há nada que eu queira na vida além de me tornar seu discípulo. Por favor, ele me dará permissão para ser seu discípulo?

"Ele de repente parece explodir. Torna-se furioso e começa a gritar comigo. 'Fora daqui!', grita ele. 'Saia da minha frente! Fora! Fora! Fora!' E, em meio à fúria, apanha um tijolinho e o atira na minha direção. Acerta minha perna direita, pouco abaixo do joelho e rasga minha carne. Ainda tenho a cicatriz. Vou lhe mostrar. Ali, está vendo? Logo abaixo do joelho.

"A raiva de Banerjee é terrível, e eu fico muito assustado. Dou meia-volta e fujo apressado. Volto correndo pela selva até o lugar onde o carroceiro está esperando, e juntos voltamos para Rishikesh. Nessa noite, porém, eu recupero minha coragem. Tomo uma decisão, que é a seguinte: vou voltar todos os dias à cabana de Banerjee e não vou parar de insistir com ele até que finalmente ele *tenha* de me aceitar como discípulo, só para conseguir ter um pouco de paz.

"É o que faço. Todos os dias, vou vê-lo e todos os dias sua ira se derrama sobre mim como um vulcão: ele aos gritos e berros, e eu, parado ali assustado mas também obstinado, sempre repetindo meu desejo de me tornar seu discípulo. Durante cinco dias, é isso o que ocorre. E então, de repente, na minha sexta visita, Banerjee parece estar em perfeita calma, com total cortesia. Explica que ele próprio não pode me aceitar como discípulo; mas que me dará um bilhete, diz ele, dirigido a outro homem, um amigo, um grande iogue, que mora em Hardwar. Devo ir até lá, e lá receberei ajuda e treinamento."

Imhrat Khan fez uma pausa e me perguntou se poderia beber mais um copo d'água. Fui apanhá-lo para ele. Ele bebeu lentamente e prosseguiu com sua história.

– Isso é em 1922, e eu estou com quase dezessete anos de idade. Vou, portanto, para Hardwar. E lá encontro o iogue. E, como tenho uma carta do famoso Banerjee, ele consente em me dar treinamento.

"Ora, que tipo de treinamento é esse?

"Essa é naturalmente a parte principal de toda essa história. É por isso que venho ansiando e procurando, de modo que posso garantir que sou um aluno aplicado.

"A primeira instrução, a parte mais elementar, consiste em ter de praticar exercícios físicos dificílimos, todos eles relacionados ao controle muscular e à respiração. Mas, depois de algumas semanas disso, até mesmo o aluno aplicado começa a ficar impaciente. Digo ao iogue que são meus poderes mentais que quero desenvolver, não meus poderes físicos.

"Ele responde: 'Se você desenvolver controle sobre o corpo, o controle sobre a mente virá de modo automático.' Mas eu quero os dois ao mesmo tempo e não paro de lhe pedir. Finalmente, ele responde: 'Muito bem, vou lhe passar uns exercícios para ajudá-lo a concentrar a mente consciente.'

"'Mente *consciente*?', pergunto eu. 'Por que o senhor diz mente *consciente*?'

"'Porque todos os homens possuem duas mentes, a consciente e a subconsciente. A mente subconsciente é altamente concentrada, mas a consciente, a que todos usam, é dispersiva e desconcentrada. Ela se importa com milhares de tópicos diferentes, aquilo que estamos vendo ao nosso redor e aquilo em que estamos pensando. Portanto, é preciso aprender a concentrar a mente de tal forma que possamos visualizar, à nossa escolha, um único item, um item só, e absolutamente mais nada. Se você se esforçar o bastante, deverá ser capaz de concentrar sua mente, sua mente consciente, em qualquer objeto de sua escolha por no mínimo três minutos e meio. Mas isso levará cerca de quinze anos.'

"'Quinze anos!', exclamo eu.

"'Pode levar mais', diz ele. 'Quinze anos é o normal.'

"'Mas a essa altura eu já vou estar velho!'

"'Não se desespere', recomenda o iogue. 'O tempo varia para cada pessoa. Algumas levam dez anos, algumas levam menos tempo, e em ocasiões extremamente raras surge uma pessoa especial que é capaz de desenvolver o poder em apenas um ano ou dois. Mas essa é uma em um milhão.'

"'Quem são essas pessoas especiais?', pergunto. 'Elas são diferentes das outras?'

"'Elas têm a mesma aparência', responde ele. 'Uma pessoa especial poderia ser um humilde gari ou um operário fabril. Ou poderia ser um rajá. Só há como dizer depois que o treinamento começa.'

"'E é mesmo assim tão difícil concentrar a mente num único objeto por três minutos e meio?', pergunto.

"'É quase impossível', responde ele. 'Tente e verá. Feche os olhos e pense em alguma coisa. Pense em apenas um objeto. Procure visualizá-lo. Veja-o diante dos seus olhos. E, em alguns segundos, sua mente estará divagando. Outros pequenos pensamentos começam a se insinuar. Outras visões irão lhe ocorrer. É dificílimo.'

"Assim falou o iogue de Hardwar.

"E assim começam meus verdadeiros exercícios. A cada noite, eu me sento e fecho os olhos para visualizar o rosto da pessoa que mais amo, que é meu irmão. Concentro-me em visualizar seu rosto. Mas, no instante em que minha mente começa a divagar, paro o exercício e descanso alguns minutos. Depois tento novamente.

"Após três anos de prática diária, sou capaz de total concentração no rosto do meu irmão por um minuto e meio. Estou progredindo. Mas ocorre algo interessante. Ao fazer esses exercícios, perco totalmente meu sentido do olfato. E desde então ele nunca mais me voltou.

"Em seguida, a necessidade de ganhar meu sustento, de comprar alimento, me força a deixar Hardwar. Vou a Calcutá, onde as oportunidades são bem melhores. E lá eu logo começo a ganhar um bom dinheiro, fazendo espetáculos de mágica. Mas continuo sempre com os exercícios. Todas as noites, onde quer que eu esteja, procuro um canto tranqüilo para me instalar e praticar a concentração da mente. De vez em quando, escolho alguma coisa não tão pessoal, como por exemplo uma laranja ou um par de óculos, e isso torna o exercício ainda mais difícil.

"Um dia, viajo de Calcutá até Daca na região oriental de Bengala para fazer um espetáculo de mágica numa faculdade de lá. E, enquanto estou em Daca, por acaso presencio uma demonstração de alguém andando sobre brasas. Muitas pessoas estão observando. Uma grande trincheira foi cavada na parte inferior de uma encosta gramada. Os espectadores estão sentados às centenas na grama, olhando para a trincheira lá embaixo.

"A trincheira tem uns oito metros de comprimento. Encheram-na de toras, lenha e carvão, e muito querosene foi derramado ali. Atearam fogo ao querosene, e em pouco tempo toda a trincheira tornou-se uma fornalha ardente. Ela está tão quente que os homens que a abastecem são obrigados a usar óculos especiais de proteção. O vento está forte e sopra sobre o carvão, deixando-o quase incandescente.

"Apresenta-se o indiano que vai caminhar sobre as brasas. Está nu a não ser por uma pequena tanga e está descalço. A platéia fica em silêncio. O indiano entra na trincheira e caminha ao longo dela, pisando no carvão incandescente. Ele não pára. Nem se apressa. Simplesmente anda sobre os pedaços de carvão em brasa e sai do outro lado, e seus pés nem chegam a se chamuscar. Ele mostra as solas dos pés para a multidão. A multidão olha, estupefata.

"Então, o indiano caminha pela trincheira mais uma vez. Dessa vez, vai ainda mais devagar; e, enquanto caminha, posso ver no seu rosto uma expressão de concentração absoluta. Esse homem, digo a mim mesmo, praticou ioga. É um iogue.

"Após o espetáculo, o homem grita para a multidão, perguntando se alguém tem coragem suficiente para descer e andar no fogo. Um silêncio domina a multidão. Sinto no peito uma súbita onda de empolgação. Essa é minha oportunidade. Preciso aproveitá-la. Preciso ter fé e coragem. *Preciso* fazer uma tentativa. Venho fazendo meus exercícios de concentração há mais de três anos agora, e chegou a hora de me aplicar um teste rigoroso.

"Enquanto estou ali sentado, com esses pensamentos, do meio da multidão surge um voluntário. É um rapaz indiano. Avisa que gostaria de tentar caminhar sobre as brasas. Isso faz com que eu me decida. E eu também dou um passo à frente e me apresento. A multidão nos aplaude.

"Agora o homem que de fato caminha sobre brasas passa a ser o supervisor. Manda o outro rapaz ir primeiro. Faz com que o rapaz tire o *dhoti* para evitar, diz ele, que a barra pegue fogo com o calor. E deve descalçar as sandálias.

"O jovem indiano faz o que lhe mandam. Mas, agora que chega perto da trincheira e que sente o terrível calor que sobe dela, ele começa a parecer apavorado. Dá alguns passos atrás, protegendo os olhos do calor com as mãos.

"'Não precisa continuar se não quiser', diz o homem que realmente caminha sobre brasas.

"O público espera e observa, pressentindo um drama.

"O jovem, apesar de apavorado, deseja provar como é corajoso e responde: 'É claro que vou continuar.'

"Com isso, ele corre na direção da trincheira. Entra nela com um pé e depois com o outro. Dá um berro terrível, salta de volta e cai ao chão. O pobre homem está ali deitado, aos berros de dor. As solas dos pés estão gravemente queimadas, e parte da pele se soltou. Dois amigos seus vêm correndo e o levam embora.

"'Agora é a sua vez', diz o que caminha sobre as brasas. 'Está pronto?'

"'Estou', respondo. 'Mas, por favor, mantenham-se em silêncio enquanto me preparo.'

"O público está dominado por uma enorme quietude. Eles já viram um homem sair gravemente queimado. Será que o segundo vai ser louco o bastante para fazer a mesma coisa?

"'Não faça isso! Você deve estar maluco!', grita alguém na multidão. Outros adotam o mesmo grito, todos recomendando que eu desista. Eu me volto para encará-los e ergo as mãos pedindo silêncio. Eles param de gritar e olham fixamente para mim. Ali não há um olho que não esteja voltado para mim.

"Sinto uma calma extraordinária.

"Tiro meu *dhoti* pela cabeça. Descalço as sandálias. Estou ali nu, a não ser pela roupa de baixo. Fico imóvel e fecho os olhos. Começo a concentrar minha mente. Concentro-me no fogo. Não vejo nada além de pedaços de carvão incandescente e me concentro na idéia de que eles não são quentes, mas frios. As brasas estão frias, digo a mim mesmo. Não podem me queimar. É impossível que me queimem porque não há nenhum calor nelas. Deixo passar meio minuto. Sei que não posso esperar muito porque só consigo me concentrar absolutamente em qualquer coisa por um minuto e meio.

"Continuo me concentrando. Fico tão concentrado que entro numa espécie de transe. Começo a pisar nas brasas. Percorro com razoável rapidez todo o comprimento da trincheira. E vejam só! Não me queimei!

"O público vai à loucura. Gritam e aplaudem. O verdadeiro homem que anda sobre brasas vem apressado até onde estou e me examina as solas dos pés. Não consegue acreditar no que vê. Não há nem um sinal de queimadura neles.

"'Ei!', protesta ele. 'O que é isso? Você é um iogue?'

"'Pretendo ser, senhor', respondo, com orgulho. 'Estou chegando lá.'

"Depois disso, eu me visto e vou embora rapidamente, evitando o público.

"É claro que estou empolgado. 'Ele está vindo', digo. 'Agora, finalmente, o poder está começando a chegar.' E todo esse tempo eu me lembro de mais uma coisa. Lembro-me de algo que o iogue de Hardwar me disse. 'Sabe-se que certos santos conseguiram desenvolver uma concentração tão intensa que conseguiam ver sem usar os olhos.' Não paro de me lembrar dessa afirmação e não paro de ansiar pelo poder de fazer o mesmo. E, depois do meu sucesso andando sobre as brasas, resolvo que vou concentrar tudo nesse objetivo único – o de ver sem os olhos."

Essa foi somente a segunda vez que Imhrat Khan interrompeu a história. Tomou mais um golinho d'água, recostou-se na cadeira e fechou os olhos.

– Estou tentando organizar tudo na ordem certa – diz ele. – Não quero deixar nada passar.

– Você está se saindo muito bem – garanto-lhe. – Pode continuar.

– Está bem. Portanto, ainda estou em Calcutá e acabei de ter sucesso caminhando sobre brasas. Agora estou decidido a concentrar toda a minha energia nesse objetivo único, o de ver sem os olhos.

"Então, chegou a hora de fazer uma pequena alteração nos exercícios. Todas as noites agora eu acendo uma vela e, para começar, fixo o olhar na chama. A chama de uma vela, como se sabe, tem três partes separadas: a amarela no alto, a lilás um pouco abaixo e a negra bem no meio. Ponho a vela a quarenta centímetros do meu rosto. A chama está exatamente na mesma altura dos meus olhos. Não deve estar nem acima nem abaixo. Precisa estar perfeitamente nivelada porque assim não preciso fazer nem mesmo o menor ajuste dos músculos dos olhos para cima ou para baixo. Instalo-me de modo confortável e começo a olhar fixamente para a parte negra da chama, bem no centro. Tudo isso destina-se apenas a concentrar minha mente consciente, a esvaziá-la de tudo que esteja ao meu redor. Por isso, olho para o ponto negro na chama até que tudo à minha volta tenha desaparecido e que eu não veja mais nada. Então, fecho lentamente os olhos e começo a me concentrar, como de costume, num único objeto de minha escolha, que, como o senhor sabe, geralmente é o rosto do meu irmão.

"Faço isso todas as noites antes de dormir; e em 1929, quando estou com vinte e quatro anos, já consigo me concentrar num objeto por três minutos sem que minha mente divague. E é agora, nessa época, quando estou com vinte e quatro anos, que começo a me dar conta de uma leve capacidade para ver um objeto com meus olhos fechados. É uma capacidade muito sutil, apenas uma estranha sensaçãozinha de que, quando fecho meus olhos e olho para alguma coisa intensamente, com uma concentração feroz, consigo perceber o contorno do objeto para o qual estou olhando.

"Lentamente, estou começando a desenvolver meu sentido interior da visão.

"E o senhor vai me perguntar o que eu quero dizer com isso. Vou lhe explicar exatamente como o iogue de Hardwar me explicou.

"É que todos nós temos dois sentidos da visão, exatamente como temos dois sentidos do olfato, do paladar e da audição. Existe o sentido exterior, o sentido altamente desenvolvido que todos nós usamos; e existe também o *interior*. Se nos fosse possível desenvolver esses nossos sentidos interiores, poderíamos sentir cheiro sem nosso nariz, sentir sabores sem nossa língua, ouvir sem nossos ouvidos e ver sem nossos olhos. O senhor não entende? O senhor não percebe que nariz, língua, orelhas e olhos são apenas... como direi? ... são apenas instrumentos que auxiliam na transmissão da própria sensação ao cérebro?

"É assim que passo o tempo todo lutando para desenvolver meus sentidos interiores da visão. A cada noite, faço meus exercícios costumeiros com a chama da vela e o rosto do meu irmão. Depois disso, descanso um pouco. Tomo uma xícara de café. Então amarro uma venda sobre os olhos e me sento na poltrona, procurando visualizar, procurando ver, não apenas imaginar, mas de fato *ver* sem os olhos cada objeto no aposento.

"E aos poucos começo a ter êxito.

"Logo estou trabalhando com um baralho. Tiro uma carta do alto do baralho e a seguro diante de mim, com o verso para mim, procurando ver através dela. Então, com lápis na mão, escrevo o que acho que seja. Apanho outra carta e ajo da mesma forma. Faço isso com o baralho inteiro e, quando termino, comparo o que escrevi com a pilha de cartas ao meu lado. Quase de imediato, consigo um índice de sessenta a setenta por cento de sucesso.

"Treino de outros modos. Compro mapas e complexas cartas de navegação, e as penduro em toda a volta do meu quarto. Passo horas olhando para elas, de olhos vendados, procurando vê-las, procurando ler as pequenas letras dos nomes dos lugares e dos rios. Todas as noites, ao longo dos quatro anos seguintes, prossigo com esse tipo de treinamento.

"No ano de 1933 – ou seja, bem no ano passado – quando estou com vinte e oito anos de idade, já consigo ler um livro. Posso cobrir meus olhos totalmente e ler um livro direto.

"Portanto, agora finalmente eu possuo esse poder. Tenho certeza de possuí-lo e, de imediato, por não conseguir esperar de tanta impaciência, incluo o número dos olhos vendados no meu espetáculo normal de mágica.

"A platéia adora. Os aplausos são longos e ruidosos. Mas não há uma única pessoa que acredite que o que faço é autêntico. Todos acham que é só mais um truque de grande habilidade. E o fato de eu ser mágico faz com que pensem mais do que nunca que se trata de uma simulação. Os mágicos são homens que enganam os outros. Enganam com grande habilidade. E assim ninguém acredita em mim. Até mesmo os médicos que me vendam com o máximo de perícia se recusam a acreditar que alguém possa enxergar sem os olhos. Esquecem-se de que pode haver outros meios para mandar a imagem ao cérebro."

– Que outros meios? – perguntei-lhe.

– Para ser franco, não sei exatamente como é que consigo enxergar sem os olhos. Mas o que sei ao certo é o seguinte: quando meus olhos estão enfaixados, não os estou usando de modo algum. A visão é assumida por outra parte do meu corpo.

– Que outra parte? – perguntei-lhe.

– Absolutamente qualquer parte, desde que a pele esteja nua. Por exemplo, se o senhor puser uma chapa de metal diante de mim, com um livro atrás da chapa, não vou conseguir ler o livro. Mas, se o senhor permitir que eu passe minha mão em volta da chapa metálica, de modo que a mão esteja vendo o livro, nesse caso eu consigo lê-lo.

– Você se importa se eu fizer um teste para verificar isso? – perguntei.

– De modo algum – respondeu ele.

– Não tenho uma chapa metálica – disse eu. – Mas a porta serve do mesmo jeito.

Levantei-me e fui até a estante. Apanhei o primeiro livro que vi. Era *Alice no país das maravilhas.* Abri a porta e pedi à minha visita que se postasse atrás dela, fora do campo visual. Abri o livro ao acaso e o encostei numa cadeira do outro lado da porta em relação a ele. Postei-me então num lugar de onde pudesse ver tanto ele quanto o livro.

– Você consegue ler esse livro? – perguntei-lhe.

– Não – respondeu ele. – Claro que não.

– Muito bem. Agora você pode passar sua mão pela porta, mas só a mão.

Ele deslizou a mão pela beira da porta até o livro estar dentro do seu campo visual. Vi então os dedos da mão se separando, muito abertos, começando a estremecer ligeiramente, sentindo o ar como as antenas de um inseto. E a mão virou de modo que seu dorso ficasse de frente para o livro.

– Tente ler a página esquerda de cima para baixo – disse eu.

Houve um silêncio de uns dez segundos; e então, com perfeição, sem fazer pausas, ele começou a ler.

– *"Você já adivinhou a charada?", disse o Chapeleiro, voltando-se novamente para Alice. "Não, eu desisto", respondeu Alice. "Qual é a resposta?" "Não faço a menor idéia", respondeu o Chapeleiro. "Eu também não", disse a Lebre. Alice deu um suspiro de cansaço. "Acho que vocês poderiam aproveitar melhor o tempo se não o desperdiçassem com charadas sem resposta...*

– Perfeito! – exclamei. – Agora acredito em você! Você é um milagre! – Eu estava empolgadíssimo.

– Obrigado, doutor – respondeu ele, em tom grave. – O que me diz me dá um prazer enorme.

– Uma pergunta – disse eu. – É sobre as cartas. Quando você exibia o verso de uma delas, você deixava a mão passar do outro lado para ajudar na leitura?

– O senhor é muito perspicaz – comentou ele. – Não, eu não fazia isso. No caso das cartas, eu de fato conseguia de algum modo *ver através* delas.

– E como explica isso?

– Não explico. A não ser talvez por uma carta ser algo tão superficial, tão fino, sem a solidez do metal ou a espessura de uma porta. É só essa a explicação que posso dar. Neste mundo, são muitas as coisas que não se podem explicar, doutor.

– É mesmo – disse eu.

– O senhor faria a gentileza de me levar para casa agora? – disse ele. – Estou muito cansado.

Levei-o para casa no meu carro.

Naquela noite não me deitei. Estava alvoroçado demais para dormir. E tinha acabado de presenciar um milagre. Esse homem deixaria os médicos do mundo inteiro fazendo piruetas no ar! Ele poderia mudar toda a trajetória da medicina! De um ponto de vista médico, deve ser o mais valioso dos homens vivos! Nós, médicos, devemos alcançá-lo e mantê-lo em segurança. Precisamos cuidar dele. Não devemos deixá-lo livre. Devemos descobrir exatamente como é que uma imagem pode ser enviada ao cérebro sem o uso dos olhos. E, se fizermos isso, os cegos talvez consigam ver; e os surdos, ouvir. Acima de tudo, não se pode permitir que esse homem incrível seja ignorado e que perambule pela Índia afora, morando em quartos baratos e se apresentando em teatros de segunda classe.

Fiquei tão empolgado pensando nisso que, depois de algum tempo, apanhei um caderno e uma caneta e comecei a escrever com enorme atenção tudo o que Imhrat Khan me dissera naquela noite. Usei as anotações que tinha feito enquanto ele falava. Escrevi por cinco horas sem parar. E às oito da manhã do dia seguinte, quando estava na hora de sair para o hospital, eu já tinha terminado a parte mais importante, as páginas que vocês acabaram de ler.

Naquela manhã no hospital, só vi o Dr. Marshall quando nos encontramos na Sala dos Médicos durante uma pausa para tomar chá. Contei-lhe tudo o que foi possível nos dez minutos de que dispúnhamos.

– Vou voltar ao teatro hoje à noite – disse eu. – *Preciso* conversar com ele de novo. Preciso convencê-lo a ficar aqui. Não podemos perdê-lo agora.

– Vou com você – disse o Dr. Marshall.

– Certo. Vamos primeiro assistir à apresentação e depois podemos levá-lo para jantar fora.

Às quinze para as sete naquela noite, levei o Dr. Marshall no meu carro até Acacia Road. Estacionei o carro, e nós dois nos encaminhamos ao Royal Palace Hall.

– Houve alguma coisa – disse eu. – Onde é que está todo o mundo?

Não havia nenhuma multidão em frente ao teatro, e as portas estavam fechadas. O cartaz que anunciava o espetáculo ainda estava no lugar, mas eu agora via que alguém tinha escrito de um lado a outro, em letras grandes de fôrma, com tinta preta, as palavras CANCELADA A APRESENTAÇÃO DESTA NOITE. Havia um velho porteiro parado junto às portas trancadas.

– O que houve? – perguntei.

– Alguém morreu – respondeu ele.

– Quem? – perguntei, já sabendo quem tinha sido.

– O homem que enxerga sem os olhos – respondeu o porteiro.

– Como foi que ele morreu? – perguntei, gritando. – Quando? Onde?

– Dizem que foi na cama – respondeu o porteiro. – Ele foi dormir e não acordou mais. Acontece.

Voltamos devagar para o carro. Eu estava arrasado por uma sensação de tristeza e raiva. Nunca deveria ter permitido que aquela criatura preciosa voltasse para casa na noite anterior. Deveria tê-lo retido. Deveria ter-lhe dado minha cama e deveria ter cuidado dele. Não deveria tê-lo deixado longe dos meus olhos. Imhrat Khan realizava milagres. Ele havia entrado em contato com forças misteriosas e perigosas que estão além do alcance das pessoas normais. Havia também desrespeitado todas as normas: realizado milagres em público, recebido dinheiro para isso. E, o pior de tudo, havia contado alguns daqueles segredos a alguém de fora: a mim. Agora tinha morrido.

– Então, está acabado – disse o Dr. Marshall.

– É, está tudo acabado. Ninguém nunca vai saber como é que ele fazia o que fazia.

Este é um relato verdadeiro e preciso de tudo o que ocorreu com relação aos meus dois encontros com Imhrat Khan.

assinado: Dr. John Cartwright

....

Bombaim, 4 de dezembro de 1934

– Ora, ora, ora – disse Henry Sugar. – *Isso* é mesmo extremamente interessante.

Ele fechou o caderno e ficou sentado olhando para a chuva que batia nas janelas da biblioteca.

– Essa é uma informação incrível – prosseguiu Henry Sugar, falando sozinho em voz alta. – Ela poderia mudar minha vida.

A informação à qual Henry se referia era a de que Imhrat Khan tinha se treinado para ler o valor de uma carta de baralho pelo verso. E Henry, o jogador, o jogador bastante desonesto, tinha percebido de imediato que, se ele próprio conseguisse aprender a fazer o mesmo, poderia ganhar uma fortuna.

Por alguns momentos, Henry permitiu que sua mente contemplasse as maravilhas que seria capaz de fazer se conseguisse ler cartas pelo verso. Ganharia absolutamente todas as partidas de canastra, *bridge* e pôquer. E, ainda melhor, poderia entrar em qualquer cassino do mundo e limpar a banca no vinte-e-um e em todos os outros jogos de cartas emocionantes!

Nos cassinos, como Henry sabia muito bem, no final quase tudo dependia da virada de uma única carta; e, se a pessoa soubesse com antecedência qual seria o valor daquela carta, o dia estaria ganho!

Mas será que ele conseguiria? Será que ele de fato conseguiria se treinar para fazer aquilo?

Não via por que não. Aquela história com a vela não parecia ter nenhuma dificuldade especial. E, de acordo com o livrinho, no fundo era só aquilo mesmo – bastava fixar o olhar no meio de uma chama e tentar concentrar a atenção no rosto da pessoa que mais se amava.

Era provável que ele levasse anos para ter bons resultados, mas quem neste mundo não se disporia a treinar alguns anos para limpar os cassinos cada vez que entrasse num deles?

– Puxa-vida – disse ele, em voz alta. – Vou fazer isso! Vou conseguir!

Ficou sentado, muito quieto, na poltrona na biblioteca, elaborando um plano de campanha. Em primeiríssimo lugar, não ia contar a ninguém o que estava tramando. Ia roubar o livrinho da biblioteca para que nenhum dos seus amigos por acaso o encontrasse e descobrisse o segredo. Seria sua bíblia. Era-lhe impossível sair e encontrar um iogue de verdade, em carne e osso, que o instruísse. Por isso, o livro ocuparia o lugar do iogue. O livro seria seu mestre.

Henry levantou-se e enfiou no paletó o caderno fino azul. Saiu da biblioteca e subiu direto ao andar superior ao quarto que lhe havia sido designado para o fim de semana. Apanhou a mala do armário e escondeu o caderno por baixo das roupas. Voltou então a descer e se encaminhou à copa.

– John – disse ao mordomo –, você poderia me conseguir uma vela? Só uma vela comum, branca.

Os mordomos são treinados para nunca perguntar pelo motivo. Eles simplesmente cumprem ordens.

– O senhor também quer um castiçal?

– Quero. Uma vela e um castiçal.

– Pois não, senhor. Devo levá-los ao seu quarto?

– Não. Vou ficar por aqui esperando até você encontrá-los.

O mordomo logo conseguiu uma vela e um castiçal.

– E agora você poderia me arrumar uma régua? – disse Henry. O mordomo arrumou-lhe uma régua. Henry agradeceu e voltou ao quarto.

Quando estava dentro do quarto, trancou a porta. Fechou todas as cortinas para que o aposento ficasse em penumbra. Pôs o castiçal com a vela na penteadeira e trouxe uma cadeira para perto. Quando se sentou, viu com satisfação que os olhos estavam exatamente no mesmo nível do pavio da vela. Então, usando a régua, Henry posicionou o rosto a quarenta centímetros da vela, que era o que o caderno dizia que deveria ser feito.

Aquele indiano tinha visualizado o rosto da pessoa que mais amava, que no seu caso era um irmão. Henry não tinha irmãos. Resolveu, portanto, visualizar o próprio rosto. Foi uma boa escolha porque, quando se é tão egoísta e egocêntrico quanto Henry, o próprio rosto é sem dúvida o rosto que mais se ama. Além disso, era o rosto que ele *conhecia* melhor do que qualquer outro. Henry passava tanto tempo olhando para o rosto no espelho que conhecia cada ruga e cada peculiaridade.

Com o isqueiro, ele acendeu o pavio. Surgiu uma chama amarela, que ardia com firmeza.

Henry sentou-se perfeitamente imóvel e fixou o olhar na chama da vela. O livro estava corretíssimo. A chama, quando examinada de perto, tinha mesmo três partes separadas. Havia o amarelo na parte externa. Depois, mais para dentro, o invólucro lilás. E bem no centro estava a minúscula área mágica de negror absoluto. Ele olhou para a pequena área negra. Focalizou nela o olhar sem desviá-lo e, enquanto fazia isso, aconteceu algo extraordinário. Sua mente tornou-se totalmente vazia, cessou toda a inquietação do seu cérebro, e de repente ele teve a sensação de que ele próprio, com o corpo inteiro, estava na realidade encerrado na chama, sentado no conforto aconchegante daquela pequena área negra de vazio.

Sem absolutamente nenhuma dificuldade, Henry deixou que a imagem do seu rosto começasse a surgir, ondulante, diante dos seus olhos. Concentrou-se no rosto e em nada além do rosto. Bloqueou a entrada a qualquer outro pensamento. Obteve total sucesso nisso, mas apenas por uns quinze segundos. Daí em diante, sua mente começou a divagar, e ele se descobriu pensando em cassinos e em quanto dinheiro ia ganhar. A essa altura, afastou o olhar da vela e se permitiu um descanso.

Essa era sua primeiríssima tentativa. Estava muito empolgado. Tinha conseguido. Reconhecia não ter mantido a atenção por muito tempo. Mas aquele indiano também não tinha conseguido isso na primeira vez.

Após alguns minutos, voltou a tentar. E funcionou bem. Não dispunha de um cronômetro para marcar o tempo, mas percebeu que essa segunda vez foi decididamente mais longa que a primeira.

– É incrível! – exclamou. – Vou ter êxito! Vou conseguir! – Nunca tinha sentido tanta empolgação na vida.

A partir daquele dia, não importava onde estivesse ou o que estivesse fazendo, Henry fazia questão de praticar com a vela todos os dias, pela manhã e à noite. Com freqüência, também praticava ao meio-dia. Pela primeira vez na vida, estava mergulhando em algo com verdadeiro entusiasmo. E o progresso que fazia era notável. Após seis meses, ele conseguia se concentrar totalmente no próprio rosto por nada menos que três minutos sem que um único pensamento diferente lhe entrasse na mente.

O iogue de Hardwar dissera ao indiano que uma pessoa teria de praticar uns quinze anos para atingir um resultado desses!

Mas espere aí! O iogue também tinha dito mais alguma coisa. Tinha dito (e aqui Henry consultou ansioso o caderninho azul pela centésima vez) que, em ocasiões raríssimas, surge uma pessoa especial que consegue desenvolver o poder em apenas um ou dois anos.

– Sou eu! – exclamou Henry. – Só pode ser eu! Eu sou aquela pessoa em um milhão que foi aquinhoada com a capacidade para adquirir os poderes da ioga a uma velocidade incrível! Hip hurra! Não vai demorar muito para eu estar limpando a banca de cada cassino da Europa e dos Estados Unidos!

No entanto, Henry a essa altura demonstrou uma paciência e bom senso incomuns. Não se apressou a apanhar um baralho para ver se conseguiria ler as cartas pelo verso. Na realidade, ele se mantinha bem afastado de jogos de cartas de todos os tipos. Tinha desistido do *bridge,* da canastra e do pôquer assim que começou a trabalhar com a vela. E mais, tinha abandonado as farras nas festas e fins de semana com seus amigos ricos. Henry agora se dedicava a esse objetivo exclusivo de adquirir poderes da ioga, e tudo o mais teria de esperar até que ele tivesse êxito.

Em alguma ocasião, durante o décimo mês, Henry deu-se conta, exatamente como Imhrat Khan antes dele, de uma leve capacidade de ver um objeto com os olhos fechados. Quando fechava os olhos e olhava para alguma coisa fixamente, com uma concentração feroz, ele realmente via o contorno do objeto que estava contemplando.

– Está chegando! – exclamou ele. – Estou conseguindo! É fantástico!

Agora ele se empenhava mais do que nunca nos exercícios com a vela; e ao final do primeiro ano já conseguia realmente concentrar a atenção na imagem do próprio rosto por nada menos que cinco minutos e meio!

A essa altura, decidiu que havia chegado a hora de testar-se com as cartas. Ele estava na sala de estar do seu apartamento em Londres quando tomou a decisão, e era quase meia-noite. Trêmulo de emoção, apanhou um baralho, papel e lápis. Pôs o baralho virado em cima da mesa e concentrou a atenção na carta de cima.

De início, tudo o que conseguia ver era o desenho no verso da carta. Um desenho muito comum de linhas vermelhas finas, uma das estampas de baralho mais conhecidas do mundo. Passou então a concentração do desenho em si para o outro lado da carta. Concentrou-se com enorme dedicação na parte inferior, invisível, da carta e não permitiu que nenhum outro pensamento lhe entrasse na mente. Passaram-se trinta segundos.

Depois um minuto...

Dois minutos...

Três minutos...

Henry não se mexia. Sua concentração era intensa e absoluta. Estava visualizando o outro lado da carta de baralho. Não permitia nenhum outro pensamento de qualquer natureza.

Durante o quarto minuto, começou a acontecer algo. Devagar, de um modo mágico, mas com muita nitidez, os símbolos negros tornaram-se espadas e ao lado das espadas apareceu o número cinco.

O cinco de espadas!

Henry abandonou a concentração. E agora, com os dedos trêmulos, ele apanhou a carta e a desvirou.

Era mesmo o cinco de espadas!

– Consegui! – gritou alto, saltando da cadeira. – Consegui ver através da carta. Estou no caminho certo!

Depois de descansar um pouco, ele tentou novamente, e dessa vez usou um cronômetro para ver quanto tempo levaria. Ao fim de três minutos e cinqüenta e oito segundos, leu que a carta era o rei de ouros. E estava certo!

Na vez seguinte, acertou também e demorou três minutos e cinqüenta e quatro segundos. Quatro segundos a menos.

Henry suava de emoção e exaustão.

– Chega por hoje – disse a si mesmo. Levantou-se, serviu uma enorme dose de uísque e voltou a sentar, para deleitar-se com o sucesso.

Sua missão agora, disse a si mesmo, era continuar praticando e praticando com as cartas até poder ver através delas instantaneamente. Estava convencido de que isso poderia ser feito. Já na segunda tentativa tinha eliminado quatro segundos do seu tempo. Encerraria seu trabalho com a vela e se concentraria exclusivamente nas cartas. Insistiria nisso noite e dia.

E foi o que fez. Mas, agora que conseguia farejar o sucesso no futuro próximo, ele se tornava cada vez mais fanático. Nunca saía do apartamento, a não ser para comprar o que comer e o que beber. O dia inteiro e muitas vezes até tarde da noite, ele se debruçava sobre o baralho com o cronômetro ao lado, tentando reduzir o tempo que levava para ler a partir do verso das cartas.

No prazo de um mês, tinha baixado para um minuto e meio.

E, ao final de seis meses de trabalho intenso e concentrado, já conseguia em vinte segundos. Mas mesmo isso era muito tempo. Quando se está apostando num cassino e o carteador está esperando que você diga sim ou não à carta seguinte, ninguém vai permitir que se fique ali olhando para a carta por vinte segundos antes de tomar a decisão. Três ou quatro segundos seriam aceitáveis. Não mais do que isso.

Henry não parava de treinar. Só que, dali em diante, tornou-se cada vez mais difícil melhorar seu tempo. Baixar de vinte para dezenove segundos custou-lhe uma semana de trabalho árduo. De dezenove para dezoito, ele levou quase duas semanas. E mais sete meses se passaram até que conseguisse ver através de uma carta de baralho em dez segundos redondos.

Sua meta era chegar aos quatro segundos. Sabia que, se não conseguisse ver através de uma carta em quatro segundos no máximo, não conseguiria aplicar a técnica nos cassinos com sucesso. Porém, quanto mais se aproximava da sua meta, mais difícil se tornava alcançá-la. Henry levou quatro semanas para baixar o tempo de dez para nove segundos, e mais cinco semanas para descer de nove para oito. No entanto, nesse estágio, esforçar-se muito não mais o incomodava. Seus poderes de concentração estavam agora desenvolvidos a um tal grau que ele conseguia trabalhar doze horas seguidas sem absolutamente nenhum problema. E Henry tinha certeza absoluta de que atingiria seu objetivo no final. Só iria parar quando o atingisse. Dia após dia, noite após noite, ele ficava sentado, debruçado sobre as cartas, com o cronômetro ao lado, esforçando-se com dedicação incrível para eliminar do seu tempo aqueles últimos segundos renitentes.

Os três últimos segundos foram os piores. Para passar de sete segundos ao seu objetivo de quatro, ele levou exatamente onze meses!

O grande momento ocorreu numa noite de sábado. Uma carta estava sobre a mesa diante dele, com a frente para baixo. Ele acionou o cronômetro e começou a se concentrar. De imediato, viu uma mancha vermelha. A mancha rapidamente assumiu uma forma e se tornou um losango. E então, de modo quase instantâneo, um seis apareceu no canto superior esquerdo. Ele clicou o cronômetro. Verificou o tempo. Quatro segundos! Virou a carta. Era o seis de ouros! Tinha conseguido! Tinha lido a carta em quatro segundos exatos!

Tentou de novo, com outra carta. Em quatro segundos, viu que era a rainha de espadas. Leu o baralho inteiro, marcando o tempo para cada carta. Quatro segundos! Quatro segundos! Quatro segundos! Era sempre o mesmo. Finalmente havia conseguido! O treinamento estava encerrado. Ele estava pronto para agir!

E quanto tempo tinha demorado? Exatamente três anos e três meses de esforço concentrado.

E agora aos cassinos!

Quando deveria começar?

Por que não hoje à noite?

Era sábado. Todos os cassinos ficavam lotados nas noites de sábado. Melhor assim. Seria menor a probabilidade de ele chamar atenção para si. Entrou no quarto para trocar-se e vestir seu traje *black-tie*. O sábado era uma noite elegante nos grandes cassinos de Londres.

Decidiu que iria ao Lord's House. Existem bem mais de cem cassinos legítimos em Londres, mas nenhum deles é aberto ao público. É preciso tornar-se sócio para ter permissão de freqüentá-los. Henry era sócio de nada menos que dez deles. Lord's House era seu preferido. Era o melhor e mais exclusivo do país.

Lord's House era uma esplêndida mansão georgiana no centro de Londres, e ao longo de mais de duzentos anos tinha sido a residência particular de um Duque. Agora estava sob o controle de *bookmakers*, e os magníficos salões de pé-direito alto, nos quais a aristocracia e muitas vezes a realeza costumavam se reunir para jogar uma inocente partida de uíste, estavam hoje repletos de gente de outro tipo, que se entregava a um jogo de natureza muito diferente.

Henry seguiu até Lord's House e parou o carro diante da entrada imponente. Desceu do carro, mas deixou o motor funcionando. Imediatamente um auxiliar de uniforme verde apresentou-se para estacioná-lo para ele.

Ao longo do meio-fio nos dois lados da rua, havia talvez uma dúzia de Rolls-Royces. Somente os muito ricos freqüentavam Lord's House.

– Ora, ora, como vai, Sr. Sugar! – disse o homem ao balcão, cuja missão era a de nunca esquecer um rosto. – Não o vemos por aqui há anos.

– Estive ocupado – respondeu Henry.

Subiu pela escadaria larga e esplêndida com sua balaustrada esculpida em mogno e entrou no escritório do caixa. Ali, escreveu um cheque de mil libras. O caixa deu-lhe dez grandes fichas retangulares de plástico rosa. Em cada uma estava escrito 100 libras. Henry enfiou-as no bolso e passou alguns minutos passeando pelos vários salões para familiarizar-se com o ambiente de novo depois de uma ausência tão longa. Havia muita gente ali naquela noite. Mulheres bem fornidas circundavam a roleta como galinhas gordas em torno do cocho. Ouro e pedras preciosas derramavam-se sobre seus colos e dos seus pulsos. Muitas tinham o cabelo azul. Os homens usavam *smoking* e entre eles não havia um que fosse alto. Puxa, perguntou-se Henry, será que essa variedade específica de homem rico sempre tinha pernas curtas? As pernas pareciam todas terminar na altura do joelho, sem coxas acima. A maioria deles tinha a barriga protuberante, o rosto da cor escarlate e charutos entre os lábios. Seus olhos cintilavam de ganância.

Tudo isso Henry percebeu. Era a primeira vez na vida que ele contemplava com repugnância esse tipo de ricaço, freqüentador de cassinos. Até agora, sempre os tinha considerado colegas, membros do mesmo grupo e classe que ele mesmo. Hoje eles lhe pareciam vulgares.

Poderia ser, perguntou-se ele, que os poderes da ioga que havia adquirido ao longo dos três últimos anos o tivessem alterado só um pouquinho?

Ficou parado observando a roleta. Ao longo da mesa verde e comprida, as pessoas estavam fazendo apostas, procurando adivinhar em qual número a bolinha branca iria cair no próximo giro. Henry olhou para a roleta. E, de repente, talvez mais por hábito que por qualquer outro motivo, descobriu que começava a se concentrar nela. Não foi difícil. Vinha praticando a arte da concentração total há tanto tempo que ela se tornara uma espécie de rotina. Numa fração de segundo, sua mente já estava total e absolutamente concentrada na roleta. Tudo o mais na sala, o ruído, as pessoas, as luzes, o cheiro dos charutos, tudo isso foi eliminado da sua mente, e ele só via os números brancos em torno da borda. Os números iam de 1 a 36, com um 0 entre o 1 e o 36. Com grande rapidez, todos os números perderam a nitidez e desapareceram da sua frente. Todos menos um, todos menos o número 18. Era o único número que ele via. De início apareceu ligeiramente confuso e desfocado. Então os contornos ficaram nítidos, e a cor branca mais forte, mais brilhante, até começar a refulgir como se houvesse um luz intensa por trás. O número cresceu mais. Parecia estar saltando na direção de Henry. A essa altura, Henry interrompeu a concentração. A sala foi voltando à nitidez.

– Terminaram? – estava dizendo o crupiê.

Henry apanhou uma ficha de 100 libras e a colocou no lugar marcado com o número 18 na mesa verde. Embora a mesa estivesse coberta com as apostas de outras pessoas, a de Henry era a única no 18.

O crupiê girou a roleta. A bolinha branca roçava e ricocheteava em volta da borda. As pessoas observavam. Todos os olhos estavam focalizados na bolinha. A roleta perdeu velocidade. Parou. A bolinha saltou mais algumas vezes, hesitou e então caiu perfeita no 18.

– Dezoito! – anunciou o crupiê.

Os jogadores suspiraram. O auxiliar do crupiê recolheu as pilhas de fichas dos perdedores com um rodo de madeira de cabo comprido. Mas não recolheu as de Henry. Eles lhe pagaram 36 a 1. Três mil e seiscentas libras pelas suas cem. Henry recebeu três fichas de mil libras e seis de cem.

Henry começou a ter uma extraordinária sensação de poder. Sentia que poderia levar o cassino à falência se quisesse. Poderia arruinar essa espelunca extravagante, caríssima, de elite, em questão de horas. Poderia arrancar um milhão deles, e todos aqueles cavalheiros elegantes e impassíveis que ficavam por ali vendo o dinheiro entrar de enxurrada passariam a correr de um lado para o outro como ratos em pânico.

Será que ele deveria fazer isso?

Era uma grande tentação.

Mas seria o final de tudo. Ele se tornaria famoso e nunca mais teria permissão para entrar num cassino outra vez em nenhuma parte do mundo. Não podia fazer isso de modo algum. Devia tomar muito cuidado para não atrair atenção para sua pessoa.

Henry saiu despreocupado da sala da roleta e passou para a sala em que estavam jogando vinte-e-um. Ficou parado à entrada observando o que acontecia. Eram quatro mesas. Tinham forma estranha, essas mesas de vinte-e-um, cada uma curvada como uma meia-lua, com os jogadores sentados em banquetas altas em torno da parte externa do semicírculo, e os carteadores em pé na parte interna.

Os baralhos (no Lord's House usavam-se quatro embaralhados juntos) ficavam numa caixa de extremidade aberta conhecida como "estojo", e o carteador tirava as cartas do estojo uma a uma, com os dedos... O verso da primeira carta no estojo estava sempre visível, mas não o das outras.

Vinte-e-um, como os cassinos o chamam, é um jogo muito simples. Vocês e eu o conhecemos por um destes três outros nomes: *pontoon*, *blackjack* ou *vingt-et-un*. O jogador procura fazer com que a soma de suas cartas se aproxime ao máximo de vinte e um; mas, se ela ultrapassar esse valor, ele está fora, e a banca fica com o dinheiro. Em praticamente todas as mãos, o jogador depara com o problema de pedir mais uma carta e arriscar sair do jogo, ou ficar com as cartas que tem. Henry, entretanto, não teria esse problema. Em quatro segundos, ele teria "visto através" da carta o que o carteador lhe estava oferecendo, e saberia se devia dizer sim ou não. Henry podia transformar o vinte-e-um numa farsa.

Todos os cassinos têm uma regra esquisita a respeito das apostas no vinte-e-um, que não se aplica quando jogamos em casa. Em casa, primeiro olhamos nossa primeira carta antes de fazer uma aposta; se a carta for boa, apostamos alto. Os cassinos não permitem que façamos isso. Eles insistem em que todos à mesa façam suas apostas *antes* de ser dada a primeira carta da mão. E mais, não é permitido aumentar a aposta mais tarde, quando se compra uma carta.

Nada disso chegaria também a perturbar Henry. Desde que se sentasse imediatamente à esquerda do carteador, seria ele sempre a pessoa a receber a primeira carta no estojo no início de cada mão. O verso da carta estaria nitidamente visível, e ele "leria" o outro lado antes de fazer a aposta.

Agora, parado tranqüilo bem perto da entrada, Henry esperava que um lugar ficasse vago à esquerda do carteador em uma das quatro mesas. Precisou esperar vinte minutos para que isso acontecesse, mas no final conseguiu o que queria.

Sentou-se na banqueta alta e entregou ao carteador uma das fichas de 1.000 libras que tinha ganho na roleta.

– Em fichas de vinte e cinco, por favor – disse ele.

O carteador era um rapaz de olhos negros e pele cinzenta. Nunca sorria e falava apenas quando necessário. Suas mãos eram excepcionalmente esguias, e havia aritmética nos seus dedos. Ele apanhou a ficha de Henry e a deixou cair numa fenda na mesa. Fileiras de fichas circulares coloridas estavam arrumadas com perfeição numa bandeja de madeira diante dele, fichas de 25 libras, 10 e 5 libras, talvez uma centena de cada. Com o polegar e o indicador, o carteador retirou uma fatia de fichas de 25 libras e as dispôs numa pilha alta sobre a mesa. Não teve de contá-las. Sabia que havia exatamente vinte fichas na pilha. Aqueles dedos ágeis conseguiam apanhar com precisão absoluta qualquer quantidade de fichas de uma a vinte, sem errar nunca. O carteador separou mais um lote de fichas, perfazendo um total de quarenta. Ele as fez deslizar sobre a mesa até Henry.

Henry empilhou as fichas à sua frente e, enquanto fazia isso, olhou de relance para a primeira carta no estojo. Acionou a concentração e em quatro segundos tinha visto que era um dez. Empurrou oito das suas fichas, 200 libras. Essa era a aposta máxima permitida para o vinte-e-um no Lord's House.

Recebeu o dez e, para sua segunda carta, um nove: dezenove ao todo.

Todo o mundo pára com dezenove. A pessoa fica só ali tensa, torcendo para o carteador não receber vinte ou vinte-e-um.

Portanto, quando voltou novamente a Henry, o carteador disse "Dezenove" e passou ao jogador seguinte.

– Espere – disse Henry.

O carteador parou e voltou a Henry. Ergueu as sobrancelhas enquanto olhava para ele com aqueles olhos negros e impassíveis.

– O senhor quer uma carta mesmo estando com dezenove? – perguntou ele, em tom um tanto sarcástico. Falava com sotaque italiano, e na sua voz havia desdém, além de sarcasmo. Eram só duas as cartas no baralho que não fariam a mão de dezenove perder, o ás (contando como um) e o dois. Somente um idiota se arriscaria a pedir uma carta já com dezenove, especialmente com 200 libras na mesa.

A próxima carta a ser distribuída estava perfeitamente visível na frente do estojo. Pelo menos, seu verso estava perfeitamente visível. O carteador não tinha ainda tocado na carta.

– Quero – disse Henry. – Acho que vou querer mais uma carta.

O carteador deu de ombros e tirou a carta do estojo. O dois de paus pousou exatamente em frente a Henry, ao lado do dez e do nove.

– Obrigado – disse Henry. – Essa me basta.

– Vinte-e-um – disse o carteador. Seus olhos negros voltaram a encarar o rosto de Henry e ficaram ali, em silêncio, alerta, intrigados. Henry tinha conseguido perturbá-lo. Nunca na vida ele havia visto alguém pedir cartas depois de estar com dezenove. Esse camarada tinha pedido uma carta depois de somar dezenove, com uma calma e uma certeza de pasmar. E tinha ganho.

Henry captou a expressão no olhar do carteador e percebeu de imediato que tinha cometido um erro tolo. Tinha sido espertinho demais. Tinha chamado atenção para si mesmo. Não deveria nunca mais fazer isso. No futuro, deveria ter muita cautela quanto ao modo de usar seus poderes. Deveria até mesmo forçar-se a perder ocasionalmente, e de vez em quando deveria cometer alguma pequena tolice.

O jogo prosseguiu. A vantagem de Henry era tão grande que ele enfrentava dificuldade para manter seus ganhos condizentes com uma soma razoável. De quando em quando, pedia uma terceira carta quando já sabia que ela iria fazê-lo perder. E uma vez, quando viu que sua primeira carta ia ser um ás, fez a menor aposta e depois queixou-se com alarde por não ter iniciado com uma aposta mais alta.

Dentro de uma hora, Henry tinha ganho exatamente três mil libras; e parou por aí. Embolsou suas fichas e voltou ao caixa para trocá-las por dinheiro de verdade.

Tinha ganho 3.000 libras no vinte-e-um e 3.600 libras na roleta. 6.600 libras ao todo. E poderiam facilmente ter sido 660.000 libras. Por sinal, ele disse a si mesmo que agora quase com certeza era capaz de fazer dinheiro mais rápido que qualquer outro homem no mundo inteiro.

O caixa recebeu a pilha de fichas e fichinhas sem pestanejar. Usava óculos metálicos, e os olhos claros por trás deles não estavam interessados em Henry. Olhavam somente para as fichinhas no balcão. Também esse homem tinha aritmética nos dedos. Mas tinha mais que isso. Tinha aritmética, trigonometria, cálculo, álgebra e geometria euclidiana em cada nervo do corpo. Era uma calculadora humana, com cem mil fios elétricos no cérebro. Ele demorou cinco segundos para contar as cento e vinte fichas de Henry.

– O senhor prefere um cheque nesse valor, Sr. Sugar? – perguntou. O caixa, como o homem na recepção lá embaixo, conhecia todos os sócios pessoalmente.

– Não, obrigado – disse Henry. – Vou levar em dinheiro.

– Pois não – disse a voz por trás dos óculos. E o homem afastou-se para ir até o cofre nos fundos do escritório, que deveria conter milhões.

Pelos padrões do Lord's House, o ganho de Henry era relativamente insignificante. Os árabes do petróleo estavam naquela ocasião em Londres e adoravam jogar. O mesmo acontecia com diplomatas pouco confiáveis do Extremo Oriente, empresários japoneses e corretores de imóveis britânicos sonegadores de impostos. Somas apavorantes estavam sendo ganhas e perdidas, principalmente perdidas, nos grandes cassinos de Londres todos os dias.

O caixa voltou com o dinheiro de Henry e pôs o maço de notas no balcão. Embora aquela quantia fosse suficiente para a compra de uma casa pequena ou de um bom automóvel, o chefe dos caixas do Lord's House não estava impressionado. Era como se ele estivesse passando a Henry uma caixinha de chicletes a se julgar pela atenção que prestou ao dinheiro que estava entregando.

É só esperar, meu amigo, pensou Henry consigo mesmo, enquanto embolsava o dinheiro. É só esperar. E foi embora.

– Quer seu carro, senhor? – disse o homem de uniforme verde, à porta.

– Ainda não – respondeu Henry. – Acho que vou respirar um pouco de ar puro primeiro.

Ele seguiu rua abaixo. Era quase meia-noite. A noite estava fresca e agradável. A enorme cidade ainda estava totalmente acordada. Henry sentia o volume no bolso interno do paletó, onde estava o gordo maço de notas. Tocou nele com uma das mãos. Afagou-o com delicadeza. Era muito dinheiro para uma hora de trabalho.

E o futuro?

Qual seria o próximo passo?

Poderia ganhar um milhão de libras num mês.

Poderia ganhar mais se quisesse.

Não havia limites ao que poderia ganhar.

Caminhando pelas ruas de Londres no frescor da noite, Henry começou a pensar no próximo passo.

Ora, se esta fosse uma história inventada em vez de uma história real, teria sido necessário inventar algum tipo de final surpreendente e empolgante para ela. Isso não seria difícil. Algo dramático e incomum. Portanto, antes de lhes dizer o que realmente aconteceu com Henry na vida real, vou fazer aqui uma pausa por um instante para ver o que um ficcionista competente teria feito para dar um fecho a essa história. Suas anotações diriam mais ou menos o seguinte:

1. Henry deve morrer. Seguindo o exemplo de Imhrat Khan, ele violou o código do iogue e usou seus poderes para obter vantagens pessoais.

2. Será melhor que ele morra de alguma forma incomum e interessante que surpreenda o leitor.

3. Por exemplo, ele poderia ir para seu apartamento e começar a contar o dinheiro, todo satisfeito. Enquanto estivesse fazendo isso, poderia de repente começar a se sentir mal, sentindo uma dor no peito.

4. Ele fica apavorado. Resolve ir para a cama imediatamente para descansar. Tira a roupa. Anda nu até o armário para apanhar o pijama. Passa pelo espelho de corpo inteiro que fica junto à parede. Pára. Olha para a imagem do corpo nu no espelho. Automaticamente, por força do hábito, começa a se concentrar. E então...

5. De repente, ele está "vendo através" da própria pele. "Vê através" dela da mesma forma que "via através" das cartas de baralho há pouco tempo. É como se fosse uma imagem em raios X, só que muito melhor. Um equipamento de raios X consegue ver apenas os ossos e as áreas muito densas. Henry consegue ver tudo. Enxerga suas artérias e veias com o sangue que é bombeado. Consegue ver o fígado, os rins, os intestinos, e vê seu coração pulsando.

6. Olha para a parte do tórax de onde a dor está vindo... e vê... ou acha que vê... uma pequena massa escura dentro da grande veia que vai dar no coração pelo lado direito. O que uma pequena massa escura poderia estar fazendo dentro da veia? Deve ser algum

tipo de bloqueio. Deve ser um coágulo. Um coágulo sangüíneo!

7. A princípio, o coágulo parece estar estacionário. Depois ele se move. O movimento é muito leve, não mais que um milímetro ou dois. O sangue dentro da veia é bombeado por trás do coágulo, passando por ele, e o coágulo volta a se mover. Ele dá um salto abrupto de cerca de um centímetro à frente. Dessa vez, veia acima, na direção do coração. Henry observa, apavorado. Como quase todas as outras pessoas no planeta, Henry sabe que um coágulo sangüíneo que se soltou e está viajando por uma veia acabará chegando ao coração. Se o coágulo for grande, ele ficará preso no coração e é provável que a pessoa morra...

Até que esse final não seria assim tão ruim para uma obra de ficção, mas esta história não é de ficção. É real. Os únicos detalhes falsos nela são o nome de Henry e o nome do cassino. O nome de Henry não era Henry Sugar. Seu nome precisa ser protegido. Ainda precisa ser protegido. E, por motivos óbvios, não se pode usar o nome verdadeiro do cassino. Afora isso, a história é verdadeira.

E, como é uma história real, ela deve ter o final real. Pode ser que ele não seja tão dramático e assustador quanto um final inventado poderia ser, mas é mesmo assim interessante. Eis o que de fato aconteceu.

Depois de caminhar pelas ruas de Londres por uma hora, Henry retornou ao Lord's House e apanhou o carro. Voltou então para seu apartamento. Estava intrigado. Não conseguia entender por que sentia tão pouca empolgação por seu tremendo sucesso. Se esse tipo de coisa lhe tivesse ocorrido três anos atrás, antes que começasse a se dedicar à ioga, ele teria ficado louco de emoção. Teria saído dançando pelas ruas e teria corrido até a boate mais próxima para festejar com champanhe.

O engraçado era que realmente não sentia nenhuma emoção. Sentia-se melancólico. De algum modo, tudo tinha sido fácil demais. Cada vez que fizera uma aposta, tinha sido com a certeza da vitória. Não havia nenhuma emoção, nenhum suspense, nenhum risco de perder. Ele sabia, é claro, que de agora em diante poderia viajar pelo mundo afora e ganhar milhões. Mas será que seria divertido fazer isso?

Aos poucos Henry começava a se dar conta de que nada é interessante quando se pode ter quanto se quiser. Especialmente dinheiro.

Outro ponto. Não seria possível que o processo ao qual se submetera para adquirir os poderes da ioga tivesse mudado completamente sua visão a respeito da vida?

Era, sem dúvida, possível.

Henry seguiu para casa e foi direto para a cama.

Na manhã do dia seguinte, acordou tarde. Mas não se sentia nem um pouco mais animado que na noite anterior. E, quando saiu da cama e viu o enorme maço de dinheiro ainda na penteadeira, foi acometido de uma súbita e intensa repugnância por ele. Não queria aquele dinheiro. Era-lhe humanamente impossível explicar por que motivo, mas persistia o fato de que Henry simplesmente não queria saber dele.

Apanhou o maço. Era todo em cédulas de vinte libras, trezentas e trinta para ser exato. Caminhou até a sacada do apartamento e ficou ali, parado, no pijama vermelho-escuro de seda, olhando para a rua lá embaixo.

O apartamento de Henry era em Curzon Street, bem no centro do bairro mais elegante e caro de Londres, conhecido pelo nome de Mayfair. Numa extremidade, Curzon Street dá em Berkeley Square; na outra, em Park Lane. Henry morava três andares acima do térreo, e seu quarto dispunha de uma pequena sacada com grade de ferro em balanço sobre a rua.

Era o mês de junho. A manhã estava ensolarada, e eram cerca de onze horas. Embora fosse domingo, havia bastante gente passeando pelas calçadas.

Henry separou uma única nota de vinte libras do maço e a deixou cair pela sacada. Uma brisa apanhou-a e a soprou de lado na direção de Park Lane. Henry só a observava. Ela adejou e dançou no ar e acabou indo pousar no outro lado da rua, bem em frente a um velhote. O velhote estava usando um sobretudo marrom, velho e andrajoso, e um chapéu mole. Andava devagar, totalmente só. Avistou a nota quando ela passou trêmula pelo seu rosto e parou para apanhá-la. Segurou-a com as duas mãos e olhou fixamente para ela. Virou-a. Examinou com mais atenção. Então levantou a cabeça e olhou para o alto.

– Ei, você! – gritou Henry, direcionando a voz com uma das mãos. – Fique com ela! É um presente!

O velhote continuou imóvel, segurando a nota à sua frente enquanto olhava para a criatura na sacada lá em cima.

– Guarde-a no bolso! – gritou Henry. – Pode levá-la para casa! – A voz reverberava longe na rua, e muitas pessoas paravam para olhar para cima.

Henry tirou mais uma nota e a soltou. Os transeuntes abaixo dele não se mexeram. Só observavam. Não faziam nenhuma idéia do que estava acontecendo. Um homem lá na sacada tinha gritado alguma coisa, e agora acabava de jogar o que parecia ser um pedaço de papel. Todos acompanharam o pedaço de papel que descia esvoaçando, e este foi pousar perto de um jovem casal que estava de braços dados na calçada do outro lado da rua. O homem soltou o braço e tentou pegar o papel enquanto passava no ar. Não conseguiu, mas apanhou-o do chão. Examinou-o atentamente. Os transeuntes dos dois lados da rua estavam todos com os olhos voltados para o rapaz. Para muitos, o papel era muito parecido com uma cédula de algum tipo de dinheiro, e eles estavam esperando para descobrir.

– São vinte libras! – berrou o rapaz, aos pulos. – É uma nota de vinte libras!

– Pode ficar com ela! – gritou Henry para ele. – É sua!

– Sério? – gritou o homem de volta, segurando a nota com o braço estendido. – Posso mesmo ficar com ela?

De repente, houve uma onda de alvoroço ao longo dos dois lados da rua, e todos começaram a se movimentar ao mesmo tempo. Saíram correndo para o meio da rua e se aglomeraram abaixo da sacada. Ergueram os braços acima da cabeça e começaram uma gritaria. "Para mim! Mais uma para mim! Joga mais uma, patrão! Deixa cair mais outras!"

Henry tirou mais cinco ou seis notas e as deixou cair.

Houve berros e gritos esganiçados à medida que os pedaços de papel se afastavam em leque ao vento e caíam flutuando. Houve também uma boa escaramuça à moda antiga na rua quando elas alcançaram as mãos da multidão. Mas tudo numa atmosfera muito simpática. As pessoas riam. Estavam achando aquilo uma brincadeira excelente. Ali estava um homem três andares acima da rua, de pijama, lançando aquelas cédulas de enorme valor. Muitos dos circunstantes nunca tinham visto uma nota de vinte libras até então.

Mas agora algo mais estava começando a acontecer.

É fenomenal a velocidade com que as notícias se espalham pelas ruas de uma cidade. Relatos sobre o que Henry estava fazendo percorriam como raios toda a extensão de Curzon Street e passavam para outras ruas menores e maiores. De todos os lados, chegava gente correndo. Em alguns minutos, cerca de mil homens, mulheres e crianças estavam fechando a rua abaixo da sacada de Henry. Motoristas que não conseguiam passar, desciam dos veículos e se uniam à multidão. E de repente o caos dominava Curzon Street.

A essa altura, Henry apenas ergueu o braço, estendeu-o e atirou o maço inteiro de notas para o ar. Mais de seis mil libras desceram flutuando na direção da multidão frenética.

O tumulto que se seguiu foi realmente algo digno de se ver. As pessoas pulavam para pegar as notas antes que elas chegassem ao chão; e todos empurravam, davam cotoveladas, berravam e tombavam. Em pouco tempo, o lugar tinha se tornado uma barafunda de seres humanos engalfinhados, em luta.

Mais alto que o vozerio e atrás dele no próprio apartamento, Henry de repente ouviu o som forte e insistente da sua campainha. Deixou a sacada e abriu a porta da frente. Um policial grandalhão, de bigode preto, estava ali com as mãos nos quadris.

– O senhor! – vociferou, irado. – É o senhor, então! O que pensa que está fazendo?

– Bom dia, Sr. guarda – disse Henry. – Peço desculpas pela multidão. Não imaginei que fosse dar nisso. Eu estava só distribuindo um pouco de dinheiro.

– O senhor está causando confusão! – berrou o policial. – Está causando uma perturbação! Está insuflando um tumulto e obstruindo a rua inteira!

– Já pedi desculpas – respondeu Henry. – Não vou fazer isso de novo, prometo. Eles logo irão embora.

O policial tirou uma das mãos dos quadris e do meio da palma apresentou uma nota de vinte libras.

– Ah-ha! – exclamou Henry. – O senhor mesmo pegou uma! Muito me alegra! Estou feliz pelo senhor!

– Ora, vamos parar com essa tagarelice! – disse o policial. – Porque eu tenho algumas perguntas sérias a lhe fazer acerca dessas cédulas de vinte libras. – Ele tirou um bloquinho do bolso da farda. – Para começar, onde foi exatamente que o senhor as obteve?

– Eu as ganhei – respondeu Henry. – Tive uma noite de sorte. – E informou então o nome do clube onde tinha ganho o dinheiro, nome este que o policial anotou no bloquinho. – Pode verificar – acrescentou Henry. – Vão lhe dizer que é verdade.

O policial baixou o bloquinho e encarou Henry nos olhos.

– Para ser franco, acredito na sua história. Acho que está dizendo a verdade. Mas isso não é de modo algum desculpa para o que fez.

– Não fiz nada de errado – disse Henry.

– Como se pode ser tão idiota! – gritou o policial, começando a se encolerizar de novo. – Quanta burrice e imbecilidade! Se o senhor teve sorte suficiente para ganhar uma tremenda dinheirama como essa, e quer fazer uma doação, o certo não é jogar o dinheiro pela janela!

– Por que não? – perguntou Henry, forçando um sorriso. – É um jeito tão bom quanto qualquer outro.

– É um jeito bobo e irracional de se livrar do dinheiro! – exclamou o policial. – Por que o senhor não o deu a alguma instituição à qual ele pudesse ser útil? A um hospital, por exemplo. Ou a um orfanato? O país inteiro está cheio de orfanatos que mal conseguem dinheiro suficiente para comprar um presente para as crianças nem mesmo no Natal! E aí aparece um palerma que nunca soube o que é estar em dificuldade e joga tudo no meio da rua! Isso me deixa louco, louco mesmo!

– Um orfanato? – repetiu Henry.

– É, um *orfanato*! – exclamou o policial. – Eu cresci num deles, e supostamente deveria saber como é! – Com isso, o policial deu meia-volta e desceu rápido pela escada na direção da rua.

Henry não se mexeu. As palavras do policial, e especialmente a fúria genuína com que tinham sido proferidas, atingiram nosso herói bem no meio da testa.

– Um orfanato? – disse ele, em voz alta. – É uma boa idéia. Mas por que somente um orfanato? Por que não montes deles? – E agora, com grande rapidez, começou a lhe ocorrer a idéia sensacional, maravilhosa, que deveria mudar tudo.

Henry fechou a porta da frente e voltou para o interior do apartamento. De imediato, sentiu uma intensa emoção remexer-lhe as entranhas. Começou a andar de um lado para o outro, marcando um a um os pontos que tornariam possível sua fantástica idéia.

– Um: posso me apoderar de altas somas todos os dias da minha vida.

"Dois: não devo visitar o mesmo cassino mais de uma vez a cada doze meses.

"Três: não posso ganhar demais de nenhum cassino, para não levantar suspeitas. Sugiro que o limite seja de vinte mil libras por noite.

"Quatro: vinte mil libras por noite, trezentos e sessenta e cinco dias no ano, dão um total de quanto?"

Henry apanhou papel e lápis, e fez o cálculo.

– O resultado é sete milhões e trezentas mil libras – disse em voz alta.

– Pois bem. Ponto número cinco: vou precisar estar sempre em movimento. Não passar mais de duas ou três noites de uma vez em cada cidade, ou as pessoas vão ficar sabendo. Ir de Londres a Monte Carlo. Então a Cannes. A Biarritz. Deauville. Las Vegas. Cidade do México. Buenos Aires. Nassau. E assim por diante.

"Seis. Com o dinheiro que ganhar, vou instalar um orfanato de primeira classe em cada país visitado. Vou me tornar um Robin Hood. Tirar dinheiro dos *bookmakers* e dos proprietários de cassinos para dá-lo às crianças. Isso parece banal e piegas? Como sonho, sim. Mas, como realidade, se eu realmente conseguir fazer com que funcione, não seria de modo algum banal, nem piegas. Teria de fato um impacto tremendo.

"Sete. Vou precisar de alguém para me ajudar: alguém que fique plantado, cuidando de todo esse dinheiro, comprando os prédios e organizando toda a instituição. Um homem que lide com dinheiro. Alguém em quem eu confie. Que tal John Winston?"

John Winston era o contador de Henry. Cuidava do seu imposto de renda, dos investimentos e de todas as outras questões relacionadas ao dinheiro. Henry conhecia John havia dezoito anos, e uma amizade tinha surgido entre os dois. Lembrem-se, porém, de que até o presente momento John Winston só conhecia Henry como o *playboy* rico e ocioso que nunca tinha tido um dia de trabalho na vida.

– Você deve estar louco – disse John Winston quando Henry lhe contou seu plano. – Ninguém jamais conseguiu inventar um sistema para derrotar os cassinos.

Do bolso, Henry tirou um baralho novinho em folha, ainda fechado.

– Então, vamos jogar um pouco de vinte-e-um. Você é a banca. E não me diga que as cartas estão marcadas. O baralho é novo.

Com total seriedade, durante quase uma hora, sentados no escritório de Winston, cujas janelas davam para Berkeley Square, os dois homens jogaram vinte-e-um. Usaram palitos de fósforo como fichas, cada palito valendo vinte e cinco libras. Ao final de cinqüenta minutos, Henry estava com nada menos que trinta e quatro mil libras de lucro!

John Winston não conseguia acreditar.

– Como é que você consegue? – perguntou.

– Ponha o baralho em cima da mesa – disse Henry. – Com a frente para baixo.

Winston obedeceu.

Henry concentrou a atenção na carta de cima por quatro segundos.

– É um valete de copas – disse. E era.

– A próxima é... um três de copas. – E era. Henry leu o baralho inteiro, acertando cada carta.

– Está bem – disse John Winston. – Conte-me como você consegue fazer isso. – Esse homem habitualmente calmo e matemático estava debruçado para a frente na mesa de trabalho, encarando Henry com os olhos arregalados e brilhantes como duas estrelas. – Você se dá conta de que o que está fazendo é totalmente impossível?

– Não é impossível – retrucou Henry. – É só muito difícil. Sou o único homem no mundo que tem essa capacidade.

O telefone tocou na mesa de John Winston. Ele atendeu e falou com a secretária.

– Não quero mais receber nenhuma ligação, Susan, enquanto eu não lhe disser que pode transferir. Nem mesmo da minha mulher. – Ele ergueu os olhos, esperando que Henry continuasse.

Henry então passou a explicar a John Winston exatamente como havia adquirido o poder. Contou-lhe como havia encontrado o caderno, falou-lhe de Imhrat Khan, e então descreveu como vinha trabalhando sem descanso havia três anos, ensinando a mente a concentrar-se.

– Você já tentou andar sobre brasas? – perguntou John Winston quando ele terminou.

– Não – respondeu Henry. – E não pretendo.

– O que o faz pensar que será capaz de repetir essa história com as cartas num cassino?

Henry então lhe relatou sua visita ao Lord's House na noite anterior.

– Seis mil e seiscentas libras! – exclamou John Winston. – É verdade que você ganhou tudo isso em dinheiro vivo?

– Preste atenção – disse Henry. – Acabei de ganhar trinta e quatro mil de você em menos de uma hora!

– É mesmo.

– Seis mil foi o mínimo que me forcei a ganhar – disse Henry. – Foi um esforço fantástico não ganhar mais.

– Você vai ser o homem mais rico do planeta.

– Não quero ser o homem mais rico do planeta – respondeu Henry. – Não quero mais. – E então lhe falou do seu plano para os orfanatos.

– Você quer me ajudar, John? – perguntou ele, quando terminou. – Quer ser meu homem das finanças, meu banqueiro, meu administrador e tudo o mais? Vão ser milhões entrando a cada ano.

John Winston, contador cauteloso e prudente, não ia concordar com nada por mero impulso.

– Quero vê-lo em ação, primeiro.

Portanto, nessa noite, eles foram juntos ao Ritz Club em Curzon Street.

– Não vou poder ir ao Lord's House agora por um bom tempo – disse Henry.

No primeiro giro da roleta, Henry apostou 100 no número vinte e sete. Foi o que deu. Na segunda vez, apostou no número quatro. Foi também o que deu. No todo, um lucro de 7.500.

– Acabei de perder cinqüenta e cinco mil libras – disse um árabe, que estava ao lado de Henry. – Como você consegue ganhar?

– Sorte – disse Henry. – Pura sorte.

Passaram para o Salão de Vinte-e-um; e ali, em meia hora, Henry ganhou mais 10.000. Então, parou.

– Agora acredito em você – disse John Winston. – Estou nessa com você.

– Começamos amanhã – disse Henry.

– Você realmente pretende fazer isso todas as noites?

– Pretendo – disse Henry. – Vou me movimentar rápido de um lugar para outro, de um país para outro. E todos os dias vou lhe remeter os lucros por via bancária.

– Você tem idéia da soma disso tudo em um ano?

– Milhões – respondeu Henry, animado. – Cerca de sete milhões de libras por ano.

– Nesse caso, não vou poder operar neste país – disse John Winston. – O fisco vai ficar com tudo.

– Vá onde quiser – respondeu Henry. – Para mim não faz diferença. Você tem minha total confiança.

– Vou para a Suíça – disse John Winston. – Mas não amanhã. Não posso simplesmente levantar acampamento e me mandar. Não sou um solteirão sem compromissos como você, sem nenhuma responsabilidade. Preciso conversar com minha mulher e meus filhos. Preciso avisar meus sócios na firma, com antecedência. Preciso vender minha casa. Encontrar outra casa na Suíça. Tirar as crianças da escola. Meu caro, essas coisas levam tempo!

Henry tirou do bolso as 17.500 que tinha acabado de ganhar e as entregou a John.

– Tome esses trocados de ajuda até você se instalar. Mas faça o favor de se apressar. Quero começar logo.

Dentro de uma semana, John Winston estava em Lausanne, com um escritório bem no alto da linda encosta acima do lago Genebra. Sua família viria unirse a ele assim que fosse possível.

E Henry foi trabalhar nos cassinos.

Um ano mais tarde, já tinha enviado pouco mais de oito milhões de libras para John Winston em Lausanne. O dinheiro era remetido cinco dias por semana a uma empresa suíça chamada ORPHANAGES S.A. Além de John Winston e Henry, ninguém sabia de onde aquele dinheiro vinha ou o que ia acontecer com ele. Quanto às autoridades suíças, elas jamais querem saber de onde o dinheiro vem. Henry fazia as remessas através de bancos. A de segunda era sempre a mais gorda porque incluía os ganhos de Henry na sexta, no sábado e no domingo, quando os bancos estavam fechados. Ele se movimentava com uma velocidade espantosa; e muitas vezes a única pista que John Winston tinha do seu paradeiro era o endereço do banco que havia mandado o dinheiro naquele dia específico. Um dia talvez chegasse de um banco em Manila. No dia seguinte, de Bangcoc. Vinha de Las Vegas, de Curaçao, de Freeport, de Grand Cayman, de San Juan, de Nassau, de Londres, de Biarritz. Vinha de todo e qualquer lugar, desde que houvesse um grande cassino na cidade.

Durante sete anos, tudo correu bem. Quase cinqüenta milhões de libras tinham chegado a Lausanne e tinham sido guardadas em segurança em bancos. John Winston já tinha criado três orfanatos, um na França, um na Inglaterra e um nos Estados Unidos. Outros cinco estavam em processo de formação.

Então, surgiu um probleminha. Existe uma rede de informações entre os proprietários de cassinos; e, embora Henry sempre tivesse extremo cuidado para não levar dinheiro em excesso de um dado lugar numa noite qualquer, no final a notícia acabaria se espalhando.

Deram-se conta dele numa noite em Las Vegas quando Henry, com bastante imprudência, levou cem mil dólares de cada um de três cassinos separados que, por acaso, pertenciam todos à mesma quadrilha.

Eis o que aconteceu. Na manhã do dia seguinte, quando Henry estava no seu quarto de hotel, fazendo as malas para sair para o aeroporto, houve uma batida à sua porta. Um mensageiro entrou e, sussurrando, disse a Henry que dois homens estavam esperando por ele no saguão. Outros homens, disse o mensageiro, estavam tomando conta da saída dos fundos. Eram durões, esses homens, disse o mensageiro, e ele não apostava muito na sobrevivência de Henry se Henry fosse descer naquele momento.

– E por que você veio me contar? – perguntou-lhe Henry. – Por que você está do meu lado?

– Não estou do lado de ninguém – respondeu o mensageiro. – Mas todos nós sabemos que o senhor ganhou muito dinheiro ontem à noite. E eu calculei que poderia ganhar um bom presente se lhe desse esse aviso.

– Agradeço – disse Henry. – Mas como vou escapar? Dou-lhe mil dólares se você conseguir me tirar daqui.

– É fácil – disse o mensageiro. – O senhor tira sua roupa e veste meu uniforme. Depois é só sair pelo saguão com sua mala. Mas precisa me amarrar antes de sair. Eu preciso estar jogado no chão, com pés e mãos amarrados, para eles não pensarem que eu o ajudei. Vou dizer que o senhor estava armado e que eu não pude fazer nada.

– E onde é que está a corda para eu amarrá-lo? – perguntou Henry.

– Aqui mesmo no meu bolso – respondeu o mensageiro, com um largo sorriso.

Henry vestiu o uniforme verde e dourado do mensageiro, que não lhe caiu muito mal. Depois amarrou o homem muito bem com a corda e lhe enfiou um lenço na boca. Finalmente, ele escondeu dez cédulas de cem dólares debaixo do tapete para o mensageiro apanhar mais tarde.

Lá embaixo no saguão, dois capangas, baixos, corpulentos, de cabelos negros, estavam vigiando as pessoas à medida que saíam dos elevadores. Mas seu olhar mal registrou o homem de uniforme verde e dourado de mensageiro que saiu carregando uma mala, atravessou o saguão a passos ágeis e passou pelas portas giratórias que davam para a rua.

No aeroporto, Henry mudou seu vôo e tomou o próximo avião para Los Angeles. De agora em diante, as coisas não iam ser assim tão fáceis, disse a si mesmo. Mas aquele mensageiro lhe dera uma idéia.

Em Los Angeles e redondezas, Hollywood e Beverly Hills, onde mora o pessoal do cinema, Henry saiu à procura do melhor maquilador em ação. Tratava-se de Max Engelman. Henry fez-lhe uma visita. Gostou dele de imediato.

– Quanto você ganha? – perguntou-lhe Henry.

– Bem, cerca de quarenta mil dólares por ano – respondeu Max.

– Dou-lhe cem mil – disse Henry – se você quiser vir comigo para ser meu maquilador.

– E qual é o grande plano? – perguntou-lhe Max.

– Vou lhe contar – respondeu Henry. E contou.

Max era somente a segunda pessoa a quem Henry contava a história. John Winston tinha sido a primeira. E, quando Henry mostrou a Max como conseguia ler as cartas, Max ficou embasbacado.

– Incrível, cara! – exclamou. – Você poderia ganhar uma fortuna!

– Já ganhei – respondeu Henry. – Já ganhei dez fortunas. Mas quero ganhar mais dez. – Falou a Max sobre os orfanatos. Com a ajuda de John Winston, já tinha instituído três, e outros estavam a caminho.

Max era um homem pequeno, de pele morena, que tinha fugido de Viena quando os nazistas chegaram. Nunca havia se casado. Não tinha vínculos. Foi dominado por um louco entusiasmo.

– É loucura! – exclamou. – É a maior loucura que já ouvi na minha vida! Vou com você, cara! Vamos juntos!

Daí em diante, Max Engelman viajava por toda parte com Henry e levava consigo num baú uma variedade de perucas, barbas falsas, suíças, bigodes e material de maquiagem como nunca se viu. Ele podia transformar o patrão em qualquer um dentre trinta ou quarenta pessoas irreconhecíveis, e os gerentes dos cassinos, que agora estavam todos em alerta para detectar Henry, nunca mais voltaram a vê-lo como o Sr. Henry Sugar. Por sinal, apenas um ano após o acontecido em Las Vegas, Henry e Max de fato voltaram àquela cidade perigosa, e, numa noite estrelada de verão, Henry tirou oitenta mil dólares limpos do primeiro dos grandes cassinos que tinha visitado antes. Foi disfarçado como um diplomata brasileiro idoso, e eles nunca perceberam o que os havia atingido.

Agora que Henry não freqüentava mais os cassinos como ele mesmo, havia naturalmente uma série de outros detalhes que exigiam atenção, tais como carteiras de identidade e passaportes falsos. Em Monte Carlo, por exemplo, um visitante deve sempre mostrar seu passaporte antes de ter permissão para entrar no cassino. Henry visitou Monte Carlo mais onze vezes com a ajuda de Max, a cada vez com um passaporte diferente e um disfarce diferente.

Max amava o trabalho. Adorava criar novos personagens para Henry.

– Hoje tenho um totalmente novo para você – avisava Max. – Espere só para ver! Hoje você vai ser um xeque árabe do Kuwait!

– E nós temos passaporte árabe? – perguntava Henry. – E documentos árabes?

– Temos tudo – respondia Max. – John Winston me mandou um lindo passaporte em nome de Sua Majestade Real, Xeque Abu Bin Bey!

E assim prosseguia a vida. Ao longo dos anos, Max e Henry tornaram-se como irmãos. Eram irmãos em cruzada, dois homens que percorriam velozes os céus, sugando os cassinos do mundo inteiro e enviando o dinheiro direto de volta para John Winston na Suíça, onde a companhia conhecida como ORPHANAGES S.A. ficava cada vez mais rica.

Henry morreu no ano passado, aos sessenta e três anos de idade. Sua obra estava concluída. Tinha trabalhado nela por apenas vinte anos.

Seu caderno de referências pessoais relacionava trezentos e setenta e um cassinos em vinte e um países ou ilhas diferentes. Ele havia visitado todos muitas vezes, sem nunca ter perdido.

De acordo com os livros de John Winston, seus ganhos tinham somado a quantia de cento e quarenta e quatro milhões de libras.

Ele deixou vinte e um orfanatos bem constituídos e bem dirigidos espalhados pelo mundo, um em cada país visitado. Todos eram administrados e financiados a partir de Lausanne por John e sua equipe.

Mas como foi que eu, que não sou nem Max Engelman nem John Winston, acabei sabendo disso tudo? E como foi que cheguei a escrever a história para início de conversa?

Vou lhes contar.

Logo depois da morte de Henry, John Winston ligou da Suíça para mim. Apresentou-se simplesmente como o diretor de uma empresa que se chamava ORPHANAGES S.A., e me perguntou se eu me disporia a ir a Lausanne para vê-lo, com a finalidade de escrever uma história resumida da sua organização. Não sei como ele conseguiu meu nome. É provável que tivesse escolhido fincando um alfinete numa lista de escritores. Disse que me pagaria bem.

– Um homem notável faleceu recentemente – acrescentou. – Chamava-se Henry Sugar. Acho que as pessoas deveriam saber um pouco mais sobre o que ele realizou.

Na minha ignorância, perguntei se a história era mesmo suficientemente interessante para merecer ser passada para o papel.

– Tudo bem – disse o homem que agora controlava cento e quarenta e quatro milhões de libras. – Deixe para lá. Vou pedir a outra pessoa. O que não falta é escritor.

Isso me instigou.

– Não – disse eu. – Calma. O senhor não poderia ao menos me dizer quem foi esse Henry Sugar e o que ele fez? Nunca ouvi falar nele.

Em cinco minutos ao telefone, John Winston falou um pouco sobre a carreira secreta de Henry Sugar. Ela já não era mais secreta. Henry tinha morrido e não voltaria mais a jogar. Escutei, fascinado.

– Vou pegar o próximo vôo para aí – disse eu.

– Obrigado – respondeu John Winston. – Fico-lhe agradecido.

Em Lausanne, conheci John Winston, agora com mais de setenta anos, e também Max Engelman, que tinha aproximadamente a mesma idade. Os dois ainda estavam devastados com a morte de Henry. Max, ainda mais que John Winston, já que Max estivera constantemente ao lado de Henry por mais de treze anos.

– Eu o adorava – disse Max, com um ar sombrio dominando seu rosto. – Era um grande homem. Nunca pensava em si mesmo. Jamais guardou um centavo do dinheiro que ganhava, além do que precisava para viajar e comer. Ouçam só essa, uma vez estávamos em Biarritz, e Henry tinha acabado de ir ao banco para entregar meio milhão de francos a serem remetidos a John. Era a hora do almoço. Fomos a um lugar para um almoço simples: uma omelete e uma garrafa de vinho. E, quando chegou a conta, Henry não tinha dinheiro para pagá-la. Eu também não tinha. Era uma pessoa adorável.

John Winston contou-me tudo o que sabia. Mostrou-me o caderno azul-escuro original, escrito pelo Dr. John Cartwright em Bombaim em 1934, e eu o copiei palavra por palavra.

– Henry sempre o tinha consigo – disse John Winston. – Acabou por saber o caderno inteiro de cor.

John mostrou-me os livros da contabilidade da ORPHANAGES S.A., com os ganhos de Henry registrados ali dia a dia, ao longo de vinte anos, e eles eram de fato estarrecedores.

Quando terminou, eu me pronunciei.

– Há uma grande lacuna na sua história, Sr. Winston. O senhor não me disse quase nada sobre as viagens de Henry e sobre suas aventuras nos cassinos do mundo.

– Essa é a história de Max – respondeu John Winston. – Max sabe tudo sobre esse lado porque estava com Henry. Mas diz que quer tentar escrevê-la sozinho. Até já começou.

– Então por que não deixar Max escrever toda a história? – perguntei.

– Ele não quer – respondeu John Winston. – Só quer escrever sobre Henry e Max. Deve sair uma história fantástica se ele chegar a terminá-la. Mas está velho agora, como eu, e duvido que consiga.

– Mais uma pergunta. Você só o chama de Henry Sugar. No entanto me diz que esse não era seu nome. Não vai querer que eu diga quem ele era realmente quando eu contar a história?

– Não – disse John Winston. – Max e eu prometemos nunca revelar esse dado. Ora, é provável que essa informação vaze mais cedo ou mais tarde. Afinal, ele era de uma família inglesa bastante conhecida. Mas eu lhe agradeceria se o senhor não tentasse descobrir. Basta chamá-lo simplesmente de Sr. Henry Sugar.

E foi isso o que fiz.

Golpe de sorte

Como me tornei escritor

Um autor de ficção é alguém que inventa histórias.

Mas como é que se começa num trabalho dessa natureza? Como uma pessoa se torna um escritor profissional de ficção em tempo integral?

Charles Dickens achou fácil. Aos vinte e quatro anos de idade, ele simplesmente se sentou e escreveu *Pickwick Papers*, que se tornou de imediato um campeão de vendas. Mas Dickens era um gênio, e os gênios são diferentes de todos nós.

Neste século (no século passado nem sempre era assim que ocorria), praticamente cada escritor que finalmente atingiu o sucesso no universo da ficção começou em alguma outra atividade – professor, talvez, ou médico; jornalista ou advogado. (*Alice no país das maravilhas* foi escrito por um matemático, e *O vento nos salgueiros*, de Kenneth Grahame, por um funcionário público.) Os primeiros esforços de escrita sempre tiveram, portanto, de ser feitos nas horas vagas, geralmente à noite.

O motivo para isso é óbvio. Quando se é adulto, é necessário ganhar o próprio sustento. Para isso, é preciso ter um emprego. Se possível, é preciso conseguir um emprego que garanta à pessoa um certo valor por semana. No entanto, por mais que se queira adotar a literatura de ficção como carreira, de nada adiantaria chegar a um editor e dizer: "Quero um emprego como escritor de ficção". Se você fizesse isso, o editor lhe diria para sumir dali e escrever um livro primeiro. E, se você lhe trouxesse um livro pronto e ele gostasse da obra o suficiente para publicá-la, ainda assim ele não lhe daria um emprego. Ele lhe daria um adiantamento de talvez umas quinhentas libras, que receberia de volta mais tarde deduzindo o valor dos seus direitos. (Por sinal, o direito autoral é o dinheiro que um autor recebe do editor para cada exemplar do livro que seja vendido. O direito autoral médio que um autor recebe é de dez por cento do preço do livro nas livrarias. Desse modo, para um livro que seja vendido por quatro libras, o escritor receberia quarenta *pence*. Para um livro de bolso que custasse cinqüenta *pence*, ele receberia cinco *pence*.)

É muito comum que um ficcionista esperançoso passe dois anos das suas horas vagas escrevendo um livro que nenhum editor se dispõe a publicar. Por esse trabalho, ele não recebe absolutamente nada a não ser uma sensação de frustração.

Se tiver sorte suficiente para ter seu livro aceito por um editor, é grande a probabilidade de que, como primeiro romance, ele no final venda somente uns três mil exemplares. Isso irá lhe render talvez umas mil libras. A maioria dos romances levam no mínimo um ano para serem escritos, e mil libras não é uma quantia suficiente para sustentar ninguém nos tempos atuais. Portanto, dá para se entender por que um escritor em início de carreira invariavelmente precisa começar em outro emprego. Se não fizer isso, é quase certo que passará fome.

Eis algumas qualidades que você deveria possuir ou deveria tentar adquirir se quiser se tornar autor de ficção:

1. Você deveria ter uma imaginação fértil.
2. Você deveria ser capaz de escrever bem. Com isso, quero dizer que você deveria conseguir fazer uma cena ganhar vida na imaginação do leitor. Nem todo o mundo possui essa capacidade. Trata-se de um dom, e ou a pessoa o tem ou não o tem.
3. Você deve ter persistência. Em outras palavras, precisa ser capaz de ater-se ao que está fazendo e nunca desistir, hora após hora, dia após dia, semana após semana e mês após mês.
4. Você deve ser perfeccionista. Isso quer dizer que você nunca deve se satisfazer com o que escreveu até ter reescrito tudo inúmeras vezes, melhorando até onde for possível.

5. Você precisa ter uma forte autodisciplina. Estará trabalhando sozinho. Ninguém lhe deu um emprego. Não há ninguém por perto para demiti-lo se você não aparecer para trabalhar ou para lhe passar um sermão se você começar a negligenciar seus deveres.
6. Ajuda muito ter um forte senso de humor. Não é essencial quando se escreve para adultos, mas para crianças é crucial.
7. É preciso ter uma dose de humildade. O escritor que acha que sua obra é maravilhosa vai enfrentar dificuldades mais adiante.

Vou contar-lhes como eu mesmo acabei entrando sorrateiro pela porta dos fundos e me descobri de repente no mundo da ficção.

Aos oito anos de idade, em 1924, fui mandado para um colégio interno numa cidadezinha chamada Weston-super-Mare, no litoral sudoeste da Inglaterra. Foram dias de terror, disciplina feroz, nada de conversa nos dormitórios, nada de correria nos corredores, nada de relaxamento de nenhuma natureza, nada disso, nada daquilo, só regras e mais regras que tinham de ser obedecidas. E o medo da chibata pairava o tempo todo sobre nós, como o medo da morte.

"O diretor quer vê-lo no gabinete." Palavras sinistras. Elas davam calafrios na barriga. E lá ia o aluno, talvez com nove anos de idade, pelos corredores longos e lúgubres e depois por um arco que o levava à área particular do diretor, onde aconteciam coisas apavorantes e o cheiro de tabaco de cachimbo pairava no ar como incenso. Ele parava do lado de fora da terrível porta negra, sem coragem sequer para bater. Respirava fundo. Ah, se minha mãe estivesse aqui, pensava, ela não deixaria que isso acontecesse. Ela não estava ali. O menino estava só. Erguia a mão e batia com delicadeza, uma vez.

– Entre! Ah, é o Dahl. Bem, Dahl, eu soube que você estava conversando enquanto fazia os deveres ontem à noite.

– Por favor, senhor, quebrei a pena da caneta tinteiro e estava só perguntando ao Jenkins se ele tinha uma a mais para me emprestar.

– Eu não permito conversa durante os deveres. Você sabe disso muito bem.

Aquele homem gigantesco já estava se encaminhando para o alto armário de canto e estendendo a mão para a parte superior, onde guardava as chibatas.

– Alunos que desrespeitam as regras têm de ser punidos.

– Senhor... eu... eu estava com a caneta quebrada... eu...

– Isso não é desculpa. Vou ensinar-lhe que não compensa conversar durante os deveres.

Ele apanhou uma chibata que tinha quase um metro de comprimento e um pequeno cabo curvo numa extremidade. Era fina, branca e muito flexível.

– Curve-se e toque os dedos dos pés. Ali junto à janela.

– Mas, senhor...

– Não discuta comigo, menino. Faça o que lhe mandam.

Curvei-me. Depois, esperei. Ele sempre deixava a pessoa esperar uns dez segundos, e era nessa hora que os joelhos começavam a tremer.

– Curve-se mais, menino! Toque os dedos dos pés!

Fiquei olhando para a biqueira dos meus sapatos pretos e disse a mim mesmo que a qualquer momento agora esse homem ia me dar uma chibatada tão forte que todo o meu traseiro mudaria de cor. Os vergões eram sempre muito longos, atravessando as duas nádegas de um lado ao outro, de um azul quase negro com bordas vermelhas vibrantes; e, depois, quando se passavam os dedos por elas com a máxima delicadeza, dava para sentir as ondulações.

Vapt! ... Crac!

Então vinha a dor. Era incrível, insuportável, excruciante. Era como se alguém tivesse aplicado de um lado a outro do seu traseiro um atiçador de brasas incandescente e depois apertado com força.

A segunda chibatada viria logo, e o maior esforço para o aluno era impedir-se de pôr as mãos para trás para evitá-la. Essa era a reação instintiva. Mas, se o aluno fizesse isso, a chibatada lhe quebraria os dedos.

Vapt!... Crac!

A segunda chegou bem ao lado da primeira, e o atiçador incandescente estava sendo pressionado cada vez mais pele adentro.

Vapt!... Crac!

A terceira chibatada era o ponto em que a dor sempre atingia o máximo. Não poderia ser maior. Não havia como a dor pudesse ser pior. Qualquer golpe a mais depois desse apenas *prolongava* a agonia. O aluno tentava não gritar. Às vezes não conseguia se conter. Porém, quer conseguisse ficar calado, quer não, era impossível conter as lágrimas. Elas se derramavam escorrendo pelo rosto e pingavam no tapete.

O importante era nunca sair da posição, recuando ou endireitando o corpo, quando se era atingido. Quem fizesse isso recebia uma chibatada a mais.

Lentamente, de propósito, gastando bastante tempo, o diretor deu mais três golpes, num total de seis.

– Pode ir. – A voz vinha de uma caverna a quilômetros de distância. O aluno ia endireitando o corpo devagar, em agonia, segurava com as duas mãos as nádegas ardidas e as mantinha retesadas ao máximo enquanto saía da sala na ponta dos pés.

Aquela chibata cruel governava nossa vida. Éramos açoitados por conversar no dormitório depois que a luz fosse apagada, por conversar em sala de aula, por trabalho malfeito, por marcar nossas iniciais na carteira, por subir em muros, por desleixo com a aparência, por lançar clipes de papel, pelo esquecimento de trocar os sapatos por pantufas à noite, por não pendurar nossos uniformes de esportes e, acima de tudo, pela ofensa mais ínfima que pudéssemos causar a qualquer mestre. (Naquela época, não se costumava chamá-los de professores.) Em outras palavras, recebíamos chibatadas por fazer tudo o que era natural que meninos da nossa idade fizessem.

Por isso, tomávamos cuidado com tudo o que dizíamos. E prestávamos atenção para ver onde pisávamos. Meu Deus, como prestávamos atenção. Tornamo-nos incrivelmente alertas. Onde quer que fôssemos, andávamos com cuidado, com as orelhas antenadas para o perigo, como animais selvagens atravessando florestas a passos cautelosos.

Além dos mestres, havia outro homem na escola que nos deixava bastante assustados. Era o Sr. Pople. O Sr. Pople era um indivíduo barrigudo, com a cara de um vermelho-escuro, que tinha a função de porteiro da escola, encarregado das caldeiras e faz-tudo em geral. Seu poder provinha do fato de ele ter como nos denunciar ao diretor pela menor provocação (o que, decididamente, fazia). O momento de glória do Sr. Pople ocorria a cada manhã exatamente às 7h30min, quando ele se postava no final do longo corredor principal e "soava o sino". O sino era enorme e de bronze, com um grosso cabo de madeira, e o Sr. Pople o balançava de um lado para o outro com o braço estendido com um jeito especial só seu, de modo que ele fazia *de-gue-dém, de-gue-dém, de-gue-dém*. Ao som do sino, todos os meninos da escola, que éramos cento e oitenta, seguíamos garbosos para nossa posição no corredor. Ficávamos em fileiras de costas para as paredes dos dois lados, em posição de sentido, à espera da inspeção por parte do diretor.

No entanto, passavam-se pelo menos dez minutos até o diretor entrar em cena. E, durante esse tempo, o Sr. Pople regia uma cerimônia tão extraordinária que até hoje considero difícil acreditar que jamais tenha ocorrido. Havia seis sanitários na escola, com as portas numeradas de um a seis. O Sr. Pople, parado no final do longo corredor, tinha na palma da mão seis pequenos discos de latão, cada um com um número, de um a seis. O silêncio era absoluto enquanto ele percorria com o olhar as duas fileiras de meninos tensos em pé. E então ele rosnava um nome.

– Arkle!

Arkle saía da fileira e marchava com disposição pelo corredor até o Sr. Pople. O Sr. Pople lhe entregava um disco de latão. Arkle seguia então na direção dos sanitários e, para chegar a eles, tinha de passar pelo corredor inteiro, por todos os garotos parados, e depois virar à esquerda. Assim que estivesse fora do campo visual, ele podia olhar seu disco e ver qual número de sanitário tinha recebido.

– Highton! – rosnava o Sr. Pople, e agora Highton saía da fileira para receber seu disco e seguir para os sanitários.

– Angel!

– Williamson!

– Gaunt!

– Price!

Desse modo, seis garotos selecionados pelo capricho do Sr. Pople eram despachados para os sanitários para cumprir seu dever. Ninguém lhes perguntava se poderiam ou não estar prontos para atividades intestinais às sete e meia da manhã antes do desjejum. Eles simplesmente recebiam ordens. Mas todos nós considerávamos ser escolhido um enorme privilégio porque isso significava que, durante a inspeção do diretor, estaríamos sentados em segurança, fora do alcance, em abençoada privacidade.

Na hora devida, o diretor surgia, vindo dos seus aposentos particulares, e assumia o comando. Ele caminhava devagar por um lado do corredor, inspecionando cada menino com a máxima atenção, afivelando o relógio no pulso enquanto avançava. A inspeção matinal era uma experiência enervante. Cada um de nós tinha pavor dos dois olhos castanhos penetrantes por baixo das bastas sobrancelhas que nos examinavam lentamente dos pés à cabeça.

– Afaste-se e vá pentear direito o cabelo. E que isso não volte a acontecer, ou você irá se arrepender.

– Deixe-me ver suas mãos. Estão sujas de tinta. Por que não as lavou direito ontem à noite?

– Sua gravata está torta, garoto. Afaste-se da fileira para amarrá-la de novo. E direito desta vez.

– Estou vendo lama nesse sapato. Eu não tive de falar com você a esse respeito na semana passada? Venha até meu gabinete depois do desjejum.

E assim prosseguia a medonha inspeção do início da manhã. E, quando tudo estava terminado, quando o diretor tinha ido embora e o Sr. Pople começava a nos fazer marchar em forma até o refeitório, muitos de nós já tinham perdido o apetite pelo mingau encaroçado que nos aguardava.

Ainda tenho todos os meus boletins escolares daqueles tempos, mais de cinqüenta anos atrás, e já os examinei um a um, na tentativa de descobrir um indício de promessa de um futuro escritor de ficção. A matéria a ser investigada era obviamente Redação. Mas todos os meus boletins escolares eram neutros e evitavam comprometer-se, à exceção de um. O que me atraiu a atenção era datado do trimestre do Natal, 1928. Eu estava então com doze anos, e meu professor de inglês era o Sr. Victor Corrado. Lembro-me nitidamente dele, um atleta alto e de boa aparência, com os cabelos negros, ondulados e um nariz aquilino (que mais tarde fugiu uma noite com a Srta. Davis, a governanta da escola, e nós nunca mais vimos nenhum dos dois). Seja como for, o caso era que o Sr. Corrado, além de Redação, também nos ensinava boxe. E naquele boletim específico estava escrito, abaixo de Redação, "Ver a avaliação sobre boxe. Aplicam-se exatamente os mesmos comentários". Olhamos, portanto, em Boxe, e lá está escrito: "Muito lento e pesadão. Seus golpes não aproveitam o melhor momento, e é fácil prevê-los".

Mas, só uma vez por semana nessa escola, a cada manhã de sábado, a cada linda e abençoada manhã de sábado, todos os horrores apavorantes desapareciam e, por duas horas fantásticas, eu vivia algo que estava muito próximo do êxtase.

Infelizmente, isso só acontecia depois que o aluno completava dez anos de idade. Mas não importa. Vou tentar relatar o que era.

Exatamente às dez e meia da manhã nos sábados, o sino infernal do Sr. Pople soava seu *de-guedém.* Era um sinal para que acontecesse o seguinte.

Em primeiro lugar, os meninos de nove anos e os menores (cerca de setenta ao todo) seguiam de uma vez para o amplo pátio de asfalto ao ar livre atrás do prédio principal. Parada no pátio, com as pernas afastadas e os braços cruzados sobre o busto gigantesco, estava a Srta. Davis, a governanta. Se estivesse chovendo, os meninos deveriam vir usando capa de chuva. Se estivesse nevando leve ou se houvesse uma nevasca com vento, era a vez de casacos e cachecóis. E os bonés da escola, é lógico – cinzentos, com um distintivo vermelho na frente –, eram sempre de uso obrigatório. Mas não havia ato divino, nem tornado, furacão ou erupção vulcânica que conseguisse impedir aquelas medonhas caminhadas de duas horas que os menininhos de sete, oito e nove anos tinham de dar pelas ventanias das esplanadas de Weston-super-Mare todos os sábados de manhã. Andavam em fila indiana dupla, com a Srta. Davis caminhando ao lado na sua saia de *tweed*, meias de lã e um chapéu de feltro que sem dúvida devia ter sido mordiscado por ratos.

A outra coisa que acontecia quando o sino do Sr. Pople soava aos sábados de manhã era que os outros meninos, todos aqueles com dez anos ou mais (cerca de cem ao todo), iam imediatamente para o Salão de

Conferências e se sentavam. Um professor iniciante chamado S. K. Jopp costumava então enfiar a cabeça pela porta e gritar conosco com tanta ferocidade que salpicos de saliva voavam da sua boca como balas para ir bater nas vidraças do outro lado da sala.

– Muito bem! – gritava ele. – Todos em silêncio! Todos parados! Olhos para a frente e mãos sobre as carteiras! – E então ele voltava a desaparecer.

Nós permanecíamos quietos e esperávamos. Estávamos aguardando o período maravilhoso que começaria em breve. Lá fora na entrada de carros, ouvíamos os automóveis sendo ligados. Todos eram velhíssimos. Todos tinham de ser ligados com manivela. (O ano, não se esqueçam, era por volta de 1927/1928.) Esse era um ritual da manhã de sábado. Havia cinco automóveis ao todo, e neles se aglomerava toda a equipe de quatorze mestres, incluindo não só o próprio diretor mas também o Sr. Pople, da cara arroxeada. E lá seguiam eles ruidosos em meio a uma nuvem de fumaça azul para ir pousar em frente a um bar chamado, ao que eu me lembre, "O Conde de Suíças". Ali ficavam até pouco antes do almoço, tomando canecas e mais canecas de cerveja preta e forte. E duas horas e meia depois, à uma da tarde, nós os observávamos voltando, entrando cautelosos no refeitório para almoçar, procurando apoiar-se enquanto seguiam em frente.

Quanto aos mestres, é só isso. E quanto a nós, a enorme massa de meninos de dez, onze e doze anos largados sentados no Salão de Conferências numa escola na qual de repente não restava sequer um único adulto? É claro que nós sabíamos exatamente o que ia acontecer em seguida. Um minuto depois da saída dos mestres, nós ouvíamos a porta da frente se abrir, passos lá fora, e então, com uma revoada de roupas folgadas, pulseiras tilintantes e cabelo desgrenhado, uma mulher irrompia pelo salão adentro, aos gritos, "Olá, pessoal! Vamos nos animar! Isso aqui não é nenhum velório!", ou algum cumprimento semelhante. E essa era a Sra. O'Connor.

A bendita e maravilhosa Sra. O'Connor, com suas roupas amalucadas e o cabelo grisalho voando em todas as direções. Ela devia ter uns cinqüenta anos. Tinha o rosto comprido e os dentes compridos e amarelados; mas para nós era linda. Não fazia parte da equipe da escola. Era contratada de algum lugar na cidade para vir ali aos sábados pela manhã e atuar como uma espécie de babá, para nos manter quietos por duas horas e meia, enquanto os mestres enchiam a cara no bar.

Mas a Sra. O'Connor não era nenhuma babá. Era nada menos que uma professora excelente e talentosa, amante e estudiosa da literatura inglesa. Cada um de nós esteve com ela todos os sábados de manhã durante três anos (dos dez anos de idade até sairmos da escola), e durante esse período cobrimos toda a história da literatura inglesa desde 597 d.C. até o início do século XIX.

Os recém-chegados à turma recebiam um livrinho azul intitulado simplesmente *Quadro cronológico*, que continha apenas seis páginas e que podiam guardar para si. Essas seis páginas estavam cobertas com uma lista longuíssima em ordem cronológica de todos os marcos importantes e não tão importantes da literatura inglesa, ao lado das suas datas. Exatamente cem deles foram escolhidos pela Sra. O'Connor. Nós os marcávamos no nosso livro e os aprendíamos de cor. Eis alguns dos quais ainda me lembro.

d.C. 597	Santo Agostinho desembarca em Thanet e traz o cristianismo à Grã-Bretanha
731	*História eclesiástica* de Beda
1215	Assinatura da Carta Magna
1399	*Visão de Piers Plowman* de Langland
1476	Caxton instala a primeira prensa tipográfica em Westminster
1478	*Contos de Cantuária* de Chaucer
1485	*A morte de Arthur* de Malory
1590	*Faërie Queene* de Spenser
1623	Primeiro fólio de Shakespeare
1667	*Paraíso perdido* de Milton
1668	*Ensaios* de Dryden
1678	*O peregrino* de Bunyan
1711	*Spectator* de Addison
1719	*Robinson Crusoe* de Defoe
1726	*As viagens de Gulliver* de Swift
1733	*Ensaio sobre o homem* de Pope
1755	*Dicionário* de Johnson
1791	*A vida de Johnson* de Boswell
1833	*Sartor Resartus* de Carlyle
1859	*A origem das espécies* de Darwin

A Sra. O'Connor atacava então cada item por sua vez e passava a manhã inteira de sábado, de duas horas e meia, falando sobre o assunto. Assim, ao final de três anos, com cerca de trinta e seis sábados em cada ano letivo, ela teria coberto a centena de itens.

E como era divertido, empolgante e maravilhoso! A Sra. O'Connor tinha o jeito do grande professor de conferir vida a tudo sobre o que falava ali naquele salão. Em duas horas e meia, aprendemos a gostar de Langland e do seu Piers Plowman. No sábado seguinte, era Chaucer, e nós o adorávamos também. Mesmo camaradas bem difíceis como Milton, Dryden e Pope, todos passavam a ser emocionantes quando a Sra. O'Connor nos falava da vida desses autores e lia em voz alta para nós trechos da sua obra. E o resultado de tudo isso, pelo menos para mim, foi que aos treze anos de idade eu já tinha forte consciência do enorme patrimônio literário que se havia acumulado na Inglaterra ao longo dos séculos. Tornei-me também um leitor voraz e insaciável da boa literatura.

Querida e encantadora Sra. O'Connor! Talvez tenha valido a pena ir para aquela escola medonha só para vivenciar a alegria daquelas manhãs de sábado.

Ao treze anos, saí da escola de primeiro grau e fui mandado, mais uma vez como aluno interno, para uma das célebres escolas particulares da Grã-Bretanha, chamadas de escolas públicas. É claro que elas não são nem um pouco públicas. São extremamente exclusivas e dispendiosas. A minha chamava-se Repton, em Derbyshire; e nosso diretor na época era o

Reverendo Geoffrey Fisher, que mais tarde foi Bispo de Chester, depois Bispo de Londres e finalmente Arcebispo de Cantuária. Nesse seu último posto, ele coroou a Rainha Elizabeth II, na Abadia de Westminster.

O uniforme que tínhamos de usar nessa escola nos dava a aparência de funcionários de uma funerária. A casaca era preta, com a frente curta e longas abas atrás que pendiam até a parte traseira dos joelhos. As calças eram pretas com riscas finas cinzentas. Os sapatos eram pretos. Havia um colete preto com onze botões a serem abotoados todos os dias de manhã. A gravata era preta. Havia ainda um colarinho branco engomado e duro, assim como uma camisa branca.

Para completar, o toque final de ridículo era um chapéu de palha que tinha de ser usado em todas as ocasiões ao ar livre, menos quando se praticavam esportes. E, como o chapéu ficava encharcado na chuva, nós carregávamos guarda-chuvas para as intempéries.

Dá para imaginar como eu me sentia usando essa fantasia quando minha mãe me levou, aos treze anos de idade, ao trem em Londres, no início do meu primeiro semestre. Ela me deu um beijo de despedida, e lá fui eu.

Era natural que eu esperasse que meu traseiro tão sofrido tivesse uma trégua na minha nova escola mais madura, mas não era para ser assim. As surras em Repton eram ainda mais cruéis e mais freqüentes que qualquer coisa que eu já tivesse vivenciado. E não pensem nem por um momento que o futuro Arcebispo de Cantuária fizesse objeção a esses exercícios sórdidos. Ele arregaçava as mangas e participava com disposição. As dele eram as péssimas, as ocasiões realmente apavorantes. Algumas das surras aplicadas por esse Homem de Deus, esse futuro Chefe da Igreja Anglicana, eram muito brutais. Tive conhecimento seguro de que ele uma vez precisou arrumar uma bacia com água, uma esponja e uma toalha para a vítima poder lavar o sangue depois.

Não foi brincadeira, essa aí.

Reminiscências da Inquisição Espanhola.

Mas o pior de tudo, creio eu, era o fato de que os monitores tinham permissão para espancar seus colegas. Isso ocorria diariamente. Os rapazes maiores (de 17 ou 18 anos) açoitavam os menores (de 13, 14, 15) numa cerimônia sádica que se realizava à noite depois que se tinha subido para os dormitórios e que se estava de pijama.

– Estão querendo sua presença no vestiário.

Com mãos pesadas, o aluno vestia o robe e calçava os chinelos. Depois, descia a escada e entrava no grande aposento de assoalho de madeira onde os uniformes de esportes estavam pendurados nas paredes em toda a volta. Do teto, estava suspensa uma única lâmpada elétrica sem lustre. Um monitor, pomposo mas muito perigoso, estava à sua espera no centro da sala. Nas mãos, segurava uma longa chibata, e geralmente ele a estava flexionando no instante em que se entrava.

– Suponho que você saiba por que está aqui – diria ele.

– Bem, eu...

– É o segundo dia seguido que você queima minha torrada!

Deixem-me explicar esse comentário absurdo. É que o aluno menor era o "escravo" do maior. Isso queria dizer que era seu criado, e uma das suas numerosas tarefas consistia em preparar torradas para ele todos os dias na hora do chá. Para tal, usava-se um longo garfo de tostar de três dentes. Prendia-se o pão na extremidade e segurava-se o garfo diante da lareira acesa, primeiro um lado, depois o outro. Mas a única lareira onde era permitido fazer torradas ficava na biblioteca; e, à medida que se aproximava a hora do chá, nunca havia menos de doze "escravos" desgraçados, acotovelando-se para garantir a posição diante da pequena grelha. Eu não era nada bom nisso. Geralmente mantinha o pão perto demais, e a torrada saía queimada. Mas, como nunca era permitido pedir uma segunda fatia e começar de novo, só nos restava raspar as partes queimadas com uma faca. Disso, raramente escapávamos incólumes. Os monitores eram especialistas em detectar torrada raspada. Podíamos ver nosso próprio carrasco sentado lá adiante à mesa principal, apanhando a torrada, virando-a, examinando-a meticulosamente como se ela fosse um quadro pequeno e valiosíssimo. Depois, ele franzia as sobrancelhas, e aí sabíamos que estávamos em apuros.

E agora, à noite, estávamos ali embaixo, no vestiário, de robe e pijama, e aquele cuja torrada havia sido queimada estava comentando nosso crime.

– Não gosto de torrada queimada.

– Eu a segurei perto demais. Desculpe.

– O que você prefere? Quatro com o robe, ou três sem ele?

– Quatro com ele – respondi.

Era tradicional fazer essa pergunta. Sempre se dava uma escolha à vítima. Mas meu próprio robe era de pêlo de camelo, e na minha cabeça nunca houve nenhuma dúvida quanto a ser essa a melhor escolha. Receber chibatadas de pijama era uma experiência muito dolorosa, que quase sempre lanhava a pele. Mas meu robe impedia que isso acontecesse. É claro que o monitor tinha perfeito conhecimento disso, portanto sempre que alguém preferia um golpe a mais para continuar de robe, ele açoitava com toda a força de que dispunha. Às vezes, dava uma corridinha, três ou quatro passos nas pontas dos pés, para ganhar ímpeto e impulso; mas, fosse como fosse, era uma selvageria.

Antigamente, quando um homem estava prestes a ser enforcado, um silêncio dominava a prisão inteira, e os outros prisioneiros mantinham-se calados em suas celas até a execução estar terminada. Algo muito semelhante ocorria na escola quando alguém estava sendo surrado. Lá em cima nos dormitórios, os meninos ficavam mudos na cama, em solidariedade à vítima, e através do silêncio subia do vestiário lá embaixo o estalo de cada golpe aplicado.

Meus boletins de fim de trimestre dessa escola são de algum interesse. Eis apenas quatro deles, copiados dos documentos originais palavra por palavra:

> *Trimestre do Verão, 1930 (14 anos). Redação.* "Nunca vi um aluno que seja tão persistente em escrever exatamente o contrário do que quer dizer. Parece incapaz de dispor seus pensamentos na folha de papel."
>
> *Trimestre da Páscoa, 1931 (15 anos). Redação.* "Um trapalhão renitente. Vocabulário insignificante, frases mal construídas. Ele me lembra um camelo."
>
> *Trimestre do Verão, 1932 (16 anos). Redação.* "Esse aluno é um integrante indolente e analfabeto da turma."
>
> *Trimestre do Outono, 1932 (17 anos). Redação.* "Constante na preguiça. Idéias limitadas." (E, abaixo desse comentário, o futuro Arcebispo de Cantuária tinha escrito em tinta vermelha: "Ele deve corrigir as falhas relacionadas nesta folha.")

Não é de surpreender que naquela época nunca me passasse pela cabeça que eu poderia me tornar escritor.

Quando saí da escola aos dezoito anos de idade, em 1934, recusei a oferta de minha mãe (meu pai tinha falecido quando eu estava com três anos de idade) de ir para a universidade. A menos que se queira ser médico, advogado, cientista, engenheiro ou algum outro tipo de profissional liberal, eu não via muito sentido em perder três ou quatro anos em Oxford ou Cambridge, e ainda mantenho essa opinião. Em vez disso, eu tinha um desejo louco de sair do país, viajar, conhecer terras distantes. Quase não havia aviação comercial naquela época, e uma viagem à África ou ao Extremo Oriente levava algumas semanas.

E assim consegui um emprego no que se chamava de Equipe Oriental da Shell Oil Company, onde me prometeram que, depois de um treinamento de dois ou três anos na Inglaterra, eu seria despachado para um país estrangeiro.

– Qual? – perguntei.

– Quem sabe? – respondeu o homem. – Depende de onde houver uma vaga quando você chegar ao primeiro lugar na lista. Poderia ser o Egito, a China, a Índia, ou praticamente qualquer lugar no mundo.

Parecia interessante. E foi. Quando chegou minha vez de ser designado para um posto três anos mais tarde, disseram que seria para a África Oriental. Encomendaram-se trajes adequados para os trópicos, e minha mãe me ajudou a arrumar o baú. Minha missão era passar três anos na África, e então teria permissão de voltar à Inglaterra numa licença de seis meses. Eu agora estava com vinte e um anos e de partida para lugares distantes. Eu me sentia felicíssimo. Embarquei no navio no porto de Londres, e ele zarpou.

Aquela viagem durou duas semanas e meia. Cruzamos a baía de Biscaia e fizemos escala em Gibraltar. Descemos pelo Mediterrâneo, passando por Malta, Nápoles e Port Said. Entramos pelo Canal de Suez e seguimos pelo Mar Vermelho, parando em Port Sudan, naquela época Aden. Minha empolgação era enorme. Pela primeira vez, eu via imensos desertos de areia, soldados árabes montados em camelos, palmeiras carregadas de tâmaras, peixes voadores e milhares de outras maravilhas. Finalmente, chegamos a Mombasa, no Quênia.

Em Mombasa, um homem da Shell Company veio a bordo e me disse que eu deveria passar para uma pequena embarcação de cabotagem e prosseguir viagem até Dar-es-Salaam, a capital de Tanganica (atualmente Tanzânia). E assim lá fui eu para Dar-es-Salaam, com uma parada em Zanzibar no caminho.

Durante os dois anos seguintes, trabalhei para a Shell na Tanzânia, com minha sede em Dar-es-Salaam. Era uma vida fantástica. O calor era forte, mas quem estava ligando? Nosso traje consistia em *short* cáqui, camisa desabotoada e um chapéu de cortiça. Aprendi a falar suaíle. Eu fazia passeios de carro pelo interior para visitar minas de diamantes, plantações de sisal, minas de ouro e tudo o mais.

Havia girafas, elefantes, zebras, leões e antílopes por toda parte, além de cobras, entre elas a mamba negra, a única serpente do mundo que persegue a pessoa ao avistá-la. E, se ela conseguir apanhar a vítima e picá-la, é melhor começar a rezar. Aprendi a sacudir minhas botas de proteção contra mosquitos de cano para baixo antes de calçá-las para a eventualidade de haver um escorpião ali dentro. E, como todos os outros, contraí malária e fiquei três dias de cama com uma febre de 40,8°.

Em setembro de 1939, tornou-se evidente que ia haver uma guerra com a Alemanha de Hitler. Tanganica, que apenas vinte anos antes se chamava África Oriental Alemã, ainda estava repleta de alemães. Eles estavam por toda parte. Possuíam lojas, minas e fazendas em todos os cantos do país. No momento em que a guerra eclodisse, teriam de ser arrebanhados. Mas em Tanganica não tínhamos exército que pudesse ser digno desse nome, apenas uns soldados nativos, conhecidos como Askaris, e um punhado de oficiais. Portanto, todos nós, os civis, fomos nomeados Reservistas Especiais. Deram-me uma faixa para prender no braço e vinte Askaris para comandar. Minha pequena tropa e eu recebemos ordens de bloquear a estrada que saía de Tanganica ao sul e entrava no território neutro da África Oriental Portuguesa. Era uma missão importante, pois era por essa estrada que a maioria dos alemães tentaria escapar quando a guerra fosse declarada.

Levei minha turminha feliz, com seus fuzis e uma metralhadora, e instalei uma barricada num local em que a estrada passava pela selva fechada, a cerca de quinze quilômetros da cidade. Tínhamos um telefone de campo com o quartel-general que nos avisaria imediatamente quando a guerra fosse declarada. Nós nos instalamos ali para esperar. Aguardamos três dias. E, à noite, de todos os lados na selva ao redor, vinha o som de tambores nativos que batiam ritmos estranhos, hipnóticos. Um dia, fui entrando na selva no escuro e deparei com cerca de cinqüenta nativos agachados em círculo em torno de uma fogueira. Apenas um homem estava tocando tambor. Alguns dançavam em volta da fogueira. Os demais bebiam algo fazendo uso de cascas de cocos. Eles me acolheram no seu círculo. Eram pessoas amáveis. Eu podia conversar com eles no seu próprio idioma. Eles me deram uma cumbuca cheia de um líquido denso e cinzento, inebriante, feito com milho fermentado. Se não me engano, chamava-se Pomba. Eu bebi. Era horrível.

No dia seguinte à tarde, o telefone de campo tocou e uma voz disse: "Estamos em guerra com a Alemanha." Dentro de minutos, muito ao longe, vi uma fila de carros levantando nuvens de poeira, vindo na nossa direção, em fuga para o território neutro da África Oriental Portuguesa, à máxima velocidade possível.

Epa, pensei. Vamos ter um pequeno combate, e gritei para que meus vinte Askaris se preparassem. Mas não houve batalha. Os alemães, que afinal de contas eram apenas moradores civis, viram nossa metralhadora e nossos fuzis e rapidamente se renderam. Dentro de uma hora, tínhamos nas mãos duzentos deles. Eu sentia bastante pena deles. Muitos eu conhecia pessoalmente, como Willy Hink, o relojoeiro, e Herman Schneider, dono da fábrica de água gaseificada. O único crime deles tinha sido o de serem alemães. Mas isso aqui era uma guerra, e no frescor da noite fizemos com que todos voltassem marchando a Dar-es-Salaam, onde foram postos num enorme campo cercado com arame farpado.

No dia seguinte, entrei no meu carro velho e segui para o norte, na direção de Nairóbi, no Quênia, para me alistar na Força Aérea Britânica. Foi uma viagem difícil, que demorou quatro dias. Estradas cheias de solavancos através de florestas, rios largos onde o carro precisava ser posto numa balsa para ser levado até a outra margem por um balseiro que a puxava por uma corda, longas cobras verdes que atravessavam a estrada, deslizando diante do carro. (N.B. Nunca tente atropelar uma cobra porque ela pode ser jogada para o alto e acabar caindo dentro do carro aberto. Já aconteceu muitas vezes.) À noite, eu dormia no carro. Passei pelo sopé do lindo monte Kilimanjaro, que tinha uma touca de neve na cabeça. Cruzei a região dos masais, onde os homens bebiam sangue de vaca e cada um deles parecia ter mais de dois metros de altura. Quase colidi com uma girafa na planície de Serengeti. Mas acabei chegando em segurança a Nairóbi e me apresentei ao quartel-general da Força Aérea Britânica no aeroporto.

Durante seis meses, eles nos treinaram em pequenos aviões monomotores chamados Tiger Moths, e aqueles foram dias esplêndidos. Voávamos baixo por todo o território do Quênia nos nossos aviõezinhos. Vimos manadas imensas de elefantes. Vimos os flamingos cor-de-rosa do lago Nakuru. Vimos tudo o que havia para ser visto naquele país magnífico. E, com freqüência, antes de podermos decolar, precisávamos espantar as zebras da pista. Éramos vinte ali em Nairóbi, em treinamento para pilotar. Dezessete desses vinte morreram durante a guerra.

De Nairóbi, fomos mandados ao Iraque, a uma base aérea árida perto de Bagdá para terminar nosso treinamento. O lugar chamava-se Habbaniyih, e na parte da tarde fazia tanto calor (54° na sombra) que não tínhamos permissão para sair de nossas cabanas. Só ficávamos ali deitados nos beliches, suando. Quem não tinha sorte sofria uma insolação e era levado para o hospital para ser embrulhado em gelo por alguns dias. Isso ou bem o matava ou bem o curava. As probabilidades eram iguais.

Em Habbaniyih, eles nos ensinaram a voar aeronaves mais possantes, providas de armas, e praticamos nossa pontaria em alvos rebocados (os alvos eram puxados no ar por outros aviões) e em objetos no chão.

Finalmente, nosso treinamento terminou, e nós fomos enviados ao Egito para combater os italianos na parte ocidental do deserto da Líbia. Entrei para o Esquadrão 80, de caças. E de início só tínhamos biplanos antiqüíssimos de um só lugar, chamados Gloster Gladiators. As duas metralhadoras de um Gladiator eram montadas uma de cada lado do motor e atiravam suas balas, acreditem ou não, *através* da hélice. As metralhadoras eram de algum modo sincronizadas com o eixo da hélice, de modo que, em tese, as balas não atingissem as pás da hélice em movimento. Porém, como poderíamos imaginar, esse mecanismo complexo costumava ter problemas, e o pobre piloto, que estava tentando derrubar o inimigo, acabava arrancando fora sua própria hélice.

Eu mesmo fui derrubado num Gladiator que caiu no meio do deserto da Líbia, entre as linhas inimigas. O avião explodiu em chamas, mas eu consegui sair e fui finalmente resgatado e levado de volta à segurança por nossos próprios soldados que saíram se arrastando pela areia sob a proteção da escuridão.

Esse acidente mandou-me para um hospital em Alexandria por seis meses, com uma fratura de crânio e muitas queimaduras. Quanto saí, em abril de 1941, meu esquadrão tinha sido transferido para a Grécia para combater os alemães que estavam invadindo o país pelo norte. Deram-me um Hurricane, com ordens de que voasse do Egito à Grécia para me reunir ao esquadrão. Ora, um caça Hurricane não era nem um pouco parecido com o velho Gladiator. Ele dispunha de oito metralhadoras Browning, quatro em cada asa, e todas as oito atiravam simultaneamente quando se apertava o botãozinho no manche. Era um avião magnífico, mas tinha uma autonomia de vôo de apenas duas horas. A viagem até a Grécia, sem escalas, levaria quase cinco horas, sempre sobrevoando o mar. Puseram tanques adicionais de combustível nas asas. Disseram que eu conseguiria. No final, consegui. Mas foi por pouco. Quando se tem 1,95m de altura, como eu, não é brincadeira ficar sentado cinco horas todo dobrado numa carlinga apertada.

Na Grécia, a RAF tinha um total talvez de dezoito Hurricanes. Os alemães tinham no mínimo mil aviões com que operar. Não foi fácil para nós. Fomos expulsos do nosso aeródromo na periferia de Atenas (Elevis), e por um tempo decolamos de uma pequena pista secreta mais a oeste (Menidi). Os alemães logo descobriram essa pista e a destruíram com bombardeios, de modo que nós, com os poucos aviões que nos restavam, seguimos para um campo minúsculo (Argos) bem no sul da Grécia, onde escondíamos nossos Hurricanes à sombra das oliveiras quando não estávamos voando.

Mas isso não poderia durar muito. Logo, só nos restavam cinco Hurricanes e não muitos pilotos com vida. Esses cinco aviões foram levados para a ilha de Creta. Os alemães capturaram Creta. Alguns de nós escaparam. Eu fui um dos sortudos. Acabei de volta ao Egito. O esquadrão foi formado de novo e reequipado com Hurricanes. Fomos enviados a Haifa, que na época era na Palestina (atual território de Israel), onde combatemos novamente os alemães e os franceses de Vichy no Líbano e na Síria.

A essa altura, meus antigos ferimentos na cabeça começaram a se manifestar. Fortes dores de cabeça obrigaram-me a parar de voar. Fui enviado de volta à Inglaterra, como inválido, num navio de transporte de tropas de Suez a Durban, Cidade do Cabo, Lagos e Liverpool, perseguido por submarinos alemães no Atlântico e bombardeado por aeronaves Focke-Wulf de grande raio de ação todos os dias durante a última semana da viagem.

Eu estava fora do país havia quatro anos. Minha mãe, expulsa da própria casa em Kent por bombardeios durante a Batalha da Grã-Bretanha e agora morando num pequeno chalé com telhado de colmo em Buckinghamshire, estava feliz de me ver. Minhas quatro irmãs e meu irmão também. Deram-me um mês de licença. E então, de repente, fui informado de que estava sendo transferido para Washington D.C., nos Estados Unidos da América, no posto de adido auxiliar da aeronáutica. Estávamos em janeiro de 1942, e um mês antes os japoneses tinham bombardeado a frota americana em Pearl Harbor. Portanto, os Estados Unidos agora também estavam na guerra.

Eu estava com vinte e seis anos quando cheguei a Washington, e ainda não tinha nenhuma idéia de me tornar escritor.

Na manhã do meu terceiro dia, eu estava sentado no meu novo escritório na Embaixada Britânica e me perguntando afinal o que se esperava que eu estivesse fazendo, quando alguém bateu à porta.

– Entre.

Um homem muito pequeno, com óculos grossos de armação de metal, entrou, tímido, na sala.

– Peço-lhe desculpas por incomodá-lo.

– Não é nenhum incômodo – respondi. – Não estou fazendo nada mesmo.

Ele parou diante de mim parecendo extremamente constrangido e deslocado. Achei que talvez ele fosse me pedir um emprego.

– Meu nome é Forester. C. S. Forester.

Eu quase caí da cadeira.

– Você está brincando? – perguntei.

– Não – disse ele, com um sorriso. – Sou eu mesmo.

E era. Era o grande escritor em pessoa, o criador do Capitão Hornblower, e o melhor contador de histórias sobre o mar desde Joseph Conrad. Convidei-o a sentar-se.

– Veja só – disse ele. – Estou muito velho para a guerra. Agora estou morando aqui. Só há uma coisa que eu posso fazer para ajudar: escrever sobre a Grã-Bretanha para as revistas e jornais americanos. Precisamos de toda a ajuda que os Estados Unidos nos possam dar. Uma revista chamada *Saturday Evening Post* está disposta a publicar qualquer conto que eu escreva. Assinei um contrato com eles. E vim procurá-lo porque acredito que você possa ter uma boa história a contar. Quer dizer, a respeito de pilotar.

– Não mais do que milhares de outros – respondi. – Existem montes de pilotos que derrubaram muito mais aviões que eu.

– Essa não é a questão – retrucou Forester. – Você agora está nos Estados Unidos e, como "esteve em combate", como se diz por aqui, é uma ave rara deste lado do Atlântico. Não se esqueça de que eles acabaram de entrar na guerra.

– E o que acha que eu devo fazer?

– Venha almoçar comigo – disse ele. – E, enquanto almoçamos, você pode me contar como foi. Pode me contar sua aventura mais empolgante, e eu a escreverei para a *Saturday Evening Post*. Qualquer pequeno detalhe ajuda.

Fiquei encantado. Nunca havia conhecido um escritor famoso. Examinei-o com atenção enquanto ele estava ali sentado no meu escritório. O que me espantava era que tivesse uma aparência tão comum. Não havia nele nada que fosse minimamente extraordinário. Seu rosto, sua conversa, seus olhos por trás dos óculos, até mesmo suas roupas eram extremamente normais. E, no entanto, ali estava um escritor de histórias que era famoso no mundo inteiro. Seus livros tinham sido lidos por milhões de pessoas. Eu esperava que centelhas lhe saíssem da cabeça ou, no mínimo, que ele estivesse usando uma longa pelerine verde e um chapéu mole de abas largas.

Mas não. E foi então que comecei a me dar conta pela primeira vez da existência dos dois aspectos distintos de um autor de ficção. Primeiro, existe o lado que ele apresenta ao público, o de uma pessoa comum como qualquer outra, uma pessoa que age e fala de modo normal. Em segundo lugar, há o lado secreto que se manifesta somente depois que ele fecha a porta do escritório e se encontra totalmente só. É nesse momento que ele mergulha num outro mundo, um mundo em que sua imaginação assume o comando e ele se descobre de fato *vivendo* nos lugares sobre os quais escreve naquele instante. Eu mesmo, se querem saber, entro numa espécie de transe, e tudo ao meu redor desaparece. Vejo apenas a ponta do lápis percorrendo o papel, e costuma acontecer de duas horas se passarem como se tivessem sido dois segundos.

– Venha – disse-me C. S. Forester. – Vamos almoçar. Parece que você não tem mais nada mesmo para fazer.

Ao sair da Embaixada ao lado do grande homem, eu estava vibrando de empolgação. Tinha lido todos os livros do Hornblower e praticamente todas as outras obras escritas por ele. Eu sentia, e ainda sinto, uma adoração por livros sobre o mar. Tinha lido toda a obra de Conrad e tudo daquele outro fantástico autor de histórias do mar, Captain Marryat (*Mr. Midshipman Easy*, *From Powder Monkey to Admiral* etc.); e agora cá estava eu prestes a almoçar com alguém que, a meu ver, também era incrível.

Ele me levou a um restaurante francês pequeno e caro, perto do Mayflower Hotel em Washington. Pediu um almoço suntuoso, sacou um caderninho e um lápis (em 1942, a caneta esferográfica ainda não tinha sido inventada) e os deixou em cima da mesa.

– Agora, fale-me sobre a coisa mais empolgante, assustadora ou perigosa que lhe aconteceu quando você pilotava.

Tentei engrenar uma história. Comecei a lhe falar da ocasião em que fui derrubado na região ocidental do deserto da Líbia e o avião explodiu em chamas.

A garçonete trouxe dois pratos com salmão defumado. Enquanto tentávamos comer, eu procurava falar, e Forester se esforçava para fazer anotações.

O prato principal era pato assado com legumes e batatas, acompanhado de um molho encorpado e suculento. Era um prato que exigia nossa total atenção além do uso das duas mãos. Minha narração começou a perder o ímpeto. Forester não parava de largar o lápis para segurar o garfo, e vice-versa. As coisas não estavam avançando. E, além disso, eu nunca havia sido muito bom em contar histórias em voz alta.

– Olhe – disse eu. – Se você quiser, eu tento pôr no papel o que aconteceu e mando para você. Aí você pode reescrever a seu próprio modo, no seu próprio ritmo. Não seria mais fácil? Eu poderia fazer isso hoje à noite.

Embora na ocasião eu não soubesse, esse foi o momento que mudou minha vida.

– Idéia esplêndida – respondeu Forester. – Assim, vou poder guardar esse bloquinho bobo e vamos poder apreciar o almoço. Você realmente faria isso para mim?

– Não me incomodaria nem um pouco – disse eu. – Mas você não pode esperar nada que preste. Só vou relatar os fatos.

– Não se preocupe. Se os fatos estiverem disponíveis, eu me encarrego de escrever a história. Mas, por favor, quero que me passe muitos detalhes. É isso o que conta no nosso ramo de atividade, detalhes ínfimos, como o cadarço do seu pé esquerdo estar arrebentado, uma mosca ter pousado na borda do seu copo na hora do almoço ou o homem com quem você estava falando ter um dente incisivo quebrado. Procure pensar em retrospectiva para lembrar-se de tudo.

– Vou me esforçar ao máximo.

Ele me deu um endereço para onde eu deveria mandar a história e então deixamos tudo para lá e terminamos nosso almoço despreocupados. Só que o Sr. Forester não era um grande interlocutor. Estava óbvio que ele não conseguia falar tão bem quanto escrevia; e, embora fosse simpático e educado, não saiu nenhuma centelha da sua cabeça, e tanto faria se eu estivesse almoçando com um advogado ou com um corretor de valores inteligente.

Naquela noite, na pequena casa em que eu morava sozinho num subúrbio de Washington, sentei-me para escrever a história. Comecei às sete e terminei à meia-noite. Lembro-me de ter comigo um copo de conhaque português para me manter animado. Pela primeira vez na vida, fiquei totalmente absorto no que estava fazendo. Voltei no tempo e mais uma vez estava no deserto escaldante da Líbia, com a areia branca sob os pés, subindo na carlinga do velho Gladiator, apertando os cintos, ajeitando o capacete, ligando o motor e taxiando para a decolagem. Era espantoso como tudo me voltava com perfeita clareza. Pôr a história no papel não era difícil. Ela parecia estar se contando sozinha, e a mão que segurava o lápis passava rápida de um lado a outro de cada página. Só de brincadeira, quando terminei, dei-lhe um título: "Moleza".

No dia seguinte, alguém na Embaixada datilografou a história para mim, e eu a enviei ao Sr. Forester. Depois, esqueci-me totalmente dela.

Exatamente duas semanas mais tarde, recebi uma resposta do grande homem.

Caro RD, você supostamente deveria ter me enviado notas, não um conto pronto. Estou sem palavras. Seu trabalho é maravilhoso. É a obra de um escritor talentoso. Não mudei uma vírgula. Enviei o conto imediatamente, com seu nome, ao meu agente, Harold Matson, pedindo-lhe que a oferecesse à Saturday Evening Post, *com minha recomendação pessoal. Você gostará de saber que a* Post *aceitou o conto direto e pagou mil dólares por ele. A comissão do Sr. Matson é de dez por cento. Estou anexando o cheque dele no valor de novecentos dólares. É tudo seu. Como você verá pela carta do Sr. Matson, que também estou anexando, a* Post *está perguntando se você escreveria mais contos para eles. Espero sinceramente que escreva. Você sabia que era escritor? Meus melhores votos e parabéns, C. S. Forester.*

"Moleza" está no final deste volume.

Bem!, pensei. Minha nossa! Novecentos dólares! E vão publicar o conto! Mas sem dúvida não pode ser tão fácil assim?

Por estranho que pareça, foi.

O conto que escrevi em seguida foi de ficção. Uma história inventada. Não me perguntem por quê. E o Sr. Matson vendeu esse também. Lá em Washington, à noite, ao longo dos dois anos seguintes, escrevi onze contos. Todos foram vendidos a revistas americanas, e mais tarde foram publicados num pequeno volume intitulado *Over to You.*

No início desse período, também experimentei escrever um conto para crianças. Chamava-se "Os Gremlins", e creio eu ter sido essa a primeira vez que essa palavra era usada. Na história, os *Gremlins* eram homenzinhos que viviam em caças e bombardeiros da Força Aérea Britânica; e eram os *Gremlins*, não o inimigo, os responsáveis por todos os buracos de balas, pelos motores em chamas e pelos acidentes que ocorriam durante os combates. Os *Gremlins* tinham mulheres chamadas *Fifinellas* e filhos chamados *Widgets*. E, embora a história em si fosse obviamente a obra de um autor inexperiente, ela foi comprada por Walt Disney, que decidiu transformá-la num desenho animado de longa-metragem. Mas, antes disso, ela foi publicada na *Cosmopolitan Magazine* com ilustrações coloridas de Disney (em dezembro de 1942). Daí em diante, notícias da existência dos *Gremlins* espalharam-se rapidamente por toda a RAF e pela Força Aérea dos Estados Unidos, e eles se tornaram uma espécie de lenda.

Por causa dos *Gremlins*, recebi três semanas de licença dos meus deveres na Embaixada em Washington e fui levado a Hollywood. Lá, fui acomodado, com as despesas por conta de Disney, num luxuoso hotel de Beverly Hills, e me deram um carro enorme e reluzente para passear. Todos os dias, eu trabalhava com o grande Disney nos estúdios em Burbank, alinhavando o roteiro para o filme que seria feito. Eu adorei. Ainda estava com vinte e seis anos. Compareci a reuniões para discussão de enredos no enorme escritório de Disney, nas quais todas as palavras pronunciadas, todas as sugestões feitas, eram anotadas por uma estenógrafa para mais tarde serem datilografadas. Eu perambulava sorrateiro pelas salas onde trabalhavam os animadores turbulentos e talentosos, homens que já haviam criado *Branca de Neve*, *Dumbo* e *Bambi*, além de outros filmes maravilhosos. E, naquela época, desde que esses artistas malucos fizessem seu trabalho, Disney não se importava com a hora em que apareciam para trabalhar no estúdio, nem com seu comportamento.

Terminada minha licença, voltei para Washington e os deixei ocupados com o projeto.

Minha história dos *Gremlins* foi publicada como livro infantil em Nova York e Londres, cheia de ilustrações de Disney, e naturalmente o título foi *Os Gremlins.* Atualmente, os exemplares são raros, difíceis de encontrar. Eu mesmo só tenho um. O filme também nunca foi terminado[1]. Tenho a impressão de que Disney no fundo se sentia um pouco desnorteado com essa fantasia em especial. Lá para os lados de Hollywood, ele estava muito distante da grande guerra aérea que estava em andamento na Europa. Além do mais, tratava-se de uma história sobre a Força Aérea Britânica, não sobre seus compatriotas; e isso, creio eu, aumentava sua sensação de constrangimento. Por isso, ele acabou perdendo o interesse e abandonou totalmente a idéia.

Meu livrinho sobre os *Gremlins* fez com que outra coisa extraordinária me acontecesse naquele tempo da guerra em Washington. Eleanor Roosevelt leu-o para os netos na Casa Branca e pareceu considerá-lo muito interessante. Fui convidado a jantar com ela e o Presidente. Compareci, trêmulo de nervosismo. Foi uma ocasião maravilhosa, e eu voltei a ser convida-

1. Este texto foi escrito em 1977. Em 1984, foi lançado o filme *Os Gremlins*. (N. da T.)

do. Em seguida, a Sra. Roosevelt começou a me convidar para fins de semana em Hyde Park, a casa de campo do Presidente. Lá no campo, acreditem ou não, eu passava muito tempo sozinho com Franklin Roosevelt nas suas horas de lazer. Eu costumava me sentar com ele enquanto ele preparava martínis antes do almoço de domingo e dizia frases como, por exemplo, "Acabei de receber um telegrama interessante do Sr. Churchill". E então ele me contava o que a mensagem dizia, talvez algo relacionado a novos planos para bombardear a Alemanha ou para afundar submarinos; e eu fazia o maior esforço para parecer calmo e disposto a bate-papos, embora no fundo estivesse trêmulo com a consciência de que o homem mais poderoso do mundo estava me contando aqueles segredos importantíssimos. Às vezes, ele me levava a passear pela propriedade no carro, creio que era um velho Ford, que tinha sido adaptado especialmente para suas pernas paralisadas. Não havia nenhum pedal. Todos os controles eram acionados pelas mãos. Os homens do serviço secreto costumavam levantá-lo da cadeira de rodas para pô-lo no banco do motorista. Ele então acenava para que se afastassem, e lá seguíamos nós, a velocidades incríveis pelas estradinhas estreitas.

Num domingo durante o almoço em Hyde Park, Franklin Roosevelt contou uma história que abalou os convidados reunidos. Éramos talvez quatorze, sentados dos dois lados da longa mesa da sala de jantar, e entre nós estava a Princesa Martha da Noruega bem como alguns integrantes do ministério. Estávamos comendo um peixe branco bastante insosso coberto por um espesso molho cinzento. De repente, o Presidente apontou para mim.

– Temos um inglês aqui – disse ele. – Vou lhes contar o que aconteceu com outro inglês, um representante do Rei, que esteve em Washington no ano de 1827. – Ele mencionou o nome do homem, mas agora já não me lembro mais. Então, prosseguiu. – Enquanto estava por aqui, esse camarada morreu, e os britânicos por algum motivo insistiram em que seu corpo fosse mandado de volta para a Inglaterra para ser enterrado lá. Ora, a única forma de fazer isso naquela época era conservando o corpo em álcool. Portanto, puseram o corpo num barril de rum. O barril foi amarrado ao mastro de uma escuna, e a embarcação zarpou para a Inglaterra. Depois de umas quatro semanas no mar, o comandante da escuna percebeu um fedor apavorante vindo do barril. O cheiro acabou tornando-se tão insuportável que foi preciso cortar as amarras do barril e deixá-lo rolar para o mar. Mas vocês sabem por que ele cheirava tão mal? – perguntou o Presidente, radiante, voltando para os convidados aquele seu famoso e largo sorriso. – Vou lhes dizer o motivo exato. Alguns dos marinheiros tinham feito um furo no fundo do barril, fechando-o com um batoque. Depois, todas as noites eles vinham se servindo do rum. E, quando tinham bebido todo o líquido, foi quando os problemas começaram. – Franklin Roosevelt soltou uma gargalhada tonitruante. Algumas senhoras à mesa empalideceram, e eu as vi afastar delicadamente os pratos de peixe branco cozido.

Todos os contos que escrevi naqueles primeiros tempos foram de ficção, menos aquele primeiro que fiz com C. S. Forester. A não-ficção, ou seja, escrever sobre coisas que de fato ocorreram, não me interessa. O que menos aprecio é escrever sobre minhas próprias experiências. E isso esclarece por que esse conto é tão desprovido de detalhes. Eu poderia com total facilidade ter descrito como era estar num combate aéreo com caças alemães quinze mil pés acima do Partenon em Atenas, ou a emoção de perseguir um Junkers 88, em ziguezague pelos picos das montanhas do norte da Grécia, mas não tenho vontade de fazer isso. Para mim, o prazer de escrever deriva de inventar histórias.

Além do conto para Forester, creio que só escrevi mais uma obra de não-ficção na minha vida; e fiz isso porque o tema era tão empolgante que não pude resistir. O conto chama-se "O tesouro de Mildenhall", e está incluído neste livro.

Portanto, é isso aí. Foi assim que me tornei escritor. Se não tivesse tido a sorte de conhecer o Sr. Forester, provavelmente isso nunca teria acontecido.

Agora, mais de trinta anos depois, ainda estou mourejando. Para mim, o que é mais importante e difícil em escrever ficção é encontrar o enredo. É muito difícil topar com um enredo bom e original. Nunca sabemos quando uma linda idéia vai surgir de repente, adejando pela nossa cabeça adentro; mas, pelo amor de Deus, quando ela realmente se apresenta, devemos agarrá-la com as duas mãos e segurá-la firme. O segredo é anotá-la imediatamente, senão acabamos por esquecê-la. Um bom enredo é como um sonho. Se não anotarmos nosso sonho em papel no instante em que acordarmos, a probabilidade é que nos esqueçamos dele, e ele estará perdido para sempre.

Portanto, quando uma idéia para um conto brota de repente na minha cabeça, saio correndo em busca de um lápis, um creiom, um batom, qualquer coisa que escreva, e rabisco algumas palavras que mais tarde me relembrarão a idéia. Muitas vezes, uma palavra já basta. Um dia eu estava passeando de carro sozinho numa estrada rural e me ocorreu uma idéia para um conto sobre alguém que ficava preso num elevador entre dois andares de uma casa vazia. No carro, eu não tinha nada com que escrever. Então, parei e saltei. A traseira do carro estava coberta de poeira. Com um dedo, escrevi na poeira a palavra ELEVADOR. Foi o suficiente. Assim que cheguei em casa, fui direto para meu escritório e anotei a idéia num velho caderno escolar de capa vermelha, que tem simplesmente o título "Contos".

Tenho esse caderno desde que comecei a tentar escrever a sério. Ele tem 98 páginas. Eu as contei. E praticamente todas essas páginas estão cobertas dos dois lados com essas supostas idéias para contos. Muitas não serviram para nada. Mas quase todos os contos e todos os livros infantis que escrevi começaram como uma nota de três ou quatro linhas nesse velho caderninho de capa vermelha. Por exemplo:

E se houvesse uma fábrica de chocolate que produzisse coisas fantásticas e maravilhosas – com um maluco no comando?

Essa idéia tornou-se *A fantástica fábrica de chocolate*.

Uma história sobre o Sr. Fox, que possui toda uma rede de túneis subterrâneos que levam a todas as lojas do lugarejo. À noite, ele sobe pelas tábuas do assoalho e se serve do que quer.

Fantastic Mr. Fox

Jamaica e o menininho que viu uma tartaruga gigante capturada por pescadores do local. Menino implora ao pai que compre a tartaruga e lhe dê a liberdade. Fica histérico. Pai compra o animal. E então o quê? Talvez o menino vá embora com ela ou venha a se reunir a ela.

"O menino que falava com os bichos"

Um homem adquire a capacidade de ver através de cartas de baralho. Ganha milhões em cassinos.

Essa tornou-se "Henry Sugar".

Às vezes, esses pequenos garranchos permanecem no caderno sem utilização cinco ou mesmo dez anos. Mas os promissores acabam sempre sendo usados. E, se não revelarem mais nada, mostram, creio eu, os fios finíssimos a partir dos quais um livro infantil ou um conto acaba sendo tecido. O conto cresce e se expande enquanto o escrevemos. Tudo o que há de melhor ocorre à mesa de trabalho, mas não se pode nem mesmo começar a escrever uma história se não se têm os pontos iniciais de um enredo. Sem meu caderninho, eu não saberia o que fazer.

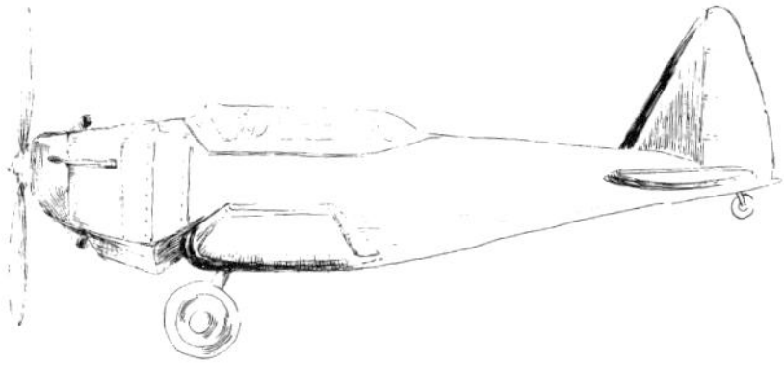

Moleza

Meu primeiro conto – 1942

Não me lembro de muita coisa; não de antes, de qualquer maneira. Só quando aconteceu. Houve o pouso em Fouka, onde o pessoal de Blenheim foi solícito e nos deu chá enquanto reabastecíamos. Lembro-me do silêncio dos rapazes de Blenheim, de como entravam na barraca do refeitório para apanhar chá e se sentavam para tomá-lo sem dizer nada; de como se levantavam e saíam quando tinham terminado de beber e continuavam sem dizer nada. E eu sabia que cada um estava mantendo a compostura porque as coisas não estavam indo muito bem naquela ocasião. Estavam precisando voar com freqüência excessiva, e não iam chegar substitutos.

Nós lhes agradecemos o chá e saímos para ver se tinham terminado de reabastecer nossos Gladiators. Lembro-me de que soprava um vento que deixava a biruta reta na horizontal, como uma placa indicativa; e a areia envolvia nossas pernas e farfalhava quando atingia as barracas; e as barracas trapeavam com o vento, como se fossem homens de lona batendo palmas.

– Os meninos dos bombardeiros estão meio tristes – comentou Peter.

– Tristes não – respondi.

– Bem, estão com estafa.

– Não. É que, para eles, já passou dos limites, só isso. Mas vão continuar. Dá para ver que estão tentando continuar.

Nossos dois Gladiators antigos estavam parados um ao lado do outro na areia, e os homens de uniforme cáqui pareciam ainda estar ocupados com o reabastecimento. Eu estava usando um macacão de vôo de algodão fino branco, e Peter, um azul. Não era necessário usar nada mais agasalhante que isso para voar.

– Fica a que distância daqui? – perguntou Peter.

– Uns trinta e três quilômetros depois de Charing Cross – respondi. – No lado direito da estrada. – Charing Cross era onde a estrada do deserto fazia uma bifurcação para o norte até Mersah Matruh. O exército italiano estava na periferia de Mersah, e eles estavam se saindo muito bem. Ao que eu saiba, foi a única vez que os italianos se saíram muito bem. Seu moral sobe e desce como um altímetro sensível, e naquele exato momento estava a quarenta mil porque o Eixo estava no apogeu. Ficamos por ali esperando o término do reabastecimento.

– É moleza – disse Peter.

– É mesmo. Deve ser bem fácil.

Nós nos separamos, e eu entrei na minha carlinga. Sempre me lembro do rosto do auxiliar que me ajudou a apertar o cinto. Era meio velho, com seus quarenta anos, e careca, a não ser por um trecho bem definido de cabelo louro na nuca. O rosto era todo enrugado, os olhos eram como os da minha avó, e ele dava a impressão de ter passado a vida ajudando a fixar o cinto de pilotos que nunca voltavam. Estava em pé em cima da asa, puxando as correias.

– Tenha cuidado – disse ele. – Não faz nenhum sentido ser descuidado.

– Vai ser moleza – respondi.

– É o que você pensa.

– Verdade. Não vai ser nada. Moleza, mesmo.

Não me lembro muito bem do trecho seguinte. Só me lembro de mais tarde. Suponho que tenhamos decolado de Fouka e voado para o oeste na direção de Mersah; e imagino que estivéssemos a cerca de 800 pés de altitude. Creio que vimos o mar a boreste e presumo – não, disso eu tenho certeza – que ele fosse azul e belíssimo, especialmente onde vinha rolando até a areia e formava uma longa linha branca de leste a oeste até onde os olhos alcançavam. Suponho que tenhamos sobrevoado Charing Cross e prosseguido vôo por mais trinta e três quilômetros até o lugar onde nos disseram que seria, mas não sei ao certo. Só sei que houve problemas, muitos problemas; e sei que tínhamos dado meia-volta para retornar quando a encrenca piorou. O pior de tudo era que eu estava muito baixo para saltar de pára-quedas, e é a partir desse ponto que minha lembrança é nítida. Lembro-me de que o nariz do avião baixou e de que olhei pelo nariz para o chão e vi uma pequena moita de espinheiro crescendo ali sozinha. Lembro-me de ter visto algumas pedras jogadas na areia perto do espinheiro; e o espinheiro, a areia e as pedras saltaram do chão na minha direção. Disso eu me lembro com clareza.

Depois, vem um pequeno período sem recordações. Pode ter sido um segundo, ou podem ter sido trinta. Não sei. Tenho uma noção de que foi muito curto, talvez um segundo, e em seguida ouvi um ronco à direita quando o tanque da asa de boreste pegou fogo. Depois, mais um ronco à esquerda quando o mesmo aconteceu com o tanque da asa de bombordo. Para mim, isso não era importante; e por um tempo fiquei ali sentado imóvel, em posição confortável, mas um pouco sonolento. Eu não enxergava nada, mas isso também não tinha importância. Não havia nada com que me preocupar. Absolutamente nada. Até que senti o calor em volta das minhas pernas. De início, era só um calorzinho, e isso também era bom. Mas de repente era um calorzão, um calor que crestava e picava, subindo e descendo pelos lados de cada perna.

Eu sabia que o calor era desagradável, mas era só isso o que sabia. Não estava gostando dele. Por isso recolhi as pernas, encolhendo-as debaixo do banco e esperei. Acho que havia algum defeito no sistema telegráfico entre o corpo e o cérebro. Ele parecia não estar funcionando muito bem. De algum modo, ele estava demorando um pouco para transmitir ao cérebro todas as informações e pedir instruções. Acredito, porém, que uma mensagem acabou chegando. E ela dizia: "Aqui embaixo está um calor tremendo. O que devemos fazer? (Assinado) Perna Esquerda e Perna Direita". Por muito tempo, não houve resposta. O cérebro estava tentando entender a questão.

Então, lentamente, palavra por palavra, a resposta foi sendo transmitida pelos fios. "O – avião – está – pegando – fogo. Saia – já – repito – saia – já – saia – já." A ordem foi transmitida ao sistema inteiro, a todos os músculos nas pernas, nos braços e no corpo. E os músculos começaram a trabalhar. Esforçaramse ao máximo. Empurraram um pouco. Puxaram um pouco. Recorreram a toda a sua força, mas de nada adiantou. Chegou mais um telegrama: "Não dá para sair. Alguma coisa está nos prendendo." A resposta a esse telegrama levou ainda mais tempo para chegar, e eu só fiquei ali sentado esperando, enquanto o calor aumentava o tempo todo. Alguma coisa estava me segurando, e cabia ao cérebro descobrir o que era. Seriam mãos de gigantes fazendo pressão sobre meus ombros? Pedras pesadas, casas, rolos compressores, arquivos de aço, a força da gravidade, ou cordas? Espere aí. Cordas – cordas. A mensagem estava começando a ser transmitida. E chegou muito devagar. "Os – cintos. Solte – os – cintos." Meus braços receberam a mensagem e começaram a trabalhar. Puxaram os cintos com força, mas eles se recusavam a se soltar. Os braços voltaram a puxar, repetidamente, já com poucas forças, mas, por mais que tentassem, de nada adiantava. Chegou uma mensagem de volta. "Como – é – que – se – faz – para – soltar – os – cintos?"

Dessa vez, acho que fiquei ali sentado três a quatro minutos à espera da resposta. De nada adiantava a pressa ou a impaciência. Era só disso que eu tinha certeza. Mas como estava demorando tudo aquilo. Falei em voz alta. "Que se dane. Vou morrer queimado. Vou...", mas fui interrompido. A resposta estava chegando – não estava, não – estava, sim. Estava sendo transmitida bem devagar. "Puxe – o – pino – de – desengate – rápido – seu – palerma – e – rápido."

Retirei o pino, e os cintos se soltaram. Agora, vamos sair. Sair. Sair. Mas eu não conseguia. Simplesmente não conseguia me içar para fora da carlinga. Os braços e as pernas faziam o que podiam, mas de nada adiantava. Uma última mensagem desesperada chegou como um raio e trazia o timbre "Urgente".

"Tem mais alguma coisa nos segurando", dizia ela. "Mais alguma coisa, outra coisa, alguma coisa pesada."

Mesmo assim, os braços e as pernas não lutavam. Pareciam saber por instinto que não fazia sentido gastar suas forças. Permaneceram imóveis, à espera da resposta, e como a resposta demorou. Vinte, trinta, quarenta segundos infernais. Nenhum deles realmente em brasa ainda, nada de pele fritando ou do cheiro de carne queimando, mas isso aconteceria a qualquer instante agora porque aqueles velhos Gladiators não são feitos de aço-liga como um Hurricane ou um Spitfire. Eles têm asas de lona esticada, coberta com um verniz maravilhosamente inflamável; e abaixo dessa lona há centenas de varetas fininhas, do tipo que se põem embaixo de uma tora para acender o fogo, só que essas são mais secas e mais finas. Se um homem inteligente dissesse: "Vou construir um artefato grande que queime melhor e mais rápido que qualquer outra coisa neste mundo", e se ele se aplicasse com dedicação à tarefa, provavelmente terminaria construindo algo muito semelhante a um Gladiator. Eu ainda estava parado, esperando.

Então, de repente, a resposta, belíssima na sua concisão, mas ao mesmo tempo explicando tudo. "O – pára-quedas – gire – a – fivela."

Girei a fivela, soltei os suspensórios do pára-quedas, icei-me do avião com algum esforço e me joguei pela lateral da carlinga. Parecia que alguma coisa estava queimando em mim. Por isso, rolei um pouco na areia, engatinhei para me afastar do incêndio e me deitei.

Ouvi parte da munição da minha metralhadora detonando no calor, e também ouvi algumas balas penetrando na areia ali por perto. Não estava preocupado com elas. Apenas ouvi o ruído.

Eu estava começando a sentir dor. Meu rosto era o que doía mais. Havia algum problema com meu rosto. Alguma coisa tinha acontecido com ele. Bem devagar levantei a mão para apalpá-lo. Estava grudento. Parecia que meu nariz não estava lá. Tentei sentir os dentes, mas não me lembro se cheguei a alguma conclusão a respeito deles. Acho que cochilei.

E de repente Peter apareceu. Ouvi sua voz e o ouvi dançando e berrando como um louco, para depois apertar minha mão.

– Meu Deus, achei que você ainda estivesse lá dentro. Aterrissei a quase um quilômetro daqui e corri feito louco. Você está bem?

– Peter, o que aconteceu com meu nariz?

Eu o ouvi riscar um fósforo no escuro. Anoitece rápido no deserto. Houve um silêncio.

– Parece que ele não está bem ali, não – disse Peter. – Está doendo?

– Não seja idiota. É claro que está doendo.

Peter disse que ia voltar ao seu avião para apanhar morfina no estojo de emergência, mas voltou logo, dizendo que não conseguia encontrar o avião no escuro.

– Peter – disse eu. – Não estou enxergando nada.

– Anoiteceu – respondeu ele. – Eu também não estou enxergando.

Agora fazia frio. Um frio tremendo, e Peter deitou-se bem perto ao meu lado para nós dois podermos nos manter um pouquinho mais aquecidos. De quando em quando ele dizia: "Nunca vi um homem sem nariz antes." Eu não parava de vomitar sangue; e, cada vez que isso acontecia, Peter acendia um fósforo. Uma hora ele me deu um cigarro, mas o cigarro ficou molhado, e eu não o queria mesmo.

Não sei quanto tempo ficamos ali e não me lembro de muita coisa mais. Lembro-me de não parar de dizer a Peter que eu tinha no bolso uma latinha de pastilhas para a garganta, e que ele devia chupar uma, para não ficar com a garganta inflamada como a minha. Lembro-me de perguntar onde nós estávamos e de ele responder: "Entre os dois exércitos", e depois eu me lembro de vozes em inglês de uma patrulha inglesa perguntando se éramos italianos. Peter deu alguma resposta. Não consigo me lembrar do que ele disse.

Mais tarde, lembro-me de uma sopa quente e substanciosa, e uma colherada me causou náuseas. E o tempo todo a sensação agradável de que Peter estava por ali, sendo maravilhoso, fazendo coisas fantásticas, sem nunca se afastar. É só disso que me lembro.

*

Os homens estavam junto ao avião pintando despreocupados, comentando o calor.

– Pintando imagens no avião – disse eu.

– É – respondeu Peter. – É uma grande idéia. É sutil.

– Por quê? – perguntei. – Faça o favor de me dizer.

– São imagens engraçadas – disse ele. – Os pilotos alemães vão todos cair na risada quando as virem. Vão tremer tanto com as risadas que não conseguirão atirar direito.

– Ora, que bobagem!

– Não! É uma grande idéia. É ótima. Venha dar uma olhada.

Saímos correndo na direção da fileira de aviões.

– Saltitando – disse Peter. – Saltitando, não saia do compasso.

– Saltitando – disse eu. – Saltitando. – E seguimos dançando.

O pintor no primeiro avião usava chapéu de palha e tinha uma expressão triste. Estava copiando o desenho de uma revista.

– Garoto, olhe só para esse desenho – disse Peter quando o viu, e começou a rir. Sua risada brotou com um ronco que cresceu rápido transformando-se em gargalhada. E Peter dava tapas nas coxas com as duas mãos ao mesmo tempo e não parava de rir, com o corpo dobrado ao meio, a boca muito aberta e os olhos fechados. Sua cartola de seda caiu da cabeça para a areia.

– Não é engraçado – disse eu.

– Não é engraçado! – exclamou ele. – O que você quer dizer com "não é engraçado"? Olhe para mim. Veja como estou rindo. Rindo desse jeito, eu não poderia acertar em nada. Não poderia acertar numa carroça de feno, numa casa ou num piolho. – E fazia cabriolas na areia, gargalhando e tremendo de tanto rir. Em seguida, ele me pegou pelo braço, e nós fomos saltitando até o avião seguinte.

– Saltitando... saltitando – disse ele.

Havia um homenzinho de rosto amarfanhado escrevendo uma longa história na fuselagem com um creiom vermelho. Seu chapéu de palha estava puxado para a nuca, e o rosto reluzia de suor.

– Bom dia – disse ele. – Bom dia, bom dia – e tirou o chapéu da cabeça num gesto muito elegante.

– Cale a boca – disse Peter, e se abaixou para começar a ler o que o homenzinho tinha escrito. O tempo todo Peter não parava de ter acessos de riso; e, enquanto lia, começou a rir de novo. Ele balançava de um lado a outro e saía dançando pela areia dando tapas nas coxas e dobrando o corpo.

– Ai, meu Deus, que história! Que história! Olhe só para mim. Veja como estou rindo – e ele saltava na ponta dos pés, abanando a cabeça e bufando como um louco. E então, de repente, eu entendi a piada e comecei a rir com ele. Ri tanto que minha barriga começou a doer e eu caí. Rolei de um lado para o outro na areia, rindo sem parar porque a história era tão engraçada que não havia mais nada que se pudesse fazer.

– Peter, você é fantástico – gritei. – Mas será que todos aqueles pilotos alemães vão conseguir ler em inglês?

– Porcaria! – exclamou ele. – Parem – gritou. – Parem o trabalho.

Todos os pintores interromperam a pintura e se voltaram devagar para olhar para Peter. Fizeram pequenos passos de dança na ponta dos pés e começaram a cantar em coro.

– Bobajadas... em todas as asas, em todas as asas, em todas as asas – entoaram.

– Silêncio! – disse Peter. – Estamos numa encrenca. Precisamos manter a calma. Onde está minha cartola?

– O quê? – perguntei.

– Você fala alemão – disse ele. – Você precisa traduzir para nós. Ele vai traduzir para vocês – gritou Peter para os pintores. – Ele vai traduzir.

Então vi a cartola preta jogada na areia. Olhei para o outro lado. Depois, olhei ao redor e vi a cartola de novo. Era uma cartola de seda e estava ali caída de lado na areia.

– Você enlouqueceu – gritei eu. – Desatinou. Não sabe o que está fazendo. Vai acabar matando a todos nós. Está doido de pedra, sabia? Endoidou de vez. Meu Deus, você ficou maluco.

– Minha nossa, que barulheira você está fazendo! Não pode gritar desse jeito. Não vai lhe fazer bem. – Isso era a voz de uma mulher. – Você está até com febre – disse ela, e eu senti alguém enxugar minha testa com um lenço. – Não pode ficar nervoso desse jeito.

E então ela foi embora, e eu só via o céu, que era azul-claro. Não havia nuvens, e os caças alemães estavam por toda parte. Vinham por cima, por baixo, de todos os lados e eu não tinha para onde fugir. Eu não tinha o que fazer. Eles se revezavam no ataque e pilotavam de modo imprudente, voando de lado, dando voltas e fazendo coreografias no ar. Mas eu não estava com medo porque tinha os desenhos engraçados nas asas. Estava confiante, e pensei: "Vou lutar sozinho contra cem desses e vou derrubá-los todos. Vou derrubá-los enquanto estiverem rindo. É o que vou fazer."

E então eles se aproximaram mais. O céu inteiro estava cheio deles. Eram tantos que eu não sabia quais deveria vigiar e quais atacar. Eram tantos que formaram uma cortina negra encobrindo o céu, e só aqui e ali dava para eu ver um trechinho de azul que aparecia. Mas esse azul já bastava para remendar a calça de um holandês, que era o que importava. Desde que houvesse o suficiente para isso, tudo estava bem.

No entanto eles se aproximavam mais. Vinham cada vez mais perto, bem diante do meu nariz, de tal modo que eu só via as cruzes pretas sobressaindo em contraste com a cor dos Messerschmitts e com o azul do céu. E, à medida que virava a cabeça com rapidez de um lado para o outro, eu via mais aviões e mais cruzes. E então não vi mais nada além dos braços das cruzes e do azul do céu. Os braços possuíam mãos, e essas se uniram, formaram uma roda e dançaram em torno do meu Gladiator, enquanto os motores dos Messerschmitts cantavam alegremente em voz grave. Agora estavam cantando *Ciranda, cirandinha*; e de vez em quando dois se destacavam do grupo e vinham para o meio da pista para fazer um ataque. Era aí que eu descobria que se tratava de *Ciranda, cirandinha*. Eles se inclinavam para voar de lado, davam guinadas e dançavam na ponta dos pés. Então, baixavam a asa primeiro para um lado e depois para o outro. "Ciranda, cirandinha, vamos todos cirandar", cantavam os motores.

Mas eu ainda estava confiante. Eu sabia dançar melhor que eles e tinha uma parceira melhor. Ela era a moça mais linda do mundo. Olhei para baixo e vi a curva do seu pescoço, a vertente suave dos seus ombros e seus braços esguios, ansiosos, estendidos.

De repente, vi alguns buracos de bala na minha asa de boreste. E fiquei ao mesmo tempo furioso e apavorado, mas principalmente furioso. Então minha confiança voltou e eu disse: "O alemão que fez isso não tinha nenhum senso de humor. Sempre há alguém numa festa sem nenhum senso de humor. Mas não há motivos para preocupação. Não há absolutamente nada com que eu deva me preocupar."

Vi então mais buracos de bala e me assustei. Abri a capota da carlinga e me levantei aos gritos: "Seus imbecis, olhem para os desenhos engraçados. Olhem para o desenho na minha cauda. Vejam a história na fuselagem. Por favor, vejam a história na minha fuselagem".

Mas eles não paravam de vir. Vinham saltitantes para o meio da roda, dois de cada vez, atirando em mim enquanto se aproximavam. E os motores dos Messerschmitts cantavam alto. "Vamos dar a meia-volta. Volta e meia vamos dar." Isso os motores cantavam, e ao som do seu canto as cruzes negras dançavam e oscilavam no ritmo da música. Havia mais buracos nas minhas asas, na cobertura do motor e na carlinga.

E então, de repente, havia alguns no meu corpo.

Mas eu não sentia dor. Nem mesmo quando entrei em parafuso, quando as asas do meu avião começaram a bater, bater, cada vez mais rápido, quando o céu azul e o mar negro perseguiam um ao outro em círculos até não haver mais nem céu nem mar, mas só o lampejo do sol enquanto eu girava. Mas as cruzes negras estavam me acompanhando na queda, ainda dançando e ainda de mãos dadas. E eu ainda conseguia ouvir o canto dos seus motores. "O anel que tu me deste era vidro e se quebrou, o amor que tu me tinhas era pouco e se acabou", cantavam os motores.

E as asas continuavam a bater, e não havia mais nem céu nem mar à minha volta, mas apenas o sol.

E então era só o mar. Eu o via abaixo de mim, e estava vendo os cavalos brancos. Disse a mim mesmo que aqueles eram cavalos brancos cavalgando o mar revolto. Soube então que meu cérebro estava indo bem, por causa dos cavalos brancos e por causa do mar. Eu sabia que não restava muito tempo porque o mar e os cavalos brancos estavam mais próximos, os cavalos brancos estavam maiores, e o mar era como um mar e como água, não um lugar tranqüilo. E então surgiu apenas um cavalo branco, avançando enlouquecido, com o freio entre os dentes, a boca espumante, espalhando os borrifos da água do mar com os cascos e arqueando o pescoço enquanto corria. Ele galopava ensandecido sobre o mar, sem cavaleiro e desenfreado, e eu soube que íamos ter uma queda desastrosa.

Depois disso, ficou mais quente, e não havia nenhuma cruz negra, nem céu. Mas estava agradável porque não fazia calor, nem fazia frio. Eu estava sentado numa enorme poltrona vermelha de veludo, e anoitecia. Um vento soprava por trás de mim.

– Onde é que eu estou? – perguntei.

– Você está desaparecido. Desaparecido, possivelmente morto.

– Então preciso contar para minha mãe.

– Não pode. Não pode usar esse telefone.

– Por que não?

– Ele só fala com Deus.

– O que você disse que eu estava?

– Desaparecido, possivelmente morto.

– Não é verdade. É mentira. É uma mentira imunda porque eu estou aqui e não estou desaparecido. Você está só querendo me apavorar, mas não vai conseguir. Não vai conseguir, estou lhe dizendo, porque eu sei que é mentira e que vou voltar para meu esquadrão. Você não pode me impedir porque eu simplesmente vou voltar. Estou indo, viu? Estou indo.

Levantei-me da poltrona vermelha e comecei a correr.

– Enfermeira, deixe-me ver aquelas radiografias mais uma vez.

– Estão aqui, doutor. – Essa era a voz da mulher de novo, e agora estava se aproximando mais. – Você andou fazendo barulho essa noite, não foi? Vou endireitar seu travesseiro. Você quase o empurrou para o chão. – A voz estava próxima, e era muito suave e simpática.

– Eu estou desaparecido?

– Não, claro que não. Você está bem.

– Disseram que eu estava desaparecido.

– Não seja bobo. Você está bem.

Ora, todo o mundo é bobo, bobo, bobo, mas o dia estava lindo. E eu não queria correr, mas não conseguia parar. Continuava a correr pela grama e não conseguia parar porque minhas pernas estavam me carregando, e eu não tinha nenhum controle sobre elas. Era como se elas não me pertencessem, embora, ao olhar para baixo, eu visse que elas eram minhas, que os sapatos nos pés eram meus e que as pernas estavam unidas ao meu corpo. Mas elas se recusavam a fazer o que eu queria. Simplesmente continuavam a correr pelo campo afora, e eu era forçado a ir com elas. Corria e corria sem parar. Apesar de em alguns lugares o campo ser acidentado e irregular, eu nunca tropeçava. Passei por árvores e sebes; e num campo havia uns carneiros que pararam de pastar e se espalharam assustados quando passei correndo por eles. Uma hora, vi minha mãe num vestido cinza-claro, curvada apanhando cogumelos, e, enquanto eu passava correndo, ela ergueu os olhos e disse: "Minha cesta está quase cheia. Será que já podemos ir para casa?", mas minhas pernas se recusavam a parar, e eu tive de seguir em frente.

Vi então o penhasco mais adiante e vi como era escuro para lá do penhasco. Havia um penhasco enorme, e depois dele nada além de trevas, embora o sol estivesse iluminando o campo por onde eu vinha correndo. A luz do sol terminava direto na borda do penhasco, e dali em diante era só escuridão. "Ali deve ser onde a noite começa", pensei, e mais uma vez procurei parar mas sem sucesso. Minhas pernas começaram a acelerar na direção do precipício, dando passos mais largos, e eu estendi a mão para tentar pará-las agarrando o pano da minha calça, mas não funcionou. Então, tentei me atirar ao chão. Mas minhas pernas eram ágeis, e, cada vez que eu me jogava, caía em pé e continuava a correr.

Agora o precipício e a escuridão estavam muito mais perto e eu podia ver que, se não parasse rápido, ia cair dali do alto. Mais uma vez tentei me atirar ao chão; mais uma vez caí em pé e continuei a correr.

Eu estava correndo muito quando cheguei à beira do precipício, passei direto pela escuridão adentro e comecei a cair.

No início, não estava totalmente escuro. Eu conseguia ver pequenas árvores que cresciam na encosta do penhasco, e tentei agarrá-las com as mãos enquanto ia caindo. Algumas vezes, consegui segurar um galho, mas ele sempre quebrava porque eu era muito pesado e porque estava caindo a grande velocidade. E uma vez agarrei um galho forte com as duas mãos, mas a árvore se inclinou, e eu fui ouvindo o estalar das raízes uma a uma até que a árvore se soltou do penhasco e eu continuei a cair. Então foi ficando mais escuro porque o sol e o dia estavam nos campos distantes no alto do penhasco. E, enquanto caía, eu mantinha os olhos abertos e via a penumbra passar de cinza-escuro para preto, de preto para um negro de azeviche, e de um negro de azeviche para um puro negror líquido que eu conseguia tocar com as mãos mas que não conseguia ver. E eu continuava a cair, e tudo era tão negro que não havia mais nada em parte alguma, de nada adiantava agir, pensar ou me importar, por causa da escuridão e por causa da queda. De nada adiantava.

– Você está melhor hoje. Está muito melhor. – Era a voz da mulher novamente.

– Olá.

– Olá. Estávamos achando que você não ia nunca recuperar a consciência.

– Onde é que eu estou?

– Em Alexandria, no hospital.

– Há quanto tempo?

– Quatro dias.

– Que horas são?

– Sete da manhã.

– Por que eu não consigo enxergar?

Ouvi quando ela se aproximou mais.

– Ah, é que cobrimos seus olhos com curativos por um tempinho.

– Por quanto tempo?

– Só um pouco. Não se preocupe. Você está bem. Teve muita sorte, sabia?

Eu estava apalpando meu rosto mas não conseguia sentir nada. Só sentia alguma outra coisa.

– O que houve com meu rosto?

Ouvi que ela se aproximava do lado da cama e senti sua mão tocar no meu ombro.

– Você não pode falar mais. Não tem permissão para falar. Faz mal. Você só precisa ficar aí quietinho e não se preocupar. Você está bem.

Ouvi o som dos passos enquanto ela andava pelo quarto. Ouvi quando abriu a porta e voltou a fechá-la.

– Enfermeira – disse eu. – Enfermeira.

Mas ela já tinha ido embora.

IMPRESSÃO E ACABAMENTO:
YANGRAF Fone/Fax:
6198.1788